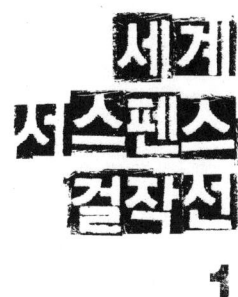

세계
써스펜스
걸작선

1

세계 서스펜스 걸작선 1

엘러리 퀸, 로렌스 블록 외

제프리 디버 엮음 | 홍현숙 옮김

A Century of Great Suspense Stories

황금가지

A CENTURY OF GREAT SUSPENSE STORIES

일러두기

1. 이 책은 제프리 디버가 엮은 *A Century of Great Suspense Stories*를 번역한 것입니다. 스티븐 킹, 앤서니 부처, 조르주 심농, 스탠리 엘린, 얼 스탠리 가드너의 작품은 원저작자의 요청에 따라 한국판에는 수록하지 못했습니다.
2. 인명 및 지명 표기는 한글 맞춤법 통일안 및 외래어 표기 규정을 따랐습니다.
3. 본문에 사용한 부호 및 기호의 뜻은 다음과 같습니다.
   ―전집, 단행본: 『 』
   ―신문, 잡지: 〈 〉
   ―개별 작품, 논문, 기사: 「 」
4. 옮긴이 주는 본문 안에 괄호에 넣었으며 옮긴이라고 따로 표기하였습니다.
5. 이 책에 쓰인 본문 종이 E-Light는 국내 기술로 개발된 최신 종이로, 기존에 쓰이던 모조지나 서적지보다 더욱 가볍고 안전하며 눈의 피로를 덜게끔 한 단계 품질을 높인 고급지입니다.

책 머리에

　독자 사인회나 미스터리 소설과 관련된 세미나 장에서 나는 서스펜스 작가가 되고 싶어 조언을 구하는 팬들의 질문을 많이 받는다. 이들은 대부분 단편을 먼저 쓰기 시작해서 능숙해지면 본격적으로 소설을 쓸 생각이라고 말한다.

　그러면 나는 그 말에 러시아어를 익히기 위해 일본어를 먼저 공부하겠다는 것과 같은 것이라고 말해 줄 수밖에 없다. 그렇다. 단편과 소설 모두 독자에게 허구의 세계를 이야기하는 문학 형태라는 점에서 공통점이 있다. 그러나 소설을 쓰는 데 필요한 능력은 단편을 쓰는 데 요구되는 기술과 판이하다. 단편을 쓰는 것이 소설을 쓰는 것보다 분명 시간은 덜 걸린다. 하지만 단언하건대 단편을 쓰는 것이 훨씬 더 야심 찬 과업이다. 성공적인 단편의 열쇠는 뉘앙스를 살리는 것과 암시를 적절히 구사하는 데 있다. 불필요한 분위기 조성이나 성격 묘사, 과도한 설명은 설 자리가 없다.

'시간이 충분하지 않아서 길게 썼다'는 말 그대로인 셈이다.

단편 작가가 유도하는 반응도 소설가와는 다르다. 단편 소설의 독자들은 등장인물을 사랑하거나 증오하고 소설의 배경에 애착을 가질 만큼 시간적 여유가 별로 없다. 단편의 감정적인 힘은 줄거리 자체에서 나온다. 또한 단편 독자들이 받는 대가는 기습과 반전에 있으며, 한두 마디에 강한 메시지를 담은 것이 최고의 작품이다. 내 소설의 주인공들은 결함이 있어 보이지만 근본적으로 성실하고 호감이 가는 인물들로, 비열하기 이를 데 없는 악인들과 맞서 싸워 승리한다. 하지만 단편에서는 반드시 그렇지만은 않다. 내 단편의 주인공들은 극악무도한 악인으로 이야기의 끝부분에 등장하는 경우가 많으며 욥과 같은 무고한 인물이 고난을 겪기도 한다.

다시 말해서 단편은 이번 세기에도 견실하게 살아남은 문학의 독특한 형태이다. 이번 걸작선에 실린 작품들을 보면 알 수 있듯이 속어와 구문법 그리고 시류는 변했지만, 즉 주변 것들은 상황에 따라 달라졌다고 할 수 있지만 20세기 초에 쓰여진 단편의 구조와 역학은 사실상 오늘날 작품과 거의 동일하다.

이 걸작선을 편집하는 일은 남들의 부러움을 살 만큼 행복한 작업이었다. 그러나 지난 100년간 쓰여진 수천 편의 작품 가운데 몇 편을 수록해 놓고 감히 최고의 작품이라고 말하기에는 어려운 점이 있었다. 쉽지 않은 일이었다. 이 작업이 더 어려운 이유는 제목에 규정되어 있는 '서스펜스'라는 단어 때문이었다. 범인을 추적하는 추리 소설에서부터 비정한 탐정 소설에 이르기까지 모든 범죄 소설에는 갈등 상황이 있어 서스펜스가 넘칠 수밖에 없다. 하지만 나는 좋아하는 시리즈 물의 주인공과 함께 살인자가 누구일지 궁금해하거나 재치 넘치는 아마추어 탐정의 삐딱한 시각에 웃음 지으며 이십여 분을 즐겁게 읽기보다 반전이나 역전이 숨어 있는 끝부분까지 독자들을 실망시키지 않고 서둘러 읽게 만드는 단편을 고르는 데 주안점을 두었다. 그 결과 탁월한 몇 작품이 제외되었다. 하지만 나는 다른 작품집에 이 책에서 빠진 작가의 작품이 많이 실리며, 따라서 이들의 작품이 소홀히 취급되지 않는다는 사실에 위안을 얻는다.

사과의 변은 이 정도로 하고 이제 이 책에 얼마나 다양하고 멋진 작품들이 수록되어 있는지 살펴보도록 하자.

많은 단편 작가들은 공식적인 법 집행자와 사립 탐정의 공적을 열거하는 반면(이 책에서는 마샤 멀러, 미키 스필레인, 로스 맥도널드 그리고 탐정 소설의 어머니 애나 캐서린 그린 등이 여기 속한다.) 단편이 우세한 심리 서스펜스 물의 으스스한 분위기를 내세운 작품들도 있다. 그리고 이런 이야기가 이 걸작선의 중심을 이룬다. 이 같은 광맥을 발굴한 작가로는 할런 엘리슨, 존 루츠, 존 맥도널드, 마거릿 밀러, 에드 맥베인, 셔린 매크럼, 사라 파레츠키 그리고 제임스 케인 등이 있다. 일부 작가는 여전히 예전 방식의 잔인한 이야기를 고집하지만 범죄 심리의 작용을 더 기발하고 반어적인 시각으로 바라보는 작가도 있다.(도널드 웨스트레이크, 로버트 블록, 로렌스 블록 그리고 에드 고먼 등이 여기 속한다.)

이 책에는 주로 미국 작가들을 소개했다. 하지만 로버트 바너드, 루스 렌들 등 대서양 너머에 사는 탁월한 작가들의 작품 없이는 이 책을 완성할 수 없었을 것이다. 뿐만 아니라 영국 해협까지 건너가서 다작으로 유명한 프랑스 작가 조르주 심농도 포함시켰다.

글쓰기에 접근하는 방법은 작가마다 다르다. 단편 작가도 예외는 아니다. 이 책에는 풍성한 만연체와 포스트모던풍의 간결체로 쓰인 작품이 모두 실렸다. 작품의 길이와 작가의 시각도 저마다 다르고 창작에 임하는 방법도 제각기 다르다. 이 책에 실리지 않았지만 스탠리 엘런은 오랫동안 한자 한자 수 없이 개작하고 퇴고한 후에야 다음 작품으로 넘어가는 반면에 렉스 스타우트의 작품 중에는 어떤 희생을 치르더라도 개작을 피해 문자 그대로 한 자도 고치지 않고 폭발하듯 그의 마음에서 튀어나온 작품도 있다.

이 책에 실린 일부 작가는 특정한 한 장르의 전문가로 결코 그 범주를 벗어나지 않는가 하면 여러 장르를 편안하게 넘나드는 작가도 있다. 프레드릭 브라운은 서스펜스 물에 공상 과학 소설까지 쓴다. 이 책에서 영국을 대표하는 작가인 로버트 바너드는 존경받는 비평가이자 논픽션 작가이기도 하다.

1900년대에 쓰여진 서스펜스 작품집을 선별하는 데 있어 전형적인 스릴러 물이 빠져서는 안 될 것이다.(최근 등장한 존 그리샴 같은 젊은 작가들에게는 「황량한 집(Bleak House)」이나 드라이저의 「미국의 비극(An American Tragedy)」 같은 작품이 별로 새롭지 않겠지만) 이 책에 스티브 마티니, 리사 스코토라인, 예레미야 힐리와 같은 대가들의 작품도 실었다.

이 책에 실린 작품들은 배경도 저마다 다르다. 물론 탁월한 작품이기 때문이지만 나는 몇 편의 작품은 배경 때문에 포함시키기도 했다. 작품의 배경은 실로 또 하나의 등장인물이나 다름없기 때문이다. 이 책에는 미국 남서부(토니 힐러먼), 캐롤라이나 지역(미국의 두 주인 노스캐롤라이나와 사우스캐롤라이나, 마이클 말론), 캘리포니아와 네바다 삼림 지대(빌 프론지니) 그리고 파푸아뉴기니(얀윌렘 반 드 비터링) 등이 등장한다.

끝으로 지난 100년간 쓰여진 서스펜스 단편의 핵심 작가로 불려도 손색이 없는 이 책에 실린 작가들에 대해 할 이야기가 있다. 엘러리 퀸으로 알려진 사촌지간 맨프레드 리와 프레더릭 더네이, 비평가이자 평론가인 에드워드 호치는 평생 단편만 써 온 미국 내 극소수의 작가에 속한다.

내 이야기는 이것으로 마치려 한다. 이제 독자들의 몫을 즐길 차례이다. 홍차 한 잔 또는 위스키 한 잔을 들고 여러분이 좋아하는 의자에 편히 앉아, 짧지만 흥미진진한 문학의 롤러코스터에 태우는 일을 그 무엇보다 사랑하는 이들이 지난 100년간 쓴 걸작들을 마음껏 즐기길 바란다.

제프리 디버

차례

황태자 인형의 모험   15

사라진 13쪽   65

숨겨 갖고 들어가다   121

배트맨의 협력자들   165

주말 여행객   193

그 여자는 죽었어   237

원칙의 문제   283

힐러리 여사   305

황태자 인형의 모험
The Adventure Of The Dauphin Doll

엘러리 퀸_ Ellery Queen

　　엘러리 퀸은 사촌 형제인 프레더릭 더네이와 맨프레드 리의 필명이다. 이들은 현대 미스터리 물에 세 가지 방식으로 엄청나고도 지속적인 영향을 끼쳤다. 그것은 바로 엘러리 퀸의 이름으로 쓴 소설과 《엘러리 퀸 미스터리 매거진》을 편집해서 발행한 일 그리고 이 잡지를 통해 수없이 많은 작가들을 등단시킨 일이다. 이들은 대략 1929년부터 1960년대 말까지 글을 썼으며 매년 선구적인 작품을 발표했다. 이들의 이름을 사칭한 작가들이 많은 페이퍼백 소설을 펴냈으나 이들이 초기(전성기에 해당하는)에 쓴 소설만이 반 다인보다 더한 명망을 누리며 순수 탐정 소설의 인기를 되살려 냈다. 이들의 작품은 영화와 라디오드라마 그리고 나중에는 텔레비전 연속 드라마로 꽃을 피웠다. 요즘에는 이들의 소설이 그다지 많이 읽히지 않고 있지만 이들의 유산은 매달 발간되는 《엘러리 퀸 미스터리 매거진》의 모든 장에 살아 숨 쉬고 있다. 이 잡지는 끊임없이 성장하며 재미있으면서도 수준 높은 소설들을 소개하고 있는데, 이것은 요즘 같은 시대에 매우 드문 성과라고 할 수 있다.

소설 작가들 사이에서는 편집자들에 의해 만들어져 전해 내려오는 원칙이 하나 있는데, 그것은 바로 크리스마스에 관한 이야기를 쓸 때 아이들을 등장시켜야 한다는 것이다. 크리스마스를 배경으로 한 이 이야기도 예외가 아니어서, 사실 아이들을 싫어하는 이들은 우리가 지나쳤다고 불평할 것이다. 미리 고백하건대, 이 소설은 인형에 관한 이야기이며 산타클로스와 도둑까지 한 명 나온다. 이 마지막 등장인물이 누군지는 모르지만(이것은 독자가 알아내야 할 문제에 속한다.) 바라바(군중의 요구로 빌라도가 예수 대신 풀어 준 강도.—옮긴이)하고는 비슷하지도 않다.

크리스마스 이야기를 지배하는 또 하나의 원칙은 전체적인 분위기가 밝고 정에 넘쳐야 한다는 것이다. 정은 고아들을 언급한 대목과 이 연례행사를 전혀 삐딱하지 않은 시선으로 바라본 데서 나온다. 마지막에 등장할 밝은 광채는 엘러리 퀸의 반짝이는 천재성이 빚어 낼 것이다. 음울한 기질을 지닌 독자들은 상당한 어둠도 감지할 것이다. 어둠은 당황한 퀸 총경의 눈에 명백히 그 지역의 추락한 왕자로 비칠, 그자의 품성 자체와 그자의 행위에서 비롯된다. 하지만 그자의 이름은 사탄이 아니라 코모스이다. 그리고 이것은 상당히 역설적인데, 그것은 모두 잘 알듯이 원래 코모스가 지하 세계와는 잘 어울리지 않는 감정인 향연과 환희의 신이기 때문이다. 이 망상의 적을 추적하는 엘러리는 불합리한 추론에 헛되이 골머리를 앓는다. 만만찮은 인물인 니키 포터가 그에게 다른 사람들처럼 뻔한 답을 찾고 있는 게 아니냐고 말할 때까지 그는 헛된 추론에 시간을 낭비한다. 그리고 이 위대한 인물에 굴욕스럽게도 그것은 사실이었다. 『브리태니커 백과사전』 175판의 제6권 262-b쪽 '콜레브 투 다마스키'를 찾아보라. 이 이름의 프랑스인 마술사는 1789년 런던에서 이루어진 공연에서 자신의 아내를 탁자 위에서 사라지게 만들었다. 아내나 다른 여자를 대상으로 한 이 마술이 최초로 거울의 도움 없이 이루어진 것이다. 이 역사적인 은신처로 이 은밀한 적의 '밤의 이름'을 추적해 들어가는 것은, 주변이 환해지며 그 왕자의 어둠을 몰아내는 순간까지 엘러리에게 어렴풋이 만족감만을 안겨 줄 뿐이다.

하지만 이것은 카오스이다.

이 이야기는 눈에 보이지 않는 등장인물이 아니라 죽은 사람과 함께 멋지게 시작된다.

입슨 양이 늘 죽어 있었던 것은 아니다. 오히려 그 반대이다. 그녀는 78년 동안 살아 있었으며 대부분의 시간을 씩씩하게 숨을 쉬며 살았다. "그 애는 아주 활동적인 작은 동사였다."고 한 그녀의 아버지 말 그대로였다. 입슨 양의 아버지는 미 중서부에 있는 소규모 대학의 그리스어 교수였다. 그는 자신의 딸을 아이오와 주 가금류 농장의 상속자이며 그가 가르친 학생들 중 힘이 센 편에 속하는 다소 황당한 조교와 결혼시켰다.

입슨 교수는 남다른 인물이었다. 다른 그리스어 교수들과 달리 그는 그리스에서 태어난 그리스어 교수로 폴리크니토스의 제라시모스 아가모스 입실로노몬의 미틸레네 섬에서 태어났다. 그는 그곳을 '불에 타 죽은 사포(그리스 미틸레네 섬에서 산 여류 서정시인.——옮긴이)가 사랑을 나누고 시를 읊던 곳'으로 회상하기를 좋아했는데, 특히 혼외정사를 벌일 때 이 구문을 유용하게 써먹었다. 하지만 그리스 시대의 이상에도 불구하고 입슨 교수는 모든 면에서 무절제를 신봉했다. 그의 아내에게는 원통한 일이지만 이러한 유전적 문화적 배경을 보면 아버지 노릇에 대한 입슨 교수의 관심이 어느 정도인지 짐작할 수 있다. 입슨 부인이 성에 대해 아는 것이라곤 그녀의 수입원인 가금류 농장에서 짐승들이 번식을 하는 행위라는 것 정도가 전부였고 입슨 교수는 그의 딸을 순전히 생물학적인 기적으로만 여겼다.

입슨 교수의 사고방식은 그의 아내조차 어리둥절하게 만들었다. 그녀는 남편이 본인의 이름을 입슨이라고 줄여 부르지도 분별 있게 존스로 바꾸지도 않는 이유를 끝까지 납득하지 못했다.

"여보, 당신은 아이오와의 속물이오."

어느 날 교수가 말했다.

"하지만 아무도 그 이름의 철자를 알거나 제대로 발음하지 못하는걸요!"

입슨 부인이 반박했다.

"이건 십자가요, 우리는 입셀란테스(그리스 독립운동의 애국자, 혁명가로 통상 입실란티 왕자로 불린다.——옮긴이)라는 이름을 지고 살아가야 하오."

입슨 교수가 중얼거렸다.

"아."

입슨 부인이 탄식했다.

그의 대화에는 예외 없이 시빌레(그리스 신화에서 아폴론에게 모래알만큼 많은 수명을 받은 여 에언자. 고대 바빌로니아, 이집트, 그리스, 로마 등에서 활약했던 무녀나 무당을 가리키기도 한다.—옮긴이)적인 것이 있었다. 그가 아내를 묘사하는 데 즐겨 사용한 형용사는 입실리폼(ypsiliform)이었는데, 그는 이 단어가 수태 과정의 하나인 수정란 단계를 가리키는 것이며 입슨 부인에게 더없이 잘 어울리는 표현이라고 말했다. 입슨 부인은 어리둥절한 표정을 지닌 채 살다가 젊은 나이에 세상을 떠났다.

그리고 입슨 교수는 캔자스시티 출신의 다재다능하고 개성 강한 어느 여자와 사랑의 도피 행각을 벌였다. 막 유아 세례를 받은 자신의 어린 딸을 아내 쪽 친척인 주크스 가에 맡기고 말이다.

입슨 교수가 루크럼(lucrum, 라틴어, 물질적 이익 또는 탐욕을 뜻한다.—옮긴이)이라고 부르는, 멋지고 박학다식한 짧은 편지들을 보낸 것 외에 입슨 양이 아버지 소식을 유일하게 접한 것은 아버지의 방랑 생활이 사십 년째에 접어든 때였다. 그는 딸의 수집 목록에 멋진 수집품 하나를 더했는데, 그것은 3000년보다도 전에 만들어진 테라코타로 된 그리스 인형이었다. 입슨 양은 유감스럽게도 그 인형이 불가사의하게 사라진 브루클린 박물관으로 그것을 돌려보내야 할 것 같은 기분이 들었다. 아버지가 보낸 선물에는 이상한 메모가 붙어 있었는데, 그것은 우스꽝스럽게도 "나는 희랍인이 두렵다. 그들이 곡물을 바칠 때라도."였다.

입슨 양이 인형을 모은 데는 다 그만 한 이유가 있었다. 그녀가 태어났을 때 교수는 딸의 이름을 키테레아(비너스의 별칭.—옮긴이)라고 부름으로써 이 생명에 대한 자신의 헌신적인 애정을 조화롭게 표현했다. 하지만 이것은 제우스의 아이러니로 밝혀졌다. 그것은 입슨 양의 아버지가 자식을 많이 낳으려고 무진 애를 썼지만 아내의 돌처럼 딱딱한 자궁 때문에 그런 노력이 수포로 돌아갔기 때문이었다. 입슨 양은 원기 왕성한 다섯 명의 남편을 땅에 묻었음에도 불구하고 죽는 날까지 아이를 갖지 못했다. 아버지의 이름을 물려받은 이 여인은 모든 정열이 소진된 뒤에 억지 미소를 띤 상냥하고 작은 노파가 되어 넓어서 소리가 울리기까지 하는 뉴욕의 한 아파트에서 열성적으로 인형을 갖고 놀았다.

처음에 그녀의 수집품은 값싼 인형으로 빌리켄, 큐피(미국의 로즈 오닐(1874~1944)의 그림을 바탕으로 하여 셀룰로이드나 플라스틱으로 만든 천진난만한 벌거숭이 인형.—옮긴이), 케이스 크루즈, 펫시, 폭시 그랜드파 등이었다. 하지만 욕구가 점차 커지면서 입슨 양은 역사적인 배경을 지닌 인형을 열심히 모으기 시작했다.

파라오의 영지에서는 조각이 되어 있고 그림이 그려져 있으며 구슬 끈으로 된 머리칼을 가진, 바싹 마른 얇은 판 두 개를 구했는데 이 인형에는 도망치지 못하도록 아예 다리가 달려 있지 않았다. 어떤 감정가가 보더라도 그 인형은 대영 박물관에 소장된 것보다 월등히 나은 현존하는 고대 이집트 나무토막 인형의 가장 뛰어난 견본이었다.

입슨 양은 '레티셔 펜'의 여자 조상도 발굴했다. 1699년 윌리엄 펜이 자신의 어린 딸에게 놀이 친구로 선물하기 위해 영국에서 필라델피아로 가져온 미국에서 가장 오래된 인형 말이다. 입슨 양이 발견한 것은 능라와 벨벳 옷을 입은 데다 나무로 된 심장을 지닌 '작은 숙녀'로 월터 롤리 경이 신세계에서 최초로 태어난 영국 아이에게 보낸 것이었다. 버지니아 데어(북미 식민지에서 영국인 부부 사이에 최초로 태어난 아이.—옮긴이)가 1587년에 태어났으므로 스미소니언 연구소(제임스 스미스슨의 기부로 학문의 보급을 목적으로 1846년 미국 워싱턴에 설립된 국립 연구 시설.—옮긴이)도 입슨 양이 거둔 성과를 감히 비난하지 못할 정도였다.

이 나이 든 여인의 집 선반 위, 판유리 상자 안에는 수없이 많은 어린아이의 형상들이 담겨 있었으며(인형의 기원이 아이들로부터 비롯된 것이므로), 그중 일부는 실로 값비싼 것이었다. 이곳에는 14세기 프랑스의 '패션 인형', 남아프리카 공화국 오렌지 자유주(州)에 사는 핑고 족의 신성한 인형, 고대 일본의 가고시마(일본 규슈 남단의 현.—옮긴이) 종이 인형과 궁중 인형, 구슬 눈을 단 이집트령 수단의 '칼리파' 인형, 아메리카 자작나무로 만든 스웨덴 인형, 미국 호피 족의 '카치나' 인형, 맘모스 이빨로 만든 에스키모 인형, 오지브웨이 족(아메리칸인디언의 대표적 종족.—옮긴이)의 깃털 인형, 재주넘기를 하는 고대 중국의 인형, 콥트 족(고대 이집트 인의 자손에 속하는 이집트 인.—옮긴이)의 뼈 인형, 디아나(달의 여신이며 처녀성과 수렵의 수호신으로 그리스 신화의 아르테미스에 해당한다.—옮긴이)에게 바쳐졌던 로마의 인형, 단두대가 파리의 거리를 휩쓸기 전에 멋쟁이 파리지앵들의 사랑을 받았던 꼭두각시 인형, 성(聖) 가족(베들레헴의 마구간에서 태어난 예수와 마리아, 요셉을 가리킨다.—옮긴이)을 형상화한 초기 기독교 시대의 인형 등이 놓여 있었으며 이것은 입슨 양의 무수히 많은 수집품 중 극히 일부에 지나지 않았다. 입슨 양은 판지로 만든 인형, 동물 가죽으로 만든 인형, 실패로 만든 인형, 게발로 만든 인형, 달걀 껍질로 만든 인형, 옥수수 껍질 인형, 넝마 인형, 이끼 머리칼이 달린 솔방울 인형, 스타킹 인형, 도자기 인형, 야자수 잎 인형, 지점토 인형, 콩깍지 인형까지 갖고 있었다. 또한 키가 1미터에 이르는 것과 너무 작아서 입은 양의 금 골무 안에 숨겨지는 것까지 인형의 크기도 다양했다.

키테레아 입슨의 수집품은 여러 세기에 걸쳐 있으며 역사적인 가치를 지니는 것이었다. 몬테수마(멕시코의 아즈텍 족 최후의 황제(1502-1520).—옮긴이)나 빅토리아 여왕 또는 유진 필드(미국 세인트루이스에서 태어난 시인이자 작가.—옮긴이)가 갖고 놀던 전설적인 장난감은 말할 것도 없거니와 메트로폴리탄 미술관이나 켄징턴 궁, 옛 부쿠레슈티의 왕궁, 아니 그 어떤 곳에 소장된 인형도 이 작은 여인이 이룬 성과에 미치지 못할 정도였다.

그것은 옥수수 사료를 먹은 아이오와의 수정란과 덤불을 뒤집어쓴 지중해 해안이 이루어 낸 성과로 이 일은 결국 존 서머셋 본들링 변호사에게까지 미쳐, 그로 하여금 지금으로부터 별로 오래되지 않은 어느 해의 12월 23일 퀸 씨 부자의 집을 방문하도록 하기에 이른다.

보통 12월 23일은 퀸 씨 부자의 집을 찾기에 적절한 때는 아니다. 리처드 퀸 총경은 옛날식 크리스마스를 좋아했다. 속을 채운 칠면조는 모든 준비에 스물두 시간이 걸리며 일부 재료는 길모퉁이 식료품점에서 쉽게 구할 수 없는데도 말이다. 게다가 엘러리는 선물 포장가의 꿈을 이루지 못한 사람이었다. 그는 크리스마스 전 한 달 동안 흔치 않은 포장지와 근사한 리본 그리고 예술적인 스티커를 구하는 데 천재적인 탐정의 기질을 쏟아 부었다. 그리고 마지막 이틀 동안 이 재료들로 아름다움을 창조해 냈다.

존 본들링 변호사가 들렀을 때 퀸 총경은 바비큐 앞치마를 두르고 팔꿈치까지 허브 칠을 한 채 부엌에 있었다. 그동안 엘러리는 서재 문을 걸어 잠근 채 금속 재질이 섞인 화려한 수령초 색 포장지와 물결무늬가 있는 녹색 리본 그리고 솔방울로 은밀한 교향곡을 작곡했다.

"이건 쓸데없는 짓이야. 총경님을 개인적으로 안다고 하셨나요, 본들링 씨?"

니키가 본들링 변호사의 얼굴만큼이나 잔뜩 구겨진 그의 명함을 살펴보며 어깨를 으쓱해 보였다.

"그분께 재산 관리 변호사 본들링이라고만 말씀드리면 됩니다. 파크로에 산다고 하면 아실 거예요."

본들링이 신경질적으로 대답했다.

"내 탓은 하지 마세요. 당신이 칠면조 속 재료를 넣는 그분을 방해했다가 무슨 일이 생길지 알 수 없으니까요."

니키가 이렇게 말한 뒤에 퀸 총경을 찾으러 갔다.

그녀가 간 뒤에 서재 문이 소리 없이 조금 열렸다. 그 문틈으로 의심을 잔뜩 품은 눈 하나가 보였다.

"걱정하지 마세요. 저 사람들은 신경 쓰지 말고 아이들, 아이들 생각만 하세요."

눈의 주인은 이렇게 말하고 문틈으로 살짝 빠져나온 뒤에 등 뒤로 서둘러 문을 잠갔다.

"아이들이라고요! 당신 엘러리 퀸이죠, 그렇죠?"

본들링 변호사가 외쳤다.

"맞아요."

"아이들한테 관심 있어요? 크리스마스에는요? 고아, 인형, 그런 것에는요?"

본들링 변호사가 상당히 불쾌해하며 말을 이어 나갔다.

"있는 것 같아요."

"더 있어요. 아, 저기 당신 아버지가 나오시는군요. 퀸 총경님……!"

"아, 그 본들링 씨. 사무실에서 누가 올 거라는 전화가 왔었죠. 여기, 내 손수건을 써요. 칠면조 양념이 조금 묻긴 했지만요. 내 아들을 알아요? 내 아들의 비서, 포터 양은요? 그런데 대체 무슨 일이십니까, 본들링 씨?"

노 신사가 멍한 얼굴로 방문객과 악수를 하며 말했다.

"총경님, 저는 키테레아 입슨의 재산을 관리하는 일을 맡고 있습니다, 그런데……."

"키테레아 입슨이라. 아, 그래요. 그 부인은 얼마 전에 죽었지요."

총경이 인상을 찌푸리며 기억을 더듬었다.

"전 그분의 돌렉션을 처분하느라 골머리를 앓고 있습니다."

본들링 씨가 괴로운 듯 말했다.

"그분의 뭐요?"

엘러리가 물었다.

"돌스 컬렉션. 돌렉션. 부인이 만들어 낸 말이죠."

엘러리가 자신의 안락의자 쪽으로 갔다.

"대화 내용을 녹음해 둘까요?"

니키가 한숨을 내쉬며 물었다.

"돌렉션."

엘러리가 말했다.

"거기 삼십 년을 바치다니. 인형에!"

"그래, 니키. 녹음해 둬요."

"그러니까 본들링 씨. 무슨 일입니까? 크리스마스는 1년에 한 번뿐입니다."

퀸 총경이 말했다.

"그 돌렉션을 경매에서 팔아야 해요. 수익금으로는 고아들을 위한 기금을 조성할 예정입니다. 저는 경매를 새해 첫날이 지난 직후에 할 계획이었습니다."

변호사가 화를 내며 설명했다.

"인형과 고아라고요?"

자바산 검은 후추와 컨트리 젠틀맨표 소금을 생각하며 총경이 물었다.

"그거 멋지네요."

니키가 밝게 웃었다.

"아, 그래요? 아가씨, 당신은 대리인을 만족시키기 위해 노력해 본 적이 한 번도 없군요. 난 욕 한 마디 듣지 않고 십구 년 동안 부인의 재산을 관리해 왔어요. 하지만 그 재산을 아버지 없는 한 사람의 이익에만 한정시킨다면, 엄밀한 관점에서 보면 내가 도둑이나 마찬가지인 셈이라고요!"

"내 속 재료 말인데요."

총경이 입을 열었다.

"제가 그 인형들의 목록을 작성했습니다. 결과는 아주 음울해요! 저 저주스러운 물건들을 팔 시장이 없거든요. 게다가 개인적인 소유물 몇 가지를 제외하면, 저 콜렉션이 그 늙은 부인이 갖고 있던 전 재산이나 다름없습니다. 그 여자는 갖고 있는 모든 돈을 거기다 쏟아 부었거든요."

"하지만 그것도 상당히 값어치가 나갈걸요."

엘러리가 말했다.

"누가 값어치를 쳐준단 말이죠, 퀸 양반? 박물관에서는 늘 저런 물건을 공짜로 부담 없는 선물로 받고 싶어 해요. 한 가지 품목은 예외지만 나머지는 판 돈을 모두 고아들에게 줘 봤자 별 도움도 안 될 거예요. 이틀 동안 풍선껌 정도는 씹을 수 있겠죠!"

"어떤 인형 말인가요, 본들링 씨?"

"6-74번이오. 이거 말이에요."

변호사가 퉁명스럽게 대답했다.

"6-74번. 도팽(프랑스 황태자의 칭호.—옮긴이)인형. 세상에 단 하나뿐임. 키 27센티미터의 상아 몸체에 진짜 흰 담비와 능라 그리고 벨벳으로 된 궁중복을 입은 왕자 인형. 금으로 된 궁중 검이 허리에 가죽끈으로 매어져 있고 둥근 금 왕관에는 최상급의 푸른빛 다이아몬드가 하나 박혀 있는데 무게로 따져 볼 때 대략 49캐럿은 될 것 같음."

"몇 캐럿이라고요?"

니키가 놀라서 외쳤다.

"'남아프리카의 희망'과 '별'보다 더 크군요."

엘러리가 흥분된 음성으로 말했다.

"시가 11만 달러 정도 됨."

그의 아버지가 말을 계속했다.

"비싼 인형이군요."

"별꼴을 다 보겠네!"

니키가 말했다.

"이 꼴값하는, 그러니까 더없이 훌륭한 왕가의 인형은 프랑스 루이 16세가 둘째 아들인 루이 샤를에게 준 생일 선물이었음. 샤를은 1789년 형이 죽은 뒤 도팽이 되었음. 어린 도팽은 프랑스 혁명 중에 왕정주의자들에 의해 루이 17세로 추대되었지만 과격 공화파에 의해 감금됨. 그의 운명은 베일에 쌓여 있음. 낭만적이고 역사적인 인형임……."

총경이 계속해서 서류를 읽어 나갔다.

"그러니까 '사라진 왕자'인 셈이군요. 본들링 씨, 이거 진짜죠?"

엘러리가 물었다.

"난 골동품 연구가가 아니라 변호사예요. 첨부된 서류가 몇 장 있는데 그중 하나는 보증서예요. 샤를로트 앳킨스 부인이 쓴 자필 문서인데, 이 여인은 카페 가의 친구이자 영국인 배우로 혁명 기간 동안 프랑스에 있다가 이 인형을 손에 넣게 된 것 같아요. 그건 중요하지 않아요, 퀸 씨. 어두운 역사를 지녔다 해도 다이아몬드는 훌륭하니까요!"

퀸 씨 부자의 방문객이 쏘아붙이듯 대답했다.

"11만 달러짜리 그 인형이 가장 비중이 큰 자산이란 말씀이시죠? 그런데 무슨 문제가 있나요?"

"있고말고요! 자선 기금을 모으는 데 있어 그 도팽 인형이 수집품 중 유일하게 돈이 될 만한 자산이에요. 그런데 그 늙은 부인이 어떻게 했는지 아세요? 그 여자는 키테레아 입슨의 돌렉션을 크리스마스 전날 일반인에게 전시하라고 유언장에 명시해 놓았어요. 내시 백화점 1층에 말이에요! 크리스마스 전날이라고요, 여러분! 생각해 보세요!"

본들링 씨가 괴로운 듯 손가락 관절을 꺾어 가며 울부짖듯 말했다.

"그런데 왜요?"

니키가 궁금한 듯 물었다.

"왜냐고요? 그 이유를 누가 알겠습니까? 그 대단치도 않은 뉴욕의 떨거지들을 즐겁게 해 주기 위해서겠죠! 크리스마스 전날 내시 백화점에 얼마나 많은 쇼핑객들이 몰려드는지 아십니까? 내 전속 요리사는 아주 종교적인 여자인데, 그 여자 말이 아마겟돈(세계의 종말이 올 때 선의 힘과 악의 힘이 마지막 결전을 벌이는 곳.—옮긴이) 같을 거라고 하더군요."

"크리스마스 전날이라면, 내일이군요."

엘러리가 인상을 찌푸렸다.

"다급한걸요."

니키가 초조한 음성으로 말했다. 하지만 잠시 후에 환한 표정으로 덧붙였다.

"내시 백화점 측이 협조하지 않을 거예요, 본들링 씨."

"아니요, 그렇지 않아요! 입슨 부인은 여러 해 동안 백화점 측과 교섭을 벌여 왔어요! 부인이 죽은 뒤부터 그 생각만 하면 제가 얼마나 골치가 아픈지 아십니까!"

본들링 씨가 악을 쓰듯 반박했다.

"뉴욕에 있는 도둑들을 모두 끌어 모으겠는걸."

총경이 부엌문을 쳐다보며 중얼거렸다.

"고아, 고아들의 이익은 지켜 내야 해요."

니키가 자신의 상사에게 비난하는 듯한 시선을 던지며 말했다.

"특별 수단을 강구해야 해요, 아버지."

엘러리가 말했다.

"물론, 물론이야. 이 문제는 걱정 마십시오, 본들링 씨. 하지만
난 지금 자리에서 일어나야……."

총경이 일어서며 말했다.

"퀸 총경님, 아직 제 이야기가 끝나지 않았습니다."

본들링 씨가 몸을 앞으로 깊이 숙이며 불평 어린 음성으로 말
했다.

"아, 그 인형에 특별한 도둑이 따라 붙었군요. 그리고 당신은
그자가 누군지 아시는 거죠, 본들링 씨."

엘러리가 황급히 담배에 불을 붙이며 말했다.

"알아요, 하지만 그 다음은 모릅니다. 그러니까 코모스라는 것
밖에는요."

변호사가 힘없는 목소리로 대답했다.

"코모스라고요!"

총경이 외쳤다.

"코모스라고요?"

엘러리가 느릿느릿 반문했다.

"코모스라니? 대체 누구죠?"

니키가 물었다.

"코모스는 오늘 아침 제 첫 고객이었어요. 너무도 당당하게 제 사무실로 곧장 걸어 들어왔죠. 날 따라온 게 틀림없어요. 내가 외투도 벗지 않고 비서도 출근하지 않은 시각이었어요. 그자가 걸어 들어오더니 내 책상 위에 이 카드를 던지더군요."

본들링 씨가 고개를 끄덕여 가며 설명했다.

"다른 때와 똑같아요, 아버지."

엘러리가 카드를 집어 들었다.

"그자의 트레이드마크야."

총경이 입술을 씰룩거리며 신음을 토하듯 말했다.

"하지만 이 카드에는 '코모스'라고만 쓰여 있는걸요. 대체 누구죠?"

니키가 투덜거리듯 물었다.

"계속해 봐요, 본들링 씨!"

총경이 천둥같이 큰 소리로 다그쳤다.

"그러더니 그자가 나직한 음성으로 내게 말했어요. 자신이 내일 내시 백화점에서 도팽 인형을 훔치겠다고요."

본들링이 구깃구깃한 손수건으로 자신의 뺨을 닦으며 말했다.

"아, 미친놈."

니키가 말했다.

"본들링 씨, 그 사람이 어떻게 생겼던가요?"

노 신사가 떨리는 음성으로 물었다.

"검은 수염을 기른 외국인이었어요. 유럽식 악센트를 구사하더군요. 사실 너무 놀라서 자세히 보지도 못했어요. 한참 지난 뒤에야 그 사람을 쫓아갈걸 그랬다는 생각이 나던걸요."

퀸 씨 부자가 서로를 쳐다보며 어이없다는 듯 눈을 동그랗게 뜨고 어깨를 으쓱했다.

"또 똑같이 어처구니없는 일이 벌어지고 말았군. 그 도둑놈이 직접 모습을 내보여도 사람들은 수염과 외국 악센트밖에 아무것도 기억을 못하지. 본들링 씨, 코모스가 벌이는 짓은 심각한 범죄입니다. 그 인형은 지금 어디 있나요?"

이렇게 묻는 총경의 코 속에는 누런 코가 가득 들어 있었다.

"43번가에 있는 라이프 신탁 은행의 금고 안에요."

"몇 시에 내시 백화점으로 옮길 거죠?"

"백화점 측에서는 오늘 저녁에 옮기려 했는데 내가 안 된다고 했어요. 내가 은행 측에 특별 보호를 요청했고, 내일 아침 7시 30분에 옮길 거예요."

"백화점 문을 열기 전까지 진열할 시간이 별로 없겠는걸요."

엘러리가 아버지를 쳐다보며 말했다.

"인형 수송 작전을 우리에게 떠넘기시는 거로군요, 본들링 씨. 오늘 오후에 전화로 알리는 편이 더 나았을 텐데."

총경이 불쾌한 낯빛으로 말했다.

"총경님, 뭐라고 설명할 순 없지만 저는 이제야 왠지 마음이 놓이는걸요."

"그러세요? 그자가 그걸 훔치지 못할 거라고 생각하시는 이유가 대체 뭡니까?"

노 신사가 기분 나쁜 듯 반문했다.

본들링 변호사가 돌아간 뒤에 퀸 부자는 머리를 맞댔고 여느 때처럼 엘러리가 주로 말을 했다. 결국 총경은 경찰 본부와 직통 전화로 이 사건을 의논하기 위해 침실로 갔다.

"다른 사람이 보면 두 분이 바스티유 수호 계획이라도 세우는 줄 알겠어요. 코모스라는 사람이 대체 누군데 그러세요?"

니키가 비웃는 듯한 말투로 물었다.

"우리도 몰라, 니키. 누구든 될 수 있겠지. 그자는 오 년 전부터 범죄 행각을 벌이기 시작했고 뤼팽의 위대한 전통을 계승한 자로 절도를 예술의 경지로 끌어올린 뻔뻔스럽고 아주 지능적인 악한이야. 그자는 현실적으로 불가능한 상황에서 귀중품을 훔치는 데서 특별한 기쁨을 느끼는 것 같아. 위장의 대가여서 십여 가지 다른 모습으로 변장하고 나타나지. 변장술에 천부적 재능을 갖고 있는 데다 한 번도 잡히거나 사진에 찍히거나 지문을 남긴 적이 없어. 상상력이 풍부하고 대담하며 현재 미국에서 활동 중인 도둑들 가운데 가장 위험한 도둑이라고 감히 말할 수 있지."

엘러리가 천천히 설명했다.

"한 번도 잡히지 않았는데, 그 사람이 그런 범죄를 저질렀는지 어떻게 알죠?"

니키가 회의적인 음성으로 물었다.

"그러니까 다른 사람의 소행일 수도 있지 않느냐는 그런 이야기지? 수법을 보면 그자가 한 도둑질인지 알 수 있어. 그리고 뤼팽처럼 코모스도 자신이 방문한 모든 장소에 '코모스'라고 서명한 카드를 남겨."

엘러리가 창백한 미소를 지으며 대답했다.

"그러니까 그자가 평소처럼 보석이 박힌 그 인형을 훔치겠다고 미리 선포했단 말이죠?"

"아니, 내가 알기로 이런 경우는 이번이 처음인 것 같아. 그 자가 하는 모든 행동에는 이유가 있으니 오늘 아침에 본들링 씨의 사무실을 찾아간 것도 이 원대한 계획의 일부일 거야. 왠지 예감이 좋지 않……."

그때 거실 쪽에서 전화벨 소리가 크게 들렸다.

니키는 엘러리를 쳐다봤고 엘러리는 전화기를 쳐다봤다.

"그러니까 당신은…… 아, 그건 말도 안 돼요."

니키가 입을 열었다가 말을 다하지 못하고 끝맺었다.

"코모스가 관련된 곳은 말도 안 되는 일이란 없어."

엘러리가 사나운 말투로 말한 후에 전화를 받으러 갔다.

"여보세요!"

"옛 친구 코모스입니다."

낮게 울려 퍼지는 듯한 남자의 음성이었다.

"안녕하십니까."

엘러리가 말했다.

"본들링 씨가 당신에게 내가 내일 내시 백화점에서 도팽 인형을 훔치는 걸 막아 보라고 했나요?"

사내가 쾌활한 음성으로 물었다.

"그렇다면 본들링 씨가 여기 왔던 것도 아시겠군요."

"기적이란 없어요, 퀸 씨. 내가 그 사람을 미행했죠. 이 사건을 맡을 건가요?"

"이것 봐요, 코모스 씨. 보통 상황에서라면 나는 당신을 감옥에 집어넣을 수 있는 이런 멋진 기회를 두 손 들어 환영해요. 하지만 이번 경우는 좀 달라요. 그 인형은 고아들을 위한 자선 기금을 조성하는 데 있어 주요한 자산이에요. 이런 게임은 벌이지 않는 편이 나아요. 코모스 씨, 우린 이번 건에서 서로 손을 떼는 게 어떨까요?"

엘러리가 제안했다.

"그럼, 내일 내시 백화점에서 뵐까요?"

코모스가 온화한 음성으로 대답했다.

그리하여 12월 24일 이른 아침에 사람들이 모여들었다. 퀸 씨 부자와 본들링 씨 그리고 니키 포터는 무장한 보초들이 두 줄로 에워싸고 있으며 창문에는 화려한 크리스마스 장식을 한 라이프 신탁 앞, 철통 같은 경비를 한 43번가의 인도 위에 모였다. 은행 입구와 장갑 트럭 사이로 난 길에 보초들이 길게 늘어선 가운데 키테레아 입슨의 인형 수집품이 신속히 옮겨졌다. 그동안 뉴욕의 오래된 보도 위로 크리스마스의 매서운 바람이 휘몰아쳤다.

지금은 퀸 씨가 싫어하는 겨울이었다. 그래서 그가 욕지거리를 해 댔다.

"뭐가 불평인지 모르겠군요. 당신과 본들링 씨는 유콘(캐나다 북서부 준(準) 주(州) 지역.—옮긴이) 지역의 시골자들처럼 옷을 잔뜩 끼어 입었잖아요. 날 좀 보라고요."

니키가 투덜거렸다.

"내시 백화점 홍보부 직원들은 얼마나 입이 싼지 몰라. 비밀을 지키겠다고 철석같이 맹세해 놓고 그중 한 놈이 끝내 입을 놀리고 말았어. 빌어먹을! 끝내주는 크리스마스군!"

퀸 씨가 잔인한 음성으로 말했다.

"어젯밤에는 라디오에서 온통 떠들어 대더니 오늘 아침에는 신문에까지 대문짝만 하게 났더군요."

본들링 씨도 신음을 토했다.

"내가 그놈의 혀를 뽑아 버려야겠어. 여기야! 벨리에, 사람들이 다가오지 못하게 해!"

"뒤로들 물러서세요."

벨리에 경사가 은행 입구에서 호기롭게 외쳤다. 그는 자신 앞에 어떤 운명이 예비되어 있는지 감히 짐작도 하지 못했다.

"장갑 트럭과 산탄 총이라."

포터 양이 시퍼렇게 언 얼굴로 말했다.

"니키, 코모스는 내시 백화점에서 도팽 인형을 훔칠 거라는 걸 사전에 우리에게 통보했어. 그자는 그렇게 해야 도중에 인형을 훔치기가 더 쉬울 거라고 생각한 것 같아."

"저 사람들은 왜 서두르지 않는 거지? 아!"

본들링 씨가 몸을 떨며 외쳤다.

퀸 총경이 갑자기 입구에서 모습을 드러냈다. 그는 두 손에 보물을 움켜쥐고 있었다.

"아!"

니키도 외마디 비명을 토해 냈다.

뉴욕이 화려하고도 현란한 자태를 뽐냈다.

이처럼 호화로운 분위기는 민주주의의 본질에 걸맞지 않는다. 하지만 거리의 군중은 어린아이처럼 본심은 왕정주의자이다.

현란한 뉴욕의 거리에서 토머스 벨리에 경사가 위협적인 걸음으로 퀸 총경에게 다가갔다. 경찰이 무장을 마치자 퀸 총경이 인도 위, 보초들의 줄 사이로 난 틈을 서둘러 지나갔다.

퀸 가의 아들도 사라졌다가 잠시 후 장갑 트럭 문에서 모습을 드러냈다.

"부도덕하고 가증스러운 아름다움이군요, 본들링 씨."

포터 양이 눈을 번뜩이며 말했다.

본들링 씨가 목을 길게 빼고 쳐다봤다.

종을 든 산타클로스 등장한다.

산타: 조용, 조용히, 평화와 행운이 가득하기를. 이게 어제 라디오에서 떠들어 대던 인형인가요?

본들링 씨: 꺼져.

포터 양: 왜 그러세요, 본들링 씨.

본들링 씨: 저 사람은 여기 아무 볼일도 없어. 뒤로 물러서요. 산타 씨, 뒤로 가시라고요!

산타: 무슨 일인가요, 깡마르고 성난 친구 양반? 이런 때에 따스한 사랑으로 넘치지 않다니요?

본들링 씨: 아…… 여기! 이제 제발 친절하시게……?

산타: 대단히 예쁜 인형이군요. 이걸 어디로 가져가려는 거죠, 아가씨?

포터 양: 내시 백화점으로요, 산타 할아버지.

본들링 씨: 당신이 끝내 일을 저질렀구려. 지휘관님!!!

산타: (서두르며) 아가씨에게 작은 선물이 있다오. 늙은 산타가

드리는 감사의 표시요. 즐거운 크리스마스 보내시길…….

포터 양: 저한테요? (산타, 종을 든 채 급히 사라진다.) 본들링 씨, 이게 뭘까요……?

본들링 씨: 사람들을 현혹하는 아편일 게요! 그 허풍쟁이 사기꾼이 당신한테 뭘 주고 갔나요, 포터 양? 그 보잘것없는 봉투에 뭐가 들어 있죠?

포터 양: 잘은 모르겠지만 감동적인 글 같은 게 아닐까요? 아니, 엘러리 앞으로 되어 있는걸요. 아! 엘러리이이이!

본들링 씨: (흥분해서 퇴장한다.) 엘러리는 어디 있지요? 여러분……! 지휘관님! 그 사기꾼이 어디로 사라졌나요? 산타클로스 말이에요.

퀸 씨: (뛰어 들어오며) 뭐라구? 니키, 뭐라구? 무슨 일이야?

포터 양: 산타클로스 복장을 한 사람이 방금 나한테 이 봉투를 주고 갔어요. 그런데 당신 앞으로 되어 있어요.

퀸 씨: 편지라구? (그가 편지 봉투를 낚아채 봉투 안에서 굵은 연필 글씨가 쓰인 아주 얇은 종이 한 장을 꺼내 인상을 잔뜩 쓰며 큰 소리로 읽는다.) "친애하는 엘러리, 날 못 믿겠소? 내가 오늘 내시 백화점에서 그 도팽 인형을 훔치겠다고 했잖소. 난 내 말을 그대로 실천에 옮길 것이오. 당신의 코모스가."

포터 양: (목을 길게 빼며) 코모스라니, 그 산타가?

퀸 씨: (그가 입술을 굳게 다물자 매서운 바람이 휘몰아친다.)

제아무리 대도 코모스라 해도 방어 체계가 빈틈없다는 걸 인정할 수밖에 없을 것이다.

그들은 내시 백화점의 진열 담당 부서에 길이가 똑같으며 모서리의 아귀가 딱 맞는 진열대 네 개를 요구했다. 그러고는 이것을 한데 맞춰 가운데 생긴 사각형의 텅 빈 공간에 1.8미터 높이의 단을 세웠다. 진열대 위 플라스틱 계단에는 입슨 양이 모은 인형들이 길게 늘어섰다. 가운데 단 위에는 고급 가구 코너에서 잠깐 빌려 온 손으로 조각한 스웨덴 풍의 멋진 떡갈나무 의자가 놓여 있다. 장밋빛으로 된 거대한 원형 의자인 신의 전당 같은 이 왕좌 위에 경찰 본부에서 파견된 토머스 벨리에 경사가 앉았다. 그는 부여받은 임무에 걸맞게 붉은색 옷과 구레나룻이 달린 가면을 써서 자신의 정체를 숨겼다.

그뿐이 아니었다. 진열대 밖으로는 1.8미터의 거리를 두고 판유리로 된 반짝이는 성벽이 둘러쳐졌다. 그것은 백화점 6층 뒤쪽에 있는 '미래의 유리 집'에서 여러 재료를 빌려다 만든 것이었다. 그것은 모서리를 크롬으로 처리한 2.4미터 높이의 벽으로 두꺼운 유리문이 달린 것 말고는 흠 하나 없이 반짝거렸다. 모서리는 물 샐틈 없이 꼭 들어맞았고 문에는 무시무시한 자물쇠가 달려 있으며 자물쇠의 열쇠는 퀸 씨의 오른쪽 바지 주머니에 들어 있었다.

오전 8시 54분이 되었다. 퀸 씨 부자와 니키 포터 그리고 본들링 변호사는 백화점 간부들과 평상복을 입은 경찰들과 함께 내시 백화점 1층에서 자신들 노력의 산물을 점검했다.

"이 정도면 될 것 같군. 모두! 유리 벽 주변으로 늘어서라구."

마침내 퀸 총경이 말했다.

평상복을 입은 스물네 명의 경찰이 서로를 밀치며 부산히 움직였다. 그들은 유리 벽 앞으로 가서 유리 벽을 마주한 채 벨리에 경사를 올려다보며 미소 지었다. 벨리에 경사가 왕좌에서 그들을 내려다봤다.

"해그스트룀과 피곳이 문을 맡아."

두 경찰이 무리에서 떨어져 나왔다. 그들이 유리문 쪽으로 가고 있을 때 본들링 씨가 총경의 외투 소매를 잡아당겼다.

"퀸 총경님, 이 사람들은 다 믿을 만한가요? 그러니까 이 코모스라는 인간이……."

그가 속삭이듯 말했다.

"본들링 씨, 당신은 당신 할 일이나 하십시오. 난 내 임무를 다 하겠소이다."

노 신사가 차갑게 대꾸했다.

"하지만……."

"선발된 사람들입니다, 본들링 씨! 내가 직접 뽑았다고요."

"알겠습니다, 알겠습니다, 총경님. 저는 단지……."

"파버 경위."

눈이 축축하게 젖은 자그마한 사내가 앞쪽으로 걸어 나왔다.

"본들링 씨, 이 사람은 제로니모 파버 경위입니다. 경찰 본부의 보석 전문가죠. 엘러리?"

"아버지만 괜찮으시다면 앞으로도 제가 이걸 갖고 있을 게요."

엘러리가 자신의 커다란 외투에서 도팽 인형을 꺼내며 말했다.

누군가 '와우' 하며 감탄사를 토했고 그 뒤에 침묵이 이어졌다.

"경위, 내 아들이 갖고 있는 이 인형은 왕관에 다이아몬드가 박혀 있는 그 유명한 도팽 인형으로……."

"만지지 마세요, 경위님, 제발요. 아무도 손을 대지 않는 게 좋아요."

엘러리가 말했다.

"이 인형은 철통같은 경비를 자랑하는 은행 금고에서 직접 이리로 옮겨 온 것으로 입슨 부인의 재산을 관리해 온 본들링 씨가 진짜라고 주장하는 것이오. 경위, 이 다이아몬드를 감정해서 의견을 들려주시오."

총경이 말했다.

파버 경위가 루페(보석상, 시계 수리공 등이 사용하는 확대경—옮긴이)를 꺼냈다. 엘러리가 도팽 인형을 단단히 잡았을 뿐 파버 경위는 인형에 손가락 하나 대지 않았다.

마침내 전문가가 입을 열었다.

"물론 이 인형 자체에 대해서는 뭐라고 말할 수 없지만 다이아몬드는 굉장합니다. 현재 시가로 십만 달러는 족히 받을 수 있겠는걸요. 어쩌면 더 받을 수 있을지도 모릅니다. 그리고 상당히 강력하게 부착되어 있는 것 같습니다."

"고맙네, 경위. 됐다, 얘야. 제자리에 갖다 놓아라."

총경이 말했다.

엘러리가 도팽 인형을 꼭 쥔 채 유리문으로 가서 자물쇠를 열었다.

"그 파버라는 사람 말인데요, 총경님. 정말 믿을 만한 사람입니까……?"

본들링 변호사가 털이 북실북실한 총경의 귀에 대고 속삭였다.

"저 사람이 진짜 파버 경위가 맞느냐는 말씀이신가요? 본들링 씨, 나는 제리 파버를 십팔 년 동안 알고 지내 왔습니다. 진정 좀

하세요."

총경이 화를 다스리려고 애를 쓰며 말했다.

엘러리가 가장 가까운 진열대로 아슬아슬하게 기어 올라갔다. 그는 도팽을 내려놓고 진열대로 둘러싸인 좁은 바닥을 가로질러 단으로 갔다.

"지휘관님, 어떻게 하루 종일 화장실 한 번 가지 않고 여기 앉아 있을 수 있단 말입니까?"

벨리에 경사가 푸념을 늘어놓았다.

하지만 퀸 씨는 아무 말 없이 상체를 숙이고 밑바닥과 한쪽 벽면을 검은 벨벳으로 두른 배경을 뒤로 한 채 무장한 경찰들을 마주하고 있는 작고도 묵직한 물건을 바닥에서 집어 들었다. 그러고는 그것을 연단 위 벨리에 경사의 육중한 두 다리 사이에 놓았다.

그가 벨벳으로 된 보금자리에 도팽 인형을 조심스럽게 세웠다. 그런 다음 진열대를 다시 넘어와서 유리문을 지나 문에 달린 자물쇠를 잠그고 제대로 되었는지 검사까지 했다.

왕자의 장난감은 위풍당당하게 서 있었고 작은 금 왕관에 박힌 보석은 이 거대한 백화점 전체에서 가장 강력한 십여 개의 투광조명을 받으며 찬란한 은빛 광채를 발했다.

"벨리에, 인형에 손대지 마. 손가락 하나 대지 말라고."

퀸 총경이 경고했다.

"어휴우우우우우."

경사가 신음을 토했다.

"너희들은 근무 중이다. 인파에는 신경 쓸 것 없다. 너희 임무는 저 인형을 지키는 것이다. 하루 종일 단 한순간도 인형에서 눈길을 떠서는 안 된다. 본들링 씨, 만족하십니까?"

본들링 씨는 무슨 말인가 하려다 서둘러 고개를 끄덕여 보였다.

"그자가 저 인형을 가져갈 수 있는 유일한 방법은 마법이나 요술을 부리는 것뿐이다. 성문을 올려라!"

위대한 인물이 미소 지으며 말했다.

이렇게 크리스마스 전에 선물을 살 수 있는 유일한 날의 막이 올랐다. 이날은 원래 느긋하고 꾸물거리며 뭘 살지 결정 못하고 미적거리는 데다 곧잘 잊어버리는 인간들이 마침내 상업적인 기계인 백화점 안으로 끝도 없이 꾸역꾸역 빨려 들어가는 날이다. 지구에 평화가 온다면 반드시 이런 날은 지난 후일 것이다. 이날에는 아무도 성스럽고 거룩한 모습을 보여 주지 않는다. 포터 양은 이것을 "크리스마스 전날 쇼핑하는 것보다는 새장 속에서 고양이가 새를 잡아먹으려고 으르렁대는 광경이 더 평화로울" 거라고 표현했다.

하지만 이번 12월 24일에는 수를 헤아릴 수 없을 만큼 많은 아이들의 재잘거림으로 내시 백화점의 소란이 여느 때보다 더 심했다. 시편에 나와 있듯이 화살집에 화살이 꽉 찬 사람, 즉 아이들을 많이 둔 사람은 행복하다. 하지만 이날 입슨 양의 수집품을 에워싸고 있는 경찰들은 꾹 참고 있을 뿐, 사실 소란을 피워 대는 아이들에게 총이라도 쏘고 싶은 심정이었다. 1층에 몰려든 인파의 검은 물결 속에서 이 작은 인류들은 전기 자극을 받은 작은 물고기 떼처럼 엄마의 성난 비명에 이리저리 쫓겨 다녔다. 아이들이 뜨겁고 즐거우며 작은 팔다리로 어른들의 정강이와 엉덩이와 발을 마구 차고 밟으면 어른들은 아이들에게 욕을 퍼부어 댔다. 사실 신성한 구석은 눈을 씻고 찾을래야 찾을 수 없었다. 본들링 변호사는 기가 꺾인 듯 무지하고 야만적인 아이들을 피해 큼직한 외투로 몸을 감쌌다. 하지만 백화점 직원처럼 분장하라는 지시를 받은 법정 감시인들은 그런 갑옷을 입을 수 없었다. 많은 이들이 이날 별난 이유로 소환 명령을 받은 터였다. 이들은 무섭게 휘몰아치는 파도 한복판에 서 있었다. 파도는 그들을 무서운 기세로 공격하며 "인형을 지켜! 인형을 지켜!"라고 외쳐 댔다. 결국 이 외침은 원래의 의미를 잃어버리고 그들의 눈높이에서 번쩍이는 다이아몬드 밑으로 이 건장한 사내들을 유인하는 비정한 로렐라이의 외침이 되어 버렸다.

하지만 그들은 꼼짝도 하지 않고 서 있었다.

그때 코모스가 의표를 찔렀다. 아, 그가 행동에 들어간 것이다. 오전 11시 18분에 흔들거리며 걷는 한 노인이 작은 소년의 손을 단단히 잡고 해그스트롬 형사를 속여 잠긴 유리문을 열려고 했다.

"그래야 여기 있는 심한 근시안인 내 손자가 저 귀여운 인형을 자세히 볼 수 있다."는 감언이설로 말이다. 해그스트롬 형사가 "말도 안 되는 소리!"라고 고함을 치자 노인은 작은 소년의 손을 세차게 뿌리치고 순식간에 인파 속으로 사라졌다. 현장 수사 결과 엄마를 찾으며 우는 소년이 다가오자 노인이 엄마를 찾아 주기로 약속한 것으로 드러났다. 랜스 모건스턴이라는 이 작은 소년은 미아 찾기 센터로 보내졌다. 모두들 그 위대한 도둑이 마침내 공격에 착수했음을 확신했다. 엘러리 퀸을 제외한 모든 이가 말이다. 하지만 엘러리는 영문을 모르겠다는 듯한 표정이었다. 니키가 그에게 이유를 묻자 그는 "저런 어리석은 행동은 그자답지 않아, 니키."라고만 대답했다.

오후 1시 46분에 벨리에 경사가 구조 신호를 보냈다. 퀸 총경이 그 신호를 제대로 해석하고 "좋아, 15분이야."라는 답신을 보냈다. 산타클로스로 분장한 벨리에 경사가 높은 의자에서 내려와 진열대를 넘어 유리문 안쪽을 황급히 두드렸다. 엘러리가 그를 나오게 한 뒤에 즉시 문을 다시 잠갔다. 그러자 새빨간 산타클로스 옷을 입은 경사는 1층의 남자 화장실 쪽으로 순식간에 사라졌다. 도팽 인형만 홀로 연단에 남겨 둔 채 말이다.

경사가 볼일을 보는 동안 퀸 총경은 부하들 사이를 돌며 그날의 지시를 되풀이했다.

벨리에가 자연의 부름을 받아 간 사건으로 일시적인 위기가 발생했다. 할당된 15분이 지나도록 경사가 돌아오지 않는 것이다. 반 시간이 다 되어 가도록 그에게서는 아무 소식도 없었다. 한 부하가 남자 화장실로 보내졌고 경사가 그곳에 없다는 사실을 알렸다. 이 비열한 행위로 인해 긴급회의가 소집되고 대책이 논의되었다. 그렇게 2시 35분이 되었을 때 뚱뚱한 산타클로스 분장을 한 경사가 가면을 만지작거리며 줄을 뚫고 들어오는 것이 보였다.

"벨리에, 어디 갔었어?"

퀸 총경이 호통을 쳤다.

"점심 좀 먹느라고요. 훌륭한 경찰답게 하루 종일 격무를 달게 견디겠지만 아무리 근무 중이라도 배가 고파 죽을 지경이었습니다."

경사가 총경의 눈치를 보며 변명을 늘어놓았다.

"벨리에……!"

총경이 숨이 막히도록 화를 냈다. 하지만 잠시 후에 힘없이 손을 저으며 말했다.

"엘러리, 이 사람을 다시 들여보내."

다른 일은 일어나지 않았다. 그 밖에 주목할 만한 유일한 사건은 오후 4시 22분에 벌어졌다. 입슨의 인형이 전시된 곳에서 15미터 정도 떨어진 지점에서 통통하게 살이 찐 어느 여인이 새빨간 얼굴로 "멈춰! 도둑이야! 저 사람이 내 지갑을 가져갔어요. 경찰을 불러 줘요!"라고 소리쳤다. 엘러리가 즉시 이렇게 지시했다.

"속임수야! 모두들 인형에서 눈을 떼지 마."

"여자로 변장한 코모스야."

퀸 총경과 헤세 형사가 소리친 여자와 군중 틈에서 실랑이를 벌이는 동안 본들링 변호사가 외쳤다. 여자의 얼굴은 이제 터질 듯 시뻘겋게 달아올라 있었다.

"대체 지금 뭘 하시는 거예요? 날 체포하지 말고 내 지갑을 훔쳐 간 도둑을 잡아야죠!"

여자가 고래고래 소리쳤다.

"헛수고야, 코모스. 화장을 닦아 내."

총경이 말했다.

"맥코모스라니요? 내 이름은 라퍼티예요. 그리고 이 사람들이 모두 그 장면을 목격했어요. 도둑은 수염을 기른 뚱보였다구요."

여자가 큰 소리로 반박했다.

"총경님, 이분은 여자입니다. 절 믿으세요."

니키 포터가 은밀한 과학적 검사를 한 후에 말했다. 그리고 그건 사실이었다. 그러자 모두들 코밑 수염을 단 뚱보가 코모스라는 데 동의했다. 그가 그 작은 도팽을 훔칠 기회를 만들기 위해 혼란을 야기하려는 절망적인 희망을 품고 그 같은 우회적인 방법을 택했다는 것이다.

"바보, 바보 같은 놈."

엘러리가 손톱을 물어뜯으며 중얼거렸다.

"맞아. 그자가 우리 때문에 제 살을 뜯어먹고 있어, 엘러리. 이건 그자가 짜낸 필사의 전략이야. 이제 그자도 다 됐다구."

총경이 함박웃음을 지으며 말했다.

"솔직히, 전 좀 실망스러워요."

니키가 콧방귀를 뀌며 말했다.

"난 좀 걱정스러운걸."

엘러리가 말했다.

퀸 총경은 가장 취약한 순간에 감시 수위를 낮추기에는 너무도 철저한 범죄의 수호자였다. 5시 30분을 알리는 종이 울려 손님들이 출구 쪽으로 몰려가기 시작했을 때 총경이 외쳤다.

"모두 자기 위치를 고수하라. 인형을 계속 감시해!"

그래서 백화점이 텅 빌 때까지 아무도 경계를 늦추지 않았다. 파견된 경찰들이 사람들을 밖으로 밀어냈다. 사람들이 몰린 입구 쪽 안내 데스크에 있던 엘러리는 두 팔을 휘저어 가며 부하들을 지휘했다.

오후 5시 50분에 1층 로비는 전투 상황에서 풀려났다. 낙오된 쇼핑객까지 모두 밖으로 나간 뒤였다. 눈에 띄는 유일한 인파는 위층에서 폐점을 알리는 종소리에 갇힌 사람들로 엘리베이터에서 쏟아져 나온 이들을 신원이 확인된 백화점 직원과 경찰들이 도열해서 문까지 안내했다. 6시 5분까지도 사람들이 드문드문 백화점을 빠져나갔고 6시 10분이 되자 적은 손님마저 완전히 자취를 감췄다. 이제 직원들이 빠져나가기 시작했다.

"안 돼! 백화점 직원들이 모두 나갈 때까지 제자리를 지키도록!"

엘러리가 모두를 둘러보며 날카로운 음성으로 지시했다.

그 뒤로 한동안 계산대를 담당하는 직원들이 빠져나갔다.

"전 집에 가서 크리스마스트리를 장식해야 합니다. 지휘관님, 문 좀 열어 주세요."

유리문 안쪽에서 벨리에 경사의 애처로운 목소리가 들렸다.

엘러리가 그를 풀어 주기 위해 급히 달려갔다.

"내일 아침에 산타클로스 분장이라도 하고 아이들 앞에 나타나려고 그렇게 서두르나, 벨리에?"

피곳 형사가 야유를 보냈다.

이 말에 경사는 포터 양이 있는 것도 잊은 채 분장한 얼굴로 육두문자를 퍼부으며 쾅쾅거리는 발소리를 내면서 남자 화장실로 갔다.

"어디 가, 벨리에?"

총경이 웃으며 물었다.

"그 빌어먹을 산타클로스 옷인가 뭔가를 사러 가야죠, 안 그래요?"

경사가 산타클로스처럼 꾸민 목소리로 대답했고 동료 경찰들의 천둥 같은 웃음소리를 뒤로하고 사라졌다.

"아직도 걱정되시나, 퀸 양반?"

총경이 킬킬거리며 물었다.

"이해가 잘 안 됩니다. 본들링 씨, 당신의 도팽이 저기 있습니다. 그 누구의 손길도 닿지 않은 채 말입니다."

엘러리가 고개를 저으며 말했다.

"그렇습니다! 솔직히 말씀드리자면, 저 역시 이해가 잘 가질 않습니다, 퀸 씨. 이번 경우가 그자의 그동안 명성이 과장되었음을 보여 주는 다른 예가 아니라면 말입니다……"

본들링 변호사가 다행스러운 듯 이마를 훔치며 말했다. 그러다 그가 갑자기 총경의 손을 움켜잡았다.

"이 사람들! 이 사람들이 누굽니까?"

그가 속삭였다.

"본들링 씨, 진정하십시오. 이 사람들은 인형들을 다시 은행으로 옮길 사람들입니다. 잠깐만요, 여러분! 본들링 씨, 우리가 그 도팽 인형을 제자리로 갖다 놓는 것까지 지켜보는 게 좋겠습니다."

총경이 여유만만한 표정으로 말했다.

"이 사람들을 대기시키세요."

엘러리가 경찰 본부에서 나온 사람들에게 조용히 이른 후에 총경과 본들링 씨를 따라 닫힌 문 앞으로 갔다. 그들은 진열대 두 개를 밀어 간격을 벌린 후에 단 쪽으로 걸어갔다. 도팽 인형이 그들에게 친숙한 눈빛을 보냈다. 그들은 꼼짝 않고 선 채로 그 인형을 쳐다봤다.

"작은 악마처럼 귀엽군."

총경이 말했다.

"이제 바보같이 여겨지는군요. 하루 종일 그렇게 안달하다니 말입니다."

본들링 변호사가 환한 미소를 지으며 말했다.

"코모스에게 분명 무슨 계획이 있었을 텐데"

엘러리가 중얼거렸다.

"물론이지. 그 변장한 노인이 있었잖아. 지갑을 낚아챈 소행하며."

총경이 말했다.

"아니, 아니에요, 아버지. 뭔가 영리한 짓을 꾸며 냈을 거예요. 그자는 늘 교묘한 행각을 벌이거든요."

"글쎄 말이에요. 다이아몬드가 있는데도 손을 대지 않았다니 말이에요."

변호사가 안심이라도 되는 듯 말했다.

"변장…… 늘 변장을 했었어요. 산타클로스 복장은 그 자가 전에 한 번 써먹었던 건데, 오늘 아침 은행 앞에서…… 오늘 이곳에 산타클로스가 나타난 적이 있었나요?"

엘러리가 중얼거리듯 물었다.

"벨리에뿐이지 뭐. 하지만 벨리에는 아닌 것 같……."

총경이 히죽 웃으며 대답했다.

"잠깐만요."

본들링 변호사가 무척이나 묘한 목소리로 말했다.

그가 도팽 인형을 뚫어지게 응시했다.

"잠깐만이라뇨, 본들링 씨?"

"왜 그래요?"

엘러리도 아주 묘한 목소리로 물었다.

"하지만…… 그건 불가능해요."

본들링이 더듬거리며 말했다. 그가 검은 벨벳이 덮인 진열대에서 도팽 인형을 낚아챘다.

"안 돼! 이건 그 도팽 인형이 아니야! 이건 가짜야, 복제품이라구!"

그가 고함쳤다.

퀸은 그 순간 앞이 캄캄해지는 걸 느꼈다. 잠시 후 정신이 들었다.

"자네들 중 몇 명은! 산타클로스를 쫓아!"

그가 울부짖듯 외쳤다.

"누굴 쫓으라고, 엘러리?"

퀸 총경이 숨 막히는 음성으로 물었다.

"여기 서 있지 마! 그자를 쫓아! 방금 여기서 나간 사람! 남자 화장실 쪽으로 간 산타 말이야!"

엘러리가 펄쩍펄쩍 뛰며 정신없이 외쳐 댔다.

형사들이 정신없이 내닫기 시작했다.

"하지만 엘러리, 그 사람은 벨리에 경사인걸요."

누군가의 작은 음성이 들렸다. 니키는 이내 그것이 자신의 목소리임을 깨달았다.

"그 사람은 벨리에가 아니야, 니키! 2시 직전에 벨리에가 나갔을 때 코모스가 그를 기다리고 있었던 거야! 벨리에의 산타클로스 옷을 입고 벨리에의 수염을 달고 가면을 쓰고 돌아온 것은 코모스였다구! 코모스가 오늘 오후 내내 이 단 위에 있었던 거야! 이건 복제품이야…… 그자가 가져갔어, 그자가 가져갔다구!"

그가 본들링 변호사의 손에서 도핑 인형을 빼앗았다.

"하지만 퀸 씨, 그의 목소리를 생각해 보세요. 그가 우리와 이야기를 했잖아요. 그리고 그건 벨리에 경사 목소리였다고요."

본들링 변호사가 속삭이는 음성으로 상기시켰다.

"맞아요, 엘러리."

니키의 귀에 또 이렇게 말하는 자신의 목소리가 들렸다.

"내가 어제 코모스는 흉내 내기의 천재라고 말했었잖아, 니키. 파버 경위! 파버, 아직 여기 있나?"

멀리서 멍청하게 입을 벌리고 서 있던 보석 전문가 파버가 고개를 설레설레 저으며 유리문 안으로 들어왔다.

"경위, 이 다이아몬드 좀 살펴봐. 그러니까 이게 진짜 다이아몬드인가?"

엘러리가 숨도 제대로 쉬지 못하는 음성으로 물었다.

"어때, 게리?"

퀸 총경이 얼굴을 감쌌던 두 손을 떼어 내며 섬뜩한 음성으로 물었다.

파버 경위가 루페를 들이댔다.

"맙소사. 이건 모조 보석인걸요."

"뭐라구?"

총경이 애처로운 음성으로 물었다.

"모조 보석이에요. 납으로 된 유리를 붙였어요. 대단한 복제술인걸요. 여태껏 이렇게 잘된 건 본 적이 없어요."

"날 그 산타클로스에게 안내해."

퀸 총경이 속삭이듯 말했다.

하지만 퀸 총경이 몸을 움직일 필요는 없었다. 산타클로스가 총경 앞으로 끌려왔다. 그는 십여 명의 형사들에게 붙잡혀 몸부림치느라 붉은 외투는 벗겨지고 붉은 바지는 발목까지 내려와 있었다. 하지만 그는 수염 달린 가면을 아직 얼굴에 쓴 채 목이 터져라 고함을 질러 댔다.

"하지만 아까도 말했듯이 난 토머스 벨리에 경사라고요! 가면만 벗겨 보면 알 거 아니에요! 그러면 끝나잖아요!"

사내가 외쳐 댔다.

"그거 반가운 이야기야, 총경님을 위해 남겨 두었을 뿐이지."

해그스트롬 형사가 잡은 사내의 팔을 꺾으며 으르렁거렸다.

"그자를 잡고 있게."

총경이 속삭였다. 그가 코브라처럼 잽싸게 다가와 산타의 얼굴을 벗겨 냈다.

하지만 그는 진짜 벨리에 경사였다.

"이런, 벨리에 아닌가."

총경이 어리둥절한 목소리로 말했다.

"내가 그렇다고 수도 없이 말했잖아요. 자, 내 팔을 꺾으려 한 게 누구지?"

경사가 털이 복슬복슬한 가슴에 털이 잔뜩 난 팔로 팔짱을 끼며 말했다. 그러고는 외쳤다.

"내 바지!"

포터 양이 우아하게 몸을 돌리고 서 있는 동안 해그스트롬 형사가 겸손하게 몸을 웅크리고 벨리에 경사의 바지를 치켜 주었다.

"그런 건 신경 쓰지 말게."

멀리서 차가운 음성이 들려왔다.

그건 지휘관 자신의 목소리였다.

"예?"

벨리에 경사가 물었다.

"벨리에, 자네 2시 직전에 남자 화장실에 갔을 때 공격당하지 않았나?"

"제가 공격이나 당하는 멍청이로 보이십니까?"

"자네 혼자서 점심을 먹으러 갔었나?"

"정말 형편없는 점심이었죠."

"그럼 오후 내내 여기, 인형들 사이에 앉아 있었던 게 자네였단 말인가?"

"다른 사람일 리 있습니까, 지휘관님. 자, 친구들이여. 뭔가 조치를 취하게나. 지금 당장 말일세. 이게 다 무슨 일입니까? 조금 전에는 제가 이성을 잃었었습니다."

벨리에 경사가 한풀 꺾인 목소리로 말했다.

경찰들이 할 말 잃은 경사에게 뜻도 없는 말을 한동안 둘러댄 뒤에 리처드 퀸 총경이 입을 열었다.

"엘러리, 아들아. 대체 그자가 어떤 짓을 벌인 거지?"

"아버지, 제가 알 리가 있나요."

탐정의 대가가 대답했다.

거실은 크리스마스트리로 장식하였다. 하지만 퀸에게 있어 올해 12월 24일 밤은 불명예스럽기만 하다. 이처럼 한탄스러운 날 저녁에 퀸은 뉴욕의 한 아파트 거실에 앉아 아무 말 없이 비참한 눈길로 어둠침침한 불을 응시하고 있다. 물론 손님은 있다. 손님은 몇 안 되지만 대신 선별된 이들이다. 손님은 두 사람으로 포터 양과 벨리에 경사이다. 하지만 이들은 집주인에게 아무런 위로도 되어 주지 못한다.

아니, 오래된 크리스마스캐럴도 울려 퍼지지 않았다. 침묵만 감돌 뿐이었다.

키테레아 입슨이여, 당신의 무덤 안에서 슬피 울라. 모든 게 헛되나니, 당신의 예쁜 도팽 인형에 박힌 보석은 고아들의 텅 빈 보석함에 담기지 않고 오랫동안 범죄를 저질러 온 사악한 자의 뜨거운 손아귀로 넘어갔노라.

사실 1: 경찰 본부에서 파견된 제로니모 파버 경위는 진짜 도팽 인형을 안전한 진열대에 놓기 전에 진짜 인형의 금 왕관에 있던 다이아몬드를 감정했다. 파버 경위는 그 다이아몬드가 진짜일 뿐 아니라 10만 달러 이상의 값어치가 있는 값비싼 다이아몬드라는 의견을 밝혔다.

사실 2: 엘러리가 직접 자신의 손으로 유리로 둘러친 진열대 안에 신원이 확실한 벨리에 경사의 발치에 놓은 것은 진짜 다이아몬드와 진짜 도팽 인형이었다.

사실 3: 하루 종일 구체적으로 말해, 도팽 인형을 전시 장소에 놓은 순간부터 가짜임이 밝혀진 순간까지 이 시간 동안 인형을 훔쳐 복제품과 바꿔 치기 하는 것은 이론적으로 불가능하다. 산타

분장을 한 토머스 벨리에 경사 말고는 남자든 여자든 어른이든 아이든 그 누구도 전시 울타리 안에 발을 들여놓은 일이 없다. 또한 퀸 씨 부자와 포터 양 그리고 본들링 변호사는 말할 것도 없고 경찰 훈련을 받고 특별한 임무를 부여받은 수십 명의 보초는 벨리에 경사가 하루 종일 단 한 번도 인형에 손을 댄 적이 없다는 것을 절대적으로 증언했다.

사실 4: 인형을 감시할 임무를 부여받은 이들은 모두 한순간도 한눈팔지 않고 어떤 방해도 받지 않은 채 하루 종일 임무를 수행했음을 맹세했다. 게다가 사람이든 기계든 그 무엇도 유리로 된 울타리 안과 밖에서 그 인형에 손을 댄 적이 단 한 번도 없었다고 맹세했다.

사실 5: 앞서 밝힌 모든 사실에도 불구하고 그날이 저물 무렵 그들은 진짜 도팽 인형이 사라지고 그 자리에 싸구려 복제품이 놓여 있음을 발견했다.

"눈부시도록, 감히 상상도 못할 만큼 영리해. 놀라운 환상이야. 그건 분명 환상이었어."

마침내 엘러리가 입을 열었다.

"마법이야."

총경이 신음하듯 내뱉었다.

"집단 최면에 걸린 것 같아요."

니키 포터가 말했다.

"집단으로 속아 넘어간 거죠."

경사가 투덜거렸다.

두 시간 뒤에 엘러리가 다시 입을 열었다.

"그러니까 코모스는 바꿔 치기 할 싸구려 모조 도팽 인형을 갖고 있었던 겁니다. 그것은 세계적으로 유명한 인형이어서 수도 없이 그림으로 그려졌고 수도 없이 묘사되었으며 사진도 있습니다. 하지만 바꿔 치기 할 준비를 미리 했다 해도 어떻게 바꾼 것일까요? 어떻게? 어떻게?"

"한 번만 더 말씀하시면 마흔두 번입니다."

경사가 말했다.

"종이 울리고 있어요. 하지만 누구를 위해 울리는 거죠? 우리를 위해서는 아닌걸요."

니키가 한숨을 내쉬었다. 그리고 실제로 그들이 그곳에 넋을 놓고 앉아 있는 동안 세네카가 진실의 아버지라고 불렀던, 시간이 어느새 크리스마스의 문지방을 넘어서 있었다. 크리스마스가 되었다는 것을 알고 니키가 깜짝 놀란 표정을 지었고 엘러리의 눈에서 환한 빛이 번지며 그의 일그러진 표정이 밝아졌다. 이렇게 평화가, 답을 어느 정도 알아낸 자의 평화가 찾아왔다. 그가 고귀한 머리를 뒤로 젖히고 천진난만한 아이처럼 웃음을 터뜨렸다.

"이것 보세요,"

벨리에 경사가 그를 빤히 쳐다보며 말했다.

"아들아,"

퀸 총경이 안락의자에서 상체를 반쯤 일으키며 입을 열었을 때 전화벨이 울렸다.

"아름다워! 아, 더없이 훌륭해! 코모스가 어떻게 바꿔 치기를 했을까, 응? 니키……"

엘러리가 감탄사를 토해 냈다.

"어딘가에서 당신을 찾는 전화가 걸려 왔어요. 누구냐면 바로 '코모스'예요. 이 사람한테 직접 물어보지 그래요?"

니키가 그에게 수화기를 건네며 말했다.

"코모스라고."

총경이 몸을 움츠리며 속삭였다.

"코모스라구요."

경사도 당황하며 반복했다.

"코모스? 얼마나 멋진지 몰라요. 안녕하십니까! 축하합니다."

엘러리가 진심 어린 어조로 말했다.

"아, 고맙습니다. 오늘의 멋진 게임에 감사 드리고, 여러분이 가장 멋진 크리스마스를 보내시길 축원하며 전화를 했어요."

예의 그 낮고 냉소적인 음성이 들려왔다.

"당신이 더 즐거운 크리스마스를 보낼 것 같은걸요."

"라에티 트리움판테스."(라틴어로 된 찬송가 아데스테 피델레스 (참 반가운 신도여)중 한 구절. '승리를 노래하라.'는 뜻이다.―옮긴이)

코모스가 쾌활하게 대답했다.

"그러면 고아들은요?"

"그들에게는 가장 심원한 축원을 보냅니다. 하지만 당신을 기다리게 하진 않겠어요, 엘러리. 당신의 아파트 문밖에 깔린 매트를 보면 때가 때이니만큼 감사의 마음을 담은 코모스의 작은 선물을 발견할 수 있을 겁니다. 퀸 총경과 본들링 변호사에게도 안부 전해 주시겠습니까?"

엘러리가 미소를 지으며 전화를 끊었다.

그는 현관문 밖 매트 위에서 진짜 도팽 인형을 발견했다. 비열하게 단 한 군데 손을 댄 것만 빼면 인형은 무사했다. 하지만 작은 금 왕관에 박혀 있던 다이아몬드는 사라지고 없었다.

"기본적으로 단순한 문제였어요. 모두가 큰 착각에 빠진 거예요. 값비싼 물건을 안이 훤히 들여다보이는 하지만 들어갈 수는 없는 울타리에 넣어 두고 철저한 선별 과정을 거치고 믿을 만한 훈련을 받은 수십 명이 날카로운 눈으로 지켜봤어요. 그 물건이 그들의 시야를 벗어난 적은 단 한 번도 없었고 사람이나 다른 어떤 존재가 손을 댄 적도 없었어요. 하지만 위험한 시간을 무사히 보내고 나서 보니 그 물건이 사라져 버린 거예요. 싸구려 복제품으로 바뀌어 버린 거죠. 멋지고 놀라운 일이 아닐 수 없어요. 아무리 상상력을 동원해도 불가능한 일이기도 하고요. 하지만 사실 모든 마술적인 눈속임이 그렇듯 경이로움을 떨쳐 버리고 사실에만 집착하면 문제를 해결할 수 있어요. 난 그러지 못했지만 말이에요. 다름 아닌 경이로움이 사실을 가리는 역할을 한 거죠."

엘러리가 나중에 훈제 쇠고기 샌드위치를 먹으며 설명했다.

"그렇다면 무엇이 사실일까요? 사실은 인형이 전시대에 놓인 시간과 도둑이 그 누구도 그 무엇도 인형에 손을 댈 수 없다는 걸 깨달은 시간 사이에 존재합니다. 그러니까 인형이 전시대에 놓인 시간과 도둑이 도팽 인형을 훔치는 건 불가능함을 깨달은 시간 사이에 존재하는 거죠. 이런 추론에 의하면, 손쉽게 그리고 필연적으로 그 도팽 인형을 그 외의 시각에 도난당했다는 결론이 내려집니다."

엘러리가 피클을 씹으며 말을 계속했다.

"그 시간이 시작되기 전일까요? 아닙니다. 내가 진짜 도팽 인형을 내 손으로 직접 전시대 울타리 안에 넣었으니까요. 그 시각이 시작될 무렵에 인형을 만진 사람은 나밖에 없었어요. 여러분도 생각해 보면 알겠지만 파버 경위도 손을 대지 않았습니다.

그렇다면 도팽 인형은 그 시각 이후에 도난당한 게 틀림없어요.

그렇다면 그 문제의 시각이 지난 후부터 파버 경위가 다이아몬드가 납유리라는 걸 말하기 전까지 인형을 만진 사람은 나 외에 딱 한 사람이 있다는 결론이 내려집니다. 그 사람이 대체 누굴까요?"

엘러리가 반쪽 남은 피클을 휘두르며 물었다.

총경과 경사는 영문을 모르겠다는 듯한 시선을 교환했고 니키는 멍한 표정이었다.

"본들링 씨가 있긴 하지만, 그 사람은 아니겠죠?"

니키가 말했다.

"그 사람을 너무 믿었어, 니키. 사실은 본들링이 그 시각에 도팽을 훔쳤어."

엘러리가 겨자에 손을 뻗으며 말했다.

"본들링이라구!"

총경의 얼굴이 하얗게 질렸다.

"이해가 가지 않는걸요."

벨리에 경사가 투덜거렸다.

"엘러리, 당신이 잘못 생각한 것 같아요. 본들링 씨가 전시대에서 그 인형을 집었을 때는 이미 도난당한 후였어요. 그 사람이 집어 든 것은 싸구려 복제품이었다고요."

니키가 반박했다.

"그게 바로 그 사람이 착각을 일으키기 위해 벌인 계략의 요체였어요. 그 사람이 집어 든 게 싸구려 복제품이었는지 우리가 어떻게 알겠어요? 간단하지 않아요? 그 사람이 그렇게 말하자 어리석은 토끼 같은 우리들이 그의 터무니없는 말을 철석같이 믿은 거라고요."

"맞아! 사실 우린 그때 그 인형을 살펴보지 않았어."

그의 아버지가 중얼거렸다.

"바로 그거예요. 모두가 잠시 멋지게 혼란에 빠졌고 본들링은 바로 그 점을 노렸던 거예요. 내가 파견 나온 경찰들에게 산타클로스를 따라가서 잡으라고 소리쳤죠. 그러니까 여기 있는 경사 말이에요. 형사들은 그 순간 우왕좌왕했고 아버지는 놀라서 제정신이 아니셨어요. 니키는 지붕이라도 무너진 것 같은 표정이었고 말이에요. 나는 답을 찾기 위해 정신없이 머리를 굴렸어요. 형사 몇 명이 달려 나갔고 다른 형사들은 정신없이 왔다 갔다 했죠. 그리고 이 모든 일이 벌어지는 동안, 그러니까 그 몇 분 동안 아무도 본들링의 손에 들려 있던 진짜 인형을 감시하지 않았어요. 모두들 그 인형이 가짜라고 생각했으니까요. 본들링은 조용히 그 인형을 입고 있던 커다란 외투 주머니에 집어넣고 다른 주머니에서 하루 종일 갖고 다니던 값싼 복제품을 꺼냈어요. 내가 다시 그에게 고개를 돌렸을 때 그가 들고 있던 건 바로 복제품이었어요. 이렇게 해서 사람들이 착각하기를 바란 그의 계략이 성공한 거죠."

엘러리가 무언가를 씹으며 설명했다.

"좀 실망스럽기도 해요. 그게 바로 사기꾼들이 자신들의 직업적 비밀을 그토록 열심히 지키는 이유지요. 앎은 사람들을 미몽에서 깨어나게 해요. 탁자 위에서 아내를 사라지게 해서 런던의 관객들을 어리둥절하게 만든 그 프랑스인 마술사도 아내가 사라진 뚜껑 문을 공개했다면 코모스와 같은 운명을 맞이했을 거예요. 훌륭한 눈속임은 멋진 여인처럼 어둠 속에서 최고의 빛을 발하는 법이니까요. 경사, 훈제 쇠고기 샌드위치 하나 더 들게나."

엘러리가 무미건조한 어조로 말했다.

"크리스마스 아침에 받아들이기에는 너무 별난 일이군요."

경사가 손을 뻗으며 말했다. 그러다 잠시 멈칫했다. 그는 잠시 후에 "본들링이라니." 하고 중얼거리며 고개를 설레설레 저었다.

"이제 본들링이라는 걸 알았으니 다이아몬드를 돌려받는 건 식은 죽 먹기야. 그자는 아직 그걸 처분하지 못했을 거야. 내가 시내에 소문만 내면······."

총경이 조금 정신을 차린 듯한 얼굴로 말했다.

"기다리세요, 아버지."

엘러리가 말했다.

"뭘 기다리라는 게냐?"

"사냥개들한테 누굴 공격하게 하시려고요?"

"뭐라구?"

"경찰 본부에 전화를 해서 영장을 발급 받고, 그런 절차를 밟을 생각이시죠. 용의자가 누군가요?"

"네가······ 본들링이라고 말하지 않았니?"

총경이 손으로 이마를 짚으며 반문했다.

"별명을 부르는 게 현명할 것 같아요."

엘러리가 혀로 조심스럽게 피클 씨를 찾으며 말했다.

"별명이라구요? 그 사람한테 별명이 있나요?"

니키가 물었다.

"어떤 별명 말이냐, 얘야?"

"코모스요."

"코모스!"

"코모스라구요?"

"아, 쓸데없는 말은 그만두세요. 본들링은 하루 종일 우리와 같이 있었는데 어떻게 본들링이 코모스가 될 수 있겠어요? 게다가 코모스는 사방에서 변장한 모습으로 나타났잖아요. 은행 앞에서 내게 메모를 전한 산타와 랜스 모건스턴을 유괴한 노인 그리고 라퍼티 부인의 지갑을 빼앗은 수염 기른 뚱보로 말이에요."

총경의 집에서 크리스마스 만찬을 하는 데 익숙해진 니키가 자신이 마실 커피를 능숙하게 따르며 말했다.

"맞아요. 어떻게 그럴 수 있죠?"

경사가 물었다.

"착각은 쉽게 사라지지 않는군요. 몇 분 전에 전화를 해서 그 절도 사건을 두고 날 놀린 사람은 코모스가 아니었나요? 다이아몬드를 뺀, 훔친 도팽 인형을 우리 집 앞 매트 위에 놔두었다고 말한 사람은 코모스가 아니었나요? 그러니까 본들링이 코모스가 되는 거죠.

내가 코모스가 합당한 이유 없이 하는 행동은 하나도 없다고 말했었죠. 왜 '코모스'가 '본들링'에게 자신이 도펭 인형을 훔칠 거라고 말했을까요? 본들링이 자신의 분신을 들먹거리면서까지 우리에게 그런 말을 한 것은 우리가 자신과 코모스를 별개의 인물로 생각해 주길 바랐기 때문이었어요. 그는 우리가 코모스에 주목하고 본들링은 그냥 넘겨 주길 바랐어요. 그는 자신이 세운 전략의 전술적인 차원에서 그날 하루 동안 우리에게 세 명의 '코모스'를 보여 준 거예요. 분명 공모자들이었겠죠."

엘러리가 설명했다.

"그래요. 아버지, 아버지는 오 년 동안 잡으려고 노력해 온 그 위대한 도둑을 추적해 들어가는 과정에서 그 사람이 그동안 줄곧 파크로에서 존경받는 재산 관리 변호사로 일해 왔다는 사실을 알게 되실 거예요. 그자는 밤이 되면 자신의 실체와 겉껍질을 벗어 던지고 운동화와 다크 랜턴(반구형 렌즈가 달린 손에 드는 등으로 한쪽 방향만 비추거나 필요에 따라 차광도 할 수 있다.—옮긴이)으로 딴 사람이 되었던 거예요. 이제 그 모든 것을 수감 번호와 철창이 달린 문과 맞바꾸게 생겼지만 말이에요. 그건 그렇고 지금은 그런 사건이 일어나기 더 없이 좋은 때예요. "악마들이 가장 좋아하는 크리스마스 성찬은 변호사들의 혀로 만든 파이"라는 옛날 영국 속담이 있죠. 니키, 그 훈제 쇠고기 샌드위치 하나만 더 줘요."

엘러리가 말했다.

사라진 13쪽
Missing: Page Thirteen

애나 캐서린 그린 __ Anna Katharine Green

애나 캐서린 그린(1846~1935)은 '탐정 소설의 어머니'로 불린다. 애나는 오늘날 우리가 즐기는 미스터리 장르의 많은 인습을 격상시킴으로써 이런 별명을 얻었다. 그녀는 최초의 여성 탐정을 탄생시켰을 뿐 아니라 여성의 이름으로 출간한 최초의 미스터리 소설 작가이기도 하다. 아서 코난 도일 경이 셜록 홈즈를 탄생시킨 것과 거의 동시에 글을 쓰기 시작한 그녀는 공식적인 법 집행 기관에 관심을 쏟아, 1878년 경찰의 법 시행 절차를 다룬 『레번워스 살인 사건(The Leavenworth Case: A Lawyer's Story)』을 썼다. 애나의 데뷔작인 이 소설은 100만 부 이상 팔리는 경이적인 성공을 거두었으며, 예일 법대의 추천 도서로 선정되었다. 이 소설의 주인공인 에버니저 그리체는 애나가 쓴 다른 십여 권 이상의 책에도 등장한다. 이 밖에도 애나가 쓴 책에는 여성 형사인 어밀리아 버터워스와 이 이야기에 등장하는 사립 탐정 바이올렛 스트레인지가 등장한다.

1

"한 번만 더요! 돈이 되는 이 일을 한 번만 더 하고 그만두겠다고 약속할게요. 정말로 진짜로 그만둘 거예요."

"하지만 얘야, 왜 한 번 더 해야 하는 거니? 넌 목표한 돈을 이미, 아니 거의 벌었잖아. 지금은 내가 별로 도움이 되지 않지만 석 달 후면 충분히……."

"아니요, 그럴 필요 없어요, 아빠. 아빠는 잘하고 계세요. 고맙게 생각해요. 사실 이렇게 날 위해 일해 주셔서 정말 고마워요. 하지만 이런 상황에서라면 아빠는 석 달이 아니라 여섯 달 뒤에도 충분한 돈을 벌 수 없어요. 난 충분한 정도로는 만족하지 못해요. 돈이 꽉 차고 쌓여서 흘러넘쳐야 해요. 이렇게 큰소리치고 나서 실패할지도 모르죠. 하지만 이런 일이 또 생기진 않을 거예요. 자브리스키의 비극을 잊을 수가 없어요. 그 생각이 머리에서 떠나질 않아요. 뭔가 새로운 일이 있어야 그 일을 잊어버릴 수 있을 것 같아요. 난 죄책감을 느껴요. 내게 책임이……."

"아니야, 얘야. 네 책임이 아니란다. 그렇게 얽히고설킨 일에는 그런 결말이 따르기 마련이야. 조만간 그 사람은 자살하게 될 거야……."

"하지만 여자는 안 돼요."

"그럼, 그 여잔 안 되고말고. 하지만 그 여자가 장님인 남편과 몇 년 더 비참하게 살아 봤자 그 일을 완벽하게 이해할 거라고 생각하니?"

바이올렛은 대답하지 않았다. 그녀는 너무 놀라 아무 생각도 나지 않았다. 이 사람이 아빠란 말인가? 몇 주간 그녀를 돕느라 인생의 여러 심각한 문제를 가까이 접했다는 이유만으로 그가 이렇게 달라질 수 있단 말인가? 그녀의 얼굴은 이런 생각으로 밝게 빛났고, 이것을 본 아서는 이처럼 환한 얼굴 뒤에 어떤 생각이 있는지도 모른 채 몸을 굽혀 딸에게 입을 맞추고 예의 그 냉담한 어조로 말했다.

"그 일은 잊어버려, 바이올렛. 누구 때문이든 어떤 일 때문이든 다시는 그런 일에 신경 쓰지 마. 네가 또 그러면 네 친구와 이런 바보짓을 그만두게 할 좋은 방법을 의논할 테니. 친구들 이름까지 말하진 않겠어. 아! 그렇게 놀란 얼굴로 날 쳐다보지는 마. 깔끔하게 처신하라고, 그게 전부야."

"아빠 말이 맞아. 전부 다 옳아."

아서가 가 버리자 바이올렛은 이렇게 시인했다.

하지만 그녀는 여분의 돈이 필요했다. 그래서…….

그것은 놀라운 장면이었다. 그러니까 바이올렛처럼 어린 소녀에게는 말이다. 그녀는 한밤중도 지난 시각에 자동차에서 그 광경을 지켜봤다. 짙은 어둠이 드리운 인도 끝에 누구의 집인지 알 수 없는 어느 집의 출입문이 열려 있고, 그 사이로 두 팔을 뻗은 채 몸을 앞으로 기울이며 살려 달라고 애원하는 한 여자의 그림자가 보였다! 바이올렛이 지켜보고 있는 동안 그 모습은 사라졌지만 잔

상은 남아, 그녀는 겁을 먹은 채 한동안 의자에 바싹 붙어 앉아 있었다. 그 이상한 장면을 보고 그녀는 무슨 일이 있음을 직감했다. 신비하고 비극적인 일에 맞닥뜨릴 것이란 기대도 없이 탐정의 사명을 띠고 무도회장에서 나와 이 시골로 20킬로미터나 차를 타고 오지는 않았을 것이다. 그러나 별의별 일을 다 겪었음에도 불구하고 예민한 천성을 지닌 바이올렛 스트레인지는 그 순간 불을 흐릿하게 밝힌 복도를 가리고 선 사람의 그림자에 대해 생각하다, 어떤 말로도 설명할 수 없고 아무 소리도 낼 수 없는 막연한 두려움으로 인해 갑자기 목의 통증을 느꼈다.

하지만 그 통증은 이내 가라앉았다. 발을 땅에 디디면서 상황은 달라졌고, 그녀의 감정도 정상으로 돌아왔다. 이제 여인이 사라진 자리에 남자가 나타났다. 그는 그녀가 아는 얼굴일 뿐 아니라 신뢰하는 사람이었다. 친구의 등장으로 그녀는 용기를 얻었다. 그를 보자 지금의 상황이 더 친숙하게 느껴졌고, 그래서 그녀는 반짝이는 눈동자와 환한 얼굴로 그 사람을 만나러 인도로 올라가 로저 업존 씨에게 한 손을 내밀었다.

"당신이시군요!"

바이올렛은 홍조를 띤 채 미소 지으며 이렇게 말했고 그는 그녀를 현관 안으로 이끌었다.

그는 그녀를 이렇게 갑자기 부른 데 대해 사과와 무례함이 뒤섞인 설명을 늘어놓기 시작했다. 집안에 문제가 생겼는데, 그것도 아주 심각한 문제였다. 게다가 그 문제를 아침이 되기 전에 해결해야 했다. 그렇지 않으면 지금 이 불행한 집에 있는 한 사람 이상의 행복과 명예가 산산조각 날 판이었다. 그는 늦은 시간이라는 것과 오랫동안 그녀 혼자 차를 몰고 와야 한다는 것을 알고 있었다. 그럼에도 그는 한때 자신의 삶을 무너뜨릴 뻔했던 문제를 성공적으로 처리한 데 용기를 얻어 사무실로 전화를 건 터였다.

"그런데 당신은 무도회 드레스 차림이군요. 어떻게 생각……."

업존 씨가 놀라서 소리쳤다.

"무도회에서 오는 길이에요. 춤을 추다 연락을 받았어요. 집에 들르지 못했어요. 급하다고 해서요."

"상황이 그래요. 딕비 양이……."

업존 씨가 고마워하는 얼굴로 이렇게 말했다.

"내일 결혼할 여자 분 말인가요?"

"내일 결혼하기를 바라는 거죠."

"바라다니, 무슨 말인가요?"

"여기서 저녁 식사를 한 사람들이 집으로 가기 전에 오늘 밤 이 집에서 없어진 어떤 것을 찾아야 내일 결혼할 수 있으니까요."

바이올렛이 외마디 비명을 토해 냈다.

"그렇다면 코넬 씨는……."

"코넬 씨는 우리가 가장 신뢰하는 사람입니다. 하지만 잃어버린 그것은 그분이 갖고 싶어 하기도 했고, 여기 있는 사람들 중에 그분만이 숨길 기회를 갖기도 했습니다. 따라서 부유하지는 않지만 부유한 여자와 결혼을 약속한 사람의 자부심을 지닌 그분이 동이 트기 전에 자신의 결백을 밝히지 못하면, 내일 성 바르톨로뮤 성당 문이 열리지 않을 거라고 말한 이유를 납득하실 수 있을 겁니다."

그가 성급히 바이올렛의 말을 막으며 설명했다.

"그런데 잃어버린 물건은 뭐죠?"

"딕비 양이 자초지종을 설명해 줄 겁니다. 당신을 기다리고 있습니다."

업존 씨가 반쯤 열린 오른쪽 문을 가리키며 이렇게 덧붙였다.

바이올렛은 그쪽을 쳐다본 뒤에 두 사람이 서 있는 복도를 아래위로 살펴보았다.

"이 집이 누구의 집인지는 말씀 안 하셨는걸요. 그 숙녀 분 집은 아닌 것 같은데요. 그분은 도시에 사니까요."

"이곳은 할렘에서 20킬로미터나 떨어진 곳입니다. 바이올렛양, 당신이 지금 있는 곳은 밴 브루클린 씨의 저택입니다. 당신도 알 만큼 유명한 곳이죠. 여긴 처음이신가요?"

"여기 온 적은 있지만, 캄캄해서 아무것도 볼 수 없었어요. 이렇게 멋진 곳에서 수사를 하게 되다니요!"

"그렇다면 밴 브루클린 씨는요? 한 번도 그분을 뵙지 못했나요?"

"어렸을 때 한 번이오. 그때 무섭다는 인상을 받았죠."

"그럼 지금도 무서우실 거예요. 세월이 흘러 그분도 늙으셨죠. 미리 말씀드리지 않으면 그분도 깜짝 놀라실 거예요. 물론 그분은 지금 여성 탐정을 소개받을 줄은 꿈에도 생각지 못하셨을 거예요."

바이올렛은 미소 지었다. 그녀는 매우 매력적인 젊은 여성일 뿐아니라 이상한 사건을 예리하게 파헤치는 명탐정이기도 했다.

바이올렛과 딕비 양은 첫 만남부터 서로에게 호감을 느꼈다. 자신의 어려움을 해결해 주러 온, 신비한 분위기를 풍기는 자그마한 여인의 아름답고 멋진 모습을 처음 본 딕비 양은 강한 인상을 받

았다. 그녀는 매력적인 외모와 요정 같은 예쁜 의상으로 기억에
남을 바이올렛의 눈을 쳐다보았다. 바이올렛은 지적이고 깊이 있
어 보이는 분위기와 어울리지 않는 요염한 보조개가 있어 처음 보
는 사람은 단정한 분위기와 남다르게 묘한 매력을 동시에 느꼈다.

닥비 양이 바이올렛에게 준 인상은 다른 모든 이가 받은 인상과
똑같았다. 플로렌스 닥비를 처음 본 사람은 이내 그녀가 고상한
영혼과 관대한 성품의 소유자라는 것을 알아차렸다. 키가 큰 그녀
가 바이올렛의 손을 잡기 위해 몸을 굽히자 서로 다른 개성을 지
닌 두 사람은 둘 다 더 빛나 보였는데, 그것은 제삼자가 감탄해 마
지않을 광경이었다.

한편 바이올렛은 앞으로 맡게 될 사건에 관심이 쏠렸지만, 연이
은 비극으로 건물을 지을 때부터 유명해진 이 집에 대한 호기심을
충족시키기 위해 서둘러 입구부터 집 안을 둘러보지 않을 수 없었
다. 그러나 결과는 실망스러웠다. 벽은 평범하고 가구는 단순했
다. 새롭지도 현대적이지도 않은 게 요즘 유행이라면 모르겠지만
정말이지 특이한 점이라곤 하나도 없었다. 집 안에는 아주 섬세한
초 모양 등에서 가스가 나온다는 사실만 빼면 버(부통령을 지낸 미
국의 정치가로 알렉산더 해밀턴과 전투를 벌여 치명상을 입었다.—
옮긴이)와 해밀턴이 살던 18세기와 똑같은 모습이었다.

바이올렛이 그 이유를 생각하다 보니, 과거에 대한 매혹이 그녀
를 사로잡았다. 닥비 양의 반짝이는 눈을 보고 현재의 일에 정신
을 집중해야 한다는 사실을 깨닫지 못했다면, 그녀는 이런 상상을
언제까지 펼쳤을지 몰랐다. 바이올렛은 그 순간 정신을 차리고 닥
비 양이 털어놓는 이야기에 성심성의껏 귀를 기울였다.

이야기는 간단했고 그 내용은 다음과 같다.

이 집에서는 여섯 명 정도의 사람이 모여 앞으로 있을 결혼을 축하하기 위해 만찬을 벌였다. 또한 그 자리는 손님 중 한 사람인 슈필하겐 씨를 축하하기 위한 자리이기도 했다. 슈필하겐 씨는 그 주에 거대한 산업으로 발전될, 자신이 한 발견을 몇몇 전문가에게 시연해 보이고 성공을 거둔 바 있었다.

딕비 양은 이 발견에 대해서는 잘 이해하지 못한 듯 자세히 설명하지 않았다. 그러나 그 발견이 코넬 씨가 일하는 분야와 관련이 있다는 것을 시인했다. 만일 계산 및 공식과 관련된 내용이 성급히 공개되면 슈필하겐 씨가 맺고 싶어 하는 계약이 수포로 돌아가고 그가 현재 품고 있는 희망도 그것으로 끝이었다.

공식이 담긴 서류는 두 부뿐이었다. 한 부는 보스턴의 안전한 은행 금고에 보관되어 있고 다른 한 부는 그가 직접 갖고 이 집으로 왔다. 그런데 현재 없어진 것은 후자의 서류로 열여섯 장 정도 되는 서류 중 한 장이 그날 밤 없어진 것이었다. 딕비 양은 어떤 상황에서 그 서류가 없어졌는지를 설명했다.

저녁 식사 자리를 마련한 밴 브루클린은 침울한 삶을 살았으나, 그날은 모두의 이목을 끌 만한 흥미진진한 이야깃거리가 있었다. 그것은 폭약에 관한 것이었다. 따라서 저녁 식탁에서는 주로 슈필하겐 씨의 발견과 이 특별한 산업 때문에 도래할 변화에 관한 이야기가 오갔다. 일급 비밀이 생명인 그 공식에 관한 이야기는 코넬 씨의 관심을 끌지 않을 수 없었고 그녀 자신도 주의 깊게 들었다. 밴 브루클린 씨가 이야기에 끼어드는 것에 양해를 구하며 슈필하겐 씨가 값진 발견을 한 것처럼 자신도 비슷한 발견을 한 일이 있으며, 또한 그것을 수많은 실험으로 검증했다고 말했다. 그것은 슈필하겐 씨의 발견처럼 시장성이 높은 것은 아니었지만 같은 과제에 대한 연구와 여러 차례의 검사 결과, 성공하기 위해서는 예외적인 절차를 거쳐야 하는, 몇 가지 사실을 발견했다고 말했다. 만일 슈필하겐 씨가 이러한 예외를 고려하지 않고 이러한 예외에 맞설 준비도 하지 않았다면 그의 방법은 성공보다 실패할 확률이 더 높았다. 그가 이런 예외에 대해 이미 알고 문제를 해결했던가? 그가 그런 예외에 대해 알아 둔다면 큰 힘이 될 터였다.

곧 예, 그렇습니다 라는 대답이 돌아왔다. 그러나 대화를 좀 더 나누면서 슈필하겐 씨의 자신감은 빛을 잃어 가는 듯했다. 사람들이 저녁 식탁에서 일어서기 전에 그는 그 공식이 밴 브루클린 씨가 말한 모든 예외까지 포괄하는지 확인하기 위해 그날 밤 자신의 서류를 한 번 더 검토해 봐야겠다고 솔직히 털어놓았다.

순간 코넬 씨의 표정이 싹 바뀌었고 딕비 양만 이것을 눈치 채지 못했다. 대단한 성공을 거둘 공식을 발견한 사람의 엄청난 행운에 대해 말하는 그의 비통한 표정은 사람들의 이목을 끌었고, 자연히 잠시 후 그 서류가 사라진 것과 코넬 씨를 그것과 연결시키는 상황이 벌어지고 말았다.

여인들(딕비 양 말고도 두 명이 더 있었다.)은 모두 모여 음악실로 갔고, 남자들은 담배를 피우러 서재로 갔다. 이곳에서 사람들은 이제까지 몰입했던 한 가지 주제에서 벗어나 활기찬 대화를 나누었다. 그런데 슈필하겐 씨가 안절부절못하며 어색한 표정으로 이렇게 말했다.

"제 논문을 다시 한 번 훑어봐야 마음이 편하겠습니다. 조용한 곳이 어디 있을까요? 오래 걸리진 않을 겁니다. 금방 읽으니까요."

밴 브루클린 씨가 대답할 차례였으나 그는 아무 대답도 하지 않았다. 사람들의 눈이 일제히 그에게 쏠렸다. 그는 가까운 사람들에게는 아주 익숙한 멍한 상태에 잠겨 있었고, 아무도 감히 이 특이한 인물의 마음의 평화를 깨지 못했다.

어떻게 해야 한단 말인가? 이 특이한 집주인의 이런 상태는 삼십 분 정도 지속될 때도 있었고, 슈필하겐 씨는 초조함을 감추지 못했다. 사실 그는 현재 엄청난 불안감을 숨기고 있었기 때문이다. 그는 서재의 다른 쪽 문이 열려 있는 것을 보고 주변 사람들에게 이렇게 말했다.

"저기 불 켜진 곁방이 있군요. 제가 저곳에 잠시 틀어박혀 있어도 괜찮겠죠?"

아무도 감히 이의를 달지 못했다. 그가 일어서서 문을 가볍게 밀자 아름다운 패널 벽을 두르고 밝은 조명이 있는 작은 방이 나타났다. 하지만 그 방에는 가구 한 점, 심지어는 의자 하나 없었다.

"바로 여기야."

슈필하겐 씨는 이렇게 말한 뒤에 의자가 많이 놓여 있는 곳에서 바닥이 등나무로 된 의자 하나를 그 방 안으로 옮겼다. 그리고 문을 닫았다.

몇 분 후 식탁에서 시중을 들던 하인이 작은 리큐르(달고 향기로우며 독한 술로 식전이나 식후에 주로 마신다.—옮긴이) 잔이 여러 개 놓인 쟁반을 들고 들어왔다. 그는 주인이 이상한 분위기에 빠져 있는 것을 보고 쟁반을 내려놓고는 여러 개의 잔 중 하나를 가리키며 말했다.

"이건 밴 브루클린 씨가 드실 것입니다. 늘 드시는 진정제가 들어 있습니다."

하인은 남자 손님들에게 잔을 권한 뒤에 조용히 방에서 나갔다.

업존 씨는 가장 가까이 있는 잔을 집어 들었고 코넬 씨도 똑같이 하려는 것처럼 보였다. 그러나 그는 갑자기 팔을 뻗어 멀리 있는 잔을 집어 들더니 슈필하겐 씨가 틀어박혀 있는 방으로 걸음을 옮겼다.

그가 왜 이런 행동을 했단 말인가. 그가 가까이 있는 잔을 집어 들지 않고 쟁반 끝까지 손을 뻗은 이유가 대체 뭐란 말인가. 불운한 충동에 따랐기 때문이라는 것보다 그 행동을 더 잘 설명할 수 있는 말은 없었다. 그는 문가에서 슈필하겐 씨의 초조한 표정을 보고도, 그리고 그가 잔을 집어 기계적으로 마시는 걸 보고도 아무 생각도 하지 못했다. 그는 슈필하겐 씨가 손가락 사이로 보이는 부분을 감추기 위해 읽던 종이를 손으로 가리는 것을 볼 때까지도 별다른 생각을 하지 못했다. 하지만 그 순간 침입자는 자신의 경솔한 행동을 깨닫고 얼굴을 붉히고 무척 당황해하며 손을 뺐다. 그러나 밴 브루클린 씨가 갑자가 잠에서 깨어나 자신의 손 가까이에 있는 쟁반을 내려다보며 놀라서 이렇게 말한 후에 코넬 씨의 입장은 더더욱 난처해졌다.

"답스가 날 잊은 것 같군."

불운한 코넬 씨는 그 순간 자신이 어떤 행동을 했는지를 깨달았다. 그가 집어 들고 다른 방으로 가져간 잔(약이 들어 있다고 말한 잔)은 집주인이 마실 것이었다. 그는 자신의 어리석은 행동에 죄책감을 느꼈다. 변명을 한다 해도 얼마나 구차할 것인가!

코넬 씨는 아무 행동도 하지 않고 자리에서 일어나 그의 난처한 처지를 동정하며 얼굴을 붉힌 엄존 씨를 재빨리 쳐다보았다. 그는 방금 전에 슈필하겐 씨를 위해 닫았던 문으로 갔다. 하지만 문 손잡이에 손을 댄 순간 그는 자신의 어깨에 와 닿은 손길을 느끼고 몸을 돌려 밴 브루클린 씨를 쳐다보았다. 밴 브루클린 씨는 대단히 성난 표정으로 그를 쳐다보고 있었다.

"어딜 가시오?"

그가 물었다.

질문하는 어조와 심각한 표정 그리고 불쾌함과 놀라움이 동시에 새겨진 얼굴 때문에 무척 당황스러웠으나, 코넬 씨는 더듬거리며 겨우 대답했다.

"슈필하겐 씨가 여기서 그 논문을 살펴보고 있습니다. 하인이 음료수를 들여왔을 때 제가 이상하게도 선생님이 드실 잔을 슈필하겐 씨에게 갖다 주었습니다. 그분이 그걸 마셨기 때문에 지금 괜찮은지 보려는 중입니다."

그가 마지막 말을 할 때 밴 브루클린 씨가 그의 어깨에서 손을 뗐다. 그러나 이러한 행동에 어떠한 말도 덧붙이지 않았고 그를 따라 방 안으로 들어오지도 않았다.

코넬 씨는 나중에 자신의 행동을 크게 후회했다. 그가 슈필하겐 씨가 손에 서류를 든 채 아직 그곳에 앉아 있는 것을 보고 놀라 멍하니 서 있는 동안 모두의 눈길이 그에게 쏠렸다. 하지만 슈필하겐 씨의 머리는 앞으로 푹 숙인 상태였고 두 눈은 감겨 있었다. 죽었는지 잠이 들었는지 모르지만 코넬 씨는 이 광경을 보고 소스라치게 놀랐다.

　이것이 한 치의 오차도 없는 사실이든 아니면 대체적인 사실이든 밴 브루클린 씨의 등 뒤로 뒷걸음질치는 코넬 씨는 분명 평소 그답지 않아 보였다. 그는 그 약은 전혀 해롭지 않으며 슈필하겐 씨가 충격을 받지 않고 자연스럽게 깨어나게 놔두기만 하면 된다는 집주인의 말도 완전히 믿지 못하는 눈치였다. 하지만 당시에 슈필하겐 씨가 너무 불편해 보였으므로 사람들은 그를 서재의 라운지로 옮겨 눕히기로 했다. 하지만 그 전에 업존 씨가 힘없이 들고 있는 그 귀중한 서류를 빼내, 큰 방 구석에 있는 탁자 위에 올려놓았고, 그 서류는 슈필하겐 씨가 십오 분쯤 뒤 깨어날 때까지 그곳에 그대로 놓여 있었다. 자신의 손에 서류가 없음을 안 그는 펄쩍 튀어 일어나더니 방을 가로질러서 그 서류를 다시 움켜잡았다.

　서류를 집어 들고 몹시 불안한 얼굴로 황급히 서류를 넘기던 그는 사람들이 꿈에도 생각지 못한 말을 외쳤다.

　"그 공식이 적힌 쪽이 없어졌습니다!"

　바이올렛은 이제 자신이 해결해야 할 문제가 무엇인지 알게 되었다.

　2

　앞에서 말한 정황에 이상한 점은 전혀 없으며 분명한 것은 13쪽이 없어졌다는 사실뿐이었다. 두 번째로 헛되이 서류를 확인한 사람도 13쪽은 찾을 수 없었다. 14쪽은 서류의 맨 위에 놓여 있었고 12쪽은 맨 아래에 있었지만 그 사이에 있어야 할 13쪽은 어디에도 없었다.

13쪽은 어디로 사라진 걸까? 그리고 대체 누가 이런 나쁜 짓을 했단 말인가? 모두 없어진 그 쪽을 찾기 시작했지만, 어떻게 된 건지 아는 사람은 아무도 없었고 그곳에 있던 그 누구도 그런 일을 하려 하지 않았다.

하지만 어디서 찾는단 말인가? 그 작은 곁방에는 눈에 잘 띄는 사각 모양의 흰 종이는 고사하고 담배꽁초 하나 숨길 곳이 없었다. 맨 벽에 맨 바닥 그리고 가구라고는 의자 하나가 전부였다. 그러니 그 방 안에 있을 리 만무했다. 누군가가 몸에 지니고 있지 않다면 말이다. 이것이 이 이상한 일에 대한 설명이 될 수 있단 말인가? 의심스러워 보이는 사람은 아무도 없었다. 그러나 코넬 씨는 사람들이 자신을 의심한다는 걸 눈치 챈 듯 양 볼이 붉게 상기된 채 밴 브루클린 씨 앞으로 나아가서 모두 들으라는 듯 차가운 음성으로 이렇게 선언했다.

"몸수색을 받겠습니다. 지금 당장 그것도 철저히 말입니다."

잠시 침묵이 이어지다 누군가 말했다.

"우리가 모두 몸수색을 받아야 합니다."

"슈필하겐 씨는 논문을 읽으러 곁방으로 갔을 때 없어진 쪽이 분명히 있었다는 걸 확신합니까?"

불안해진 집주인이 물었다.

"확실합니다. 사실 잠들기 직전에 그 공식을 읽고 있었습니다."

단호한 대답이 돌아왔다.

"단언하십니까?"

"맹세합니다."

"저를 철저히 수색해 주십시오. 이 자리에서 모든 의혹을 깨끗이 벗어야겠습니다. 그렇지 않으면 어떻게 내일 딕비 양과 결혼하겠습니까?"

코넬 씨가 무거운 음성으로 되풀이해서 요구했다.

이제 더 이상 주저할 게 없었다. 모두 앞으로 닥칠 시련을 겪어야 했다. 슈필하겐 씨까지 말이다. 그러나 그런 노력은 아무 소득도 없이 끝나 버렸다. 없어진 서류는 찾지 못했다.

이제 어떤 묘안을 짜내야 하나? 이제 어떻게 해야 하나?

더 이상 할 수 있는 일은 없는 듯했다. 하지만 그 중요한 공식을 찾기 위해 무언가를 더 하긴 해야 했다. 코넬 씨의 결혼과 슈필하겐 씨의 사업 성공은 아침 6시 전에 그 서류를 찾는 데 달려 있었다. 슈필하겐 씨는 그 시각에 기선을 타고 유럽으로 떠나는 어떤 제조업자에게 공식을 넘겨야 했다.

다섯 시간밖에 남지 않았다!

밴 브루클린 씨에게 어떤 대책이 있는가? 아니다. 그도 다른 사람들과 마찬가지로 막막할 뿐이었다.

모두 서로의 얼굴을 살폈다. 그러나 전부 막막한 표정이었다.

"숙녀 분들을 부릅시다."

누군가 제안했다.

여인들이 나타났다. 그러나 이전에도 긴장되었던 분위기는 딕비 양이 나타나면서 더욱 굳어졌다. 하지만 그녀는 이처럼 중대한 위기의 순간에도 마음의 평정을 잃지 않는 여인이었다. 난처한 지금의 상황에 대해 설명을 듣고 문제를 완전히 파악한 딕비 양은 먼저 코넬 씨를 쳐다본 뒤에 슈필하겐 씨를 한번 보고 조용한 음성으로 이렇게 말했다.

"이 사건에는 가능한 단 하나의 설명이 존재합니다. 슈필하겐 씨에게는 죄송하지만, 그분이 잃어버린 쪽이 나머지 서류와 함께 있었다고 생각하는 건 명백한 착각입니다. 익숙지 않은 약물을 마셔서 착각했을 가능성이 있습니다. 잠들 무렵 그분이 그 공식에 대해 궁리하고 있었다는 것은 조금도 의심하지 않습니다. 저는 그분의 솔직함을 굳게 믿습니다. 하지만 코넬 씨에 대해서도 그렇습니다."

딕비 양이 미소를 지으며 말을 마쳤다.

밴 브루클린 씨는 감탄을, 슈필하겐 씨는 이런 주장의 효력을 부인하는 불평 어린 신음을 토해 냈다. 코넬 씨가 이 색다르고 예기치 못한 주장에 급히 끼어들지 않으면 사태가 어떻게 돌아갈지 예측할 수 없었다.

"딕비 양이 제가 받고 싶어 하는 믿음을 보여 주신 데 대해 감사드립니다. 하지만 슈필하겐 씨를 위해 이 말씀은 드려야겠습니다. 제가 술잔을 들고 들어갔을 때, 그분이 공식을 보고 있었다고 하신 말씀은 사실입니다. 여러분은 볼 수 없는 위치에 계셨지만 저는 그분이 읽고 있던 쪽을 본능적으로 가리는 것을 보았습니다. 이것도 결정적인 증거가 되지 않는다고 생각하신다면, 제가 무의식적으로 그분 손의 움직임을 따라가다가 위에 씌어진 숫자를 분명히 보았다는 것을 말씀드려야겠습니다. 그 숫자는 바로 13이었습니다."

이번에는 슈필하겐 씨가 커다란 감탄사를 터뜨렸다. 그 감탄에는 고마움이 깃들어 있었고, 코넬 씨에 대한 태도가 달라졌음을 그의 표정으로 읽을 수 있었다.

"그 없어진 서류가 어디로 갔든 당신은 이번 사건과 아무 관련이 없습니다."

슈필하겐 씨가 코넬 씨 쪽으로 손을 내밀며 말했다.

순간적으로 모든 압박감이 사라지고 모든 이의 얼굴에 안도의 빛이 감돌았다. 하지만 문제가 해결된 것은 아니었다.

갑자기 누군가 이처럼 절망적인 사실을 상기시켰고, 그러자 업 존 씨가 어려운 상황을 겪은 적이 있으며 지금처럼 해결하기 어려운 그 문제를 사립 탐정 업체와 비밀 계약을 맺은 어떤 작은 숙녀의 도움으로 해결했다고 털어놓았다. 그 여인을 찾아내 아침이 되기 전에 이곳에 오게 할 수만 있다면 모든 일이 해결될 터였다. 그는 시도해 보겠노라고 말했다. 그처럼 무모한 행동도 성사될 때가 있는 법이다. 그는 탐정 사무실로 전화를 걸었고……

바이올렛이 알아야 할 다른 사실은 없는 걸까?

3

이렇게 해서 이 사건에 연루된 바이올렛은 신사 분들이 어디 있느냐고 물었다.

그녀는 남자들은 모두 아직 서재에 있으며 여자들은 집으로 돌아갔다는 대답을 들었다.

"그렇다면 그분들에게 가 봅시다."

바이올렛이 이번 일은 그 불길한 '실패'라는 단어로 끝날 가능성이 대단히 높다는 크나큰 두려움을 미소 뒤에 숨긴 채 이렇게 말했다.

두려움이 그토록 큰 다른 상황이었다면 그녀는 사건에 대한 설명을 듣고 관련된 사람들이 있는 곳으로 가는 짧은 시간 동안 다른 생각은 하지 않았을 터였다. 그러나 이번에는 사건이 너무도 특이하고, 아니 그보다는 사건의 배경 정황이 너무도 이례적이어서 그녀는 복잡하게 뻗은 복도를 안내받으면서 그 집에 대한 관심을 끊을 수 없었다. 이 집은 너무도 비극적이고 비통한 일이 일어난 곳이었다. 밴 브루클린이라는 이름과 밴 브루클린 가의 역사 그리고 밴 브루클린 가의 전통 때문에 이 집은 이 전원 지역에서 아주 특이한 곳으로 알려졌고 앞으로도 그럴 것이었다. 이 모든 것이 그녀의 상상력을 자극했고, 그래서 그녀는 정신없이 집 안 내부를 구경했다. 아무도 열지 않은, 미국의 독립 전쟁 이후 한 번도 열지 않은 문을 그녀가 보고 있는 것은 아닐까? 그런 문을 본다 한들 그런 사실을 알 수나 있을까? 게다가 밴 브루클린 씨를 만나다니! 어떤 상황이든 어떤 장소든 그 사람을 만난다는 것 자체는 커다란 사건이었다. 하지만 그는 지금 힘겨운 문제에 봉착해 있었다! 바이올렛이 함께 있는 사람들에게 말 한 마디 하지 않는다 해도 놀라울 것은 없었다. 그녀는 경이로움과 두렵기까지 한 기쁨이 깃든 설렘에 사로잡혀 있었다.

밴 브루클린 씨가 살아온 내력은 유명했다. 독신이자 염세주의자인 그는 나이 많은 남자 하인들만 있을 뿐 완벽하게 혼자 살았다. 그는 다른 집을 방문하지도 않았다. 이따금씩 몇몇 지인을 자신의 집으로 초대해 식사를 대접하긴 했지만 정작 자신은 모든 초대에 거절했고 밤 10시 넘어서까지 도심에 있어야 하는 저녁 시간의 온갖 즐거움을 한사코 마다했다. 자신의 침대가 아닌 곳에서는 결코 잠을 자지 않겠다는 필생의 규율을 깨지 않기 위해서 인 듯했다. 그는 쉰 살이 족히 넘은 나이임에도 불구하고 그 자신의 말에 의하면, 어렸을 때 유럽에서 돌아온 뒤로는 자신의 침대가 아닌 곳에서 잔 적은 단 두 번밖에 없으며, 그것도 보스턴으로 오라는 법원의 소환 때문이었다고 했다.

이것이 그의 가장 괴벽스러운 면이지만 다른 사람들과 다른 점이 또 하나 있는데 그건 바로 여자를 기피하는 것이었다. 시내를 잠깐 방문했다가 여인들과 어울리게 되면 그는 언제나 예의 바르고 때로는 재미있는 말벗이 되어 주곤 했다. 하지만 자신이 나서서 여자를 찾거나 평소의 모습과 달리 여자와 관련된 뒷소문은 단한 차례도 없었다.

하지만 그는 보통 사람들보다 강한 매력의 소유자였다. 그는 세련된 외모에 인상적인 얼굴을 지니고 있었다. 사람들이 많이 모이는 접견실이나 공공 장소에 그가 모습을 드러내면 모두의 눈길을 끌 만한 사람이었다. 그러나 어렸을 때부터 그런 모든 것에 등을 돌려 온 결과 나이가 들어 습관을 바꾸는 건 불가능하다는 걸 깨달았을 뿐더러 이제 와서 바꿀 생각도 없었다. 그는 사람들의 존경을 받을 만한 자리에 올랐고, 그래서 레오너드 밴 브루클린은 더 이상 비난받지 않았다.

이렇게 괴벽스러우리만큼 자기중심적인 삶을 사는 데 어떤 연유가 있을까? 그를 잘 아는 이들은 모두 이런 의문을 품었다. 첫째, 그는 불운한 가정 출신이었다. 부모 모두 혼치 않은 비극적인 사건을 많이 겪은 집 안에서 태어났다. 뿐만 아니라 그들 자신도 이 불운에서 벗어나지 못했다. 취향과 기질이 정반대인 이들은 유서 깊은 이 집에서 불행한 삶을 영위하다, 결국 부조화를 극복하지 못하고 별거했을 뿐 아니라 지구의 정반대 편으로 가서 다시는 돌아오지 않았다. 아니, 정확히 말하면 당시 정황으로 미루어 그렇게 짐작하는 것이다. 결코 잊을 수 없는 어느 날 아침, 레오너드의 할아버지인 존 밴 브루클린 씨는 서재의 책상에서 아들이 놓아둔 다음 편지를 발견했다.

아버지께,

이 집, 아니 어떤 집에서의 생활도 그 여자와 함께하는 것은 더이상 견딜 수 없습니다. 둘 중 한 사람은 없어져야 합니다. 엄마와 자식을 헤어지게 할 순 없으니, 제가 떠나려 합니다. 저는 잊으시되, 그 여자와 아들은 잘 돌봐 주시기 바랍니다.

윌리엄 올림

여섯 시간 뒤에 또 다른 편지가 발견되었는데, 이번에는 윌리엄의 아내가 보낸 것이었다.

아버님께,

썩어 가는 관에 묶여 발버둥치는 사람은 어떻게 해야 합니까?

관계를 끊기 위해 필요하다면 팔이라도 잘라야 합니다. 아버님의
아들과 제 사랑은 완전히 끝이나서, 그 사람의 목소리가 들리는 곳
에서는 더 이상 살 수 없습니다. 이곳은 그 사람의 집이니, 그 사람
이 남아 있어야 할 것입니다. 우리 아이가 어머니는 없지만 아버지
의 사랑을 받으며 잘 자라기를 빕니다.

로다 올림

두 사람 모두 집을 나가 영원히 돌아오지 않았다. 동시에 집을
떠나면서도 두 사람은 각자 침묵을 지켰고 소식 한 자 전하지 않
았다. 한 사람은 동쪽으로 가고 다른 한 사람은 서쪽으로 가서 두
사람이 지구의 정반대 편에서 만났을지는 모르지만 아들이 살고
있는 이 집에서는 두 번 다시 이들의 모습을 볼 수 없었다. 두 사
람은 아들과 할아버지를 쓸쓸하고 음산한 해변에 버려 둔 채 세상
의 거대한 바닷속으로 자취를 감춰 버렸다. 아들과 며느리를 모두
잃은 할아버지는 손자를 위해 마음을 다잡았지만 소년이 열한 살
되던 해에 세상을 떠나고 말았다. 나이가 몇 살이고 어떤 상황에
처해 있든 세상에서 이 아이만큼 비극적인 사람도, 이 아이만큼
오랫동안 깊은 슬픔을 겪은 사람도 없을 것이다. 아이가 성인이
될 때까지도 고통은 계속되었고 그 슬픔은 아이 이마에 낙인처럼
찍혀 있었다. 나중에도 이따금씩 "엄마! 엄마!"라고 부르는 소년
의 숨죽인 외침으로 이 집 심야의 정적이 깨지곤 했다는 이야기가
전해져 내려온다. 이 일로 하인들은 이 집에서 떠났고 이 저주받
은 집에 들러붙은 수많은 비극에 한 가지 공포를 더하게 되었다고

한다.

바이올렛의 귀에 그 외침이 들려올 듯한 무렵 그녀를 안내하던 두 사람이 어떤 문(그녀가 찾고 있는 다른 문은 벌써 소개했다.) 앞에서 갑자기 멈춰 섰고 그녀는 자신이 밴 브루클린 씨와 두 손님이 모두 보이는 서재의 문지방에 서 있음을 깨달았다.

호리호리하고 요정 같은 외모에, 임무를 띠고 온 탐정이라기보다는 화사한 아름다움을 지닌 젊은 여성의 분위기를 풍기는 바이올렛의 모습을 보고 남자들은 놀라움을 감추지 못했다. 이 사람이 각종 사회 문제와 묘하고 난해한 사건에 천재적인 재능을 지닌 명석한 탐정이라니! 공단으로 된 무도회 복을 입고 진주 장신구를 한 이 아름다운 여인이! 슈필하겐 씨는 코넬 씨를 보고 코넬 씨는 슈필하겐 씨를 보고 두 사람은 업존 씨를 믿지 못하겠다는 듯한 표정으로 쳐다보았다. 바이올렛의 시선은 밴 브루클린 씨에게 고정되어 있었다. 그도 다른 사람들과 똑같이 놀란 표정으로 그녀 앞에 서 있었으나 그런 표정을 숨기는 데는 좀 더 능숙했다.

바이올렛은 그의 모습이 실망스럽지 않았다. 그녀는 엄숙한 분위기를 풍기는 사람을 상상했었다. 그녀는 그의 첫인상에서 예상했던 것보다 더 큰 두려움을 느꼈다. 사실 그녀의 결심을 흔들 정도였으나 그녀는 재빨리 한 걸음 앞으로 나아갔고, 이것을 본 밴 브루클린 씨가 미소 짓자 그녀의 마음에 다시 온기가 감돌며 희망이 솟아났다. 그가 미소를 짓는다는 사실, 그것도 그렇게 따스한 미소를 지을 수 있다는 사실은 나중까지 그녀의 마음에 큰 위안을 주었다. 내가 그 엄청난 재앙에 대해 너무 급히 설명한 모양이다. 그 전에 할 이야기도 많은데 말이다.

중간 부분은 건너뛰고 바이올렛이 일말의 두려움을 내면에 감춘 채 자초지종을 다시 한 번 듣고는 신사들 앞에서 눈을 내리깔고 서 있는 장면으로 넘어가겠다.

"이분들은 더 이상 수색이나 조사도 하지 않고 지금 당장 그 잃어버린 서류가 있는 곳을 말해 주길 바라시는 것 같군요. 이분들의 신뢰를 잃지 않으면서 그런 기대는 접으시도록 해야겠는데, 과연 어떻게 해야 할까요?"

바이올렛은 용기를 내어 저마다 다른 사연으로 그녀에게 무언가를 묻는 듯한 눈빛의 사람들 시선을 마주하며 아주 낮은 음성으로 말했다.

"이것은 추측할 수 있는 문제가 아닙니다. 따라서 시간을 갖고 지금 제게 주어진 문제를 좀 더 깊이 파고 들어가 보겠습니다. 저쪽에 있는 탁자가 슈필하겐 씨가 의식을 잃은 동안 업존 씨가 그 서류를 놓아둔 탁자인 것 같군요."

모두 고개를 끄덕였다.

"저 탁자가 그때와 똑같은 상태로 있나요? 그 서류 말고는 아무것도 손대지 않았나요?"

"아무것도 손대지 않았습니다."

"그렇다면 저기에는 그 서류가 없겠군요."

바이올렛이 아무것도 없는 탁자 위쪽을 가리키며 미소 지었다. 그녀는 바닥에 시선을 고정시킨 채 잠시 그대로 서 있었다. 그녀는 신중히 생각하고 또 생각했다.

바이올렛은 갑자기 어떤 결론에 도달했다. 그녀는 업존 씨에게 그가 슈필하겐 씨의 손에서 서류를 빼낼 때 한 쪽도 흩어지거나 떨어뜨리지 않은 게 분명하냐고 물었다.

확실하다는 대답이 돌아왔다.

"그렇다면 이 탁자에서 서류를 집어 들었을 때도 13쪽이 없었고 코넬 씨나 슈필하겐 씨의 몸에서도 발견하지 못했다면, 그건 아직 저 곁방에 있습니다."

그녀는 모두의 눈빛을 흔들림 없이 마주하며 확신에 찬 음성으로 선언했다.

"그건 불가능합니다! 저 방은 텅 비었습니다."

모두 서로 다른 어조로 외쳤다.

"그 빈 방을 좀 볼 수 있을까요?"

그녀가 천진난만한 표정으로 밴 브루클린 씨에게 물었다.

"그 방에는 슈필하겐 씨가 앉았던 의자뿐, 아무것도 없습니다."

밴 브루클린 씨가 뚜렷한 거부 의사를 밝혔다.

"그럼 제가 그 방을 보면 안 된다는 말씀이신가요?"

바이올렛은 어려운 순간마다 동원하는, 상대를 무장 해제시키는 미소를 흘리며 고집을 부렸다.

밴 브루클린 씨가 뜻을 굽혔다. 그도 그토록 간절한 청을 거절할 수는 없었다. 하지만 곁방으로 가서 문을 여는 그의 발걸음은 느리고 동작은 퉁명스러웠다.

방은 그녀가 들은 대로였다! 맨 벽과 맨 바닥에 빈 의자만 하나 놓여 있을 뿐이었다! 그러나 그녀는 한동안 잠자코 서서 패널을 둘러친 벽을 살펴보았다. 겉으로는 보이지 않았지만 비밀스러운 은닉 장소가 있는 건 아닌지 의심하는 듯했다.

이것을 눈치 챈 밴 브루클린 씨가 서둘러 말했다.

"벽은 아무 문제없습니다, 스트레인지 양. 찬장 같은 건 숨겨 놓지 않았습니다."

"그러면 저 문은요?"

그녀가 다른 부분과 똑같이 패널을 둘러친 벽을 가리키며 물었다. 아주 예리한 눈을 지닌 사람만이 문이 열리는 부분이 다른 곳보다 약간 더 진하다는 것을 알아볼 만큼 그 문은 다른 벽들과 똑같았다.

순간 밴 브루클린 씨는 온몸이 굳은 듯 멈춰 섰고 무표정하고 창백한 안색이 새빨개지더니 이렇게 설명했다.

"예전에는 저곳에 문이 있었지만 완전히 막아 버렸습니다. 시멘트로 말입니다."

그가 힘겹게 덧붙였다. 순간적으로 달라졌던 그의 안색은 강한 불빛을 받으며 서서히 예전 상태로 돌아왔다.

바이올렛은 간신히 침착한 표정을 유지했다.

"저 문이야! 찾았어. 그 역사적인 문 말이야!"

그녀는 혼자 중얼거렸다. 하지만 곧 용기를 내어 밝은 목소리로 물었다.

"그렇다면 이제 손이나 다른 어떤 것으로도 저 문을 열 수 없나요?"

"도끼로도 열 수 없소."

승리감에 취해 있던 바이올렛은 한숨을 내쉬었다. 호기심은 풀렸지만 그녀가 풀어야 할 문제는 여전히 오리무중이었다. 그러나 그녀는 쉽게 실망하는 사람이 아니었다. 그녀는 업존 씨만 뺀 모든 이들의 눈이 실망에서 경멸로 바뀐 것을 눈치 채고 자세를 바로 한 뒤에 해결이 멀지 않았다고 자위하며 마지막 제안을 했다.

"이만 한 크기의 종이는 땅으로 꺼질 수도 하늘로 올라갈 수도 없습니다. 그 종이는 어딘가에 있습니다. 그것도 여기 말입니다. 우리 모두 그것을 찾기 위해 노력하고 있습니다. 저 또한 아직 사건의 실마리를 찾지 못했다는 것은 인정합니다. 하지만 언젠가는 여러분이 보기에 아주 이상한 방식으로 찾아낼 것입니다. 저는 제가 아닌 사건을 이 이상한 빚어낸 사람이 되어 볼 생각입니다. 그 사람처럼 생각한다면 그가 했던 행동처럼 할 수 있을 것입니다. 이번에는 제가 잠시 슈필하겐 씨가 되어 보겠습니다."

바이올렛은 너무도 달콤한 미소를 지은 채 말을 계속했다.

"저는 손에 든 논문을 보다가 술잔을 들고 들어온 코넬 씨 때문에 보는 것을 중단했습니다. 그러고는 정신을 놓고 고개를 숙인 채 깊은 잠에 빠져 들었습니다. 그 잠 속에서 이 모든 문제를 밝힐 꿈을 꿀 수도 있겠죠. 그러니까 지금까지 있었던 일을 제가 그대로 따라해 봐도 되겠습니까?"

우스꽝스럽게 받아 낸 양보였지만 결국 그녀는 자신의 뜻을 관철시켰다. 이 우스갯소리를 듣고 그들은 그녀의 요청대로 그녀 혼자 그 작은 방에서 꿈을 꿀 수 있게 해 주었다.

갑자기 바이올렛의 비명 소리가 들렸고 다음 순간 그녀가 흥분된 듯한 모습으로 사람들 앞에 나타났다.

"이 의자가 슈필하겐 씨가 앉아 있던 상태 그대로입니까?"

그녀가 물었다.

"아니요. 반대 방향을 향해 있었습니다."

업존 씨가 대답했다.

그녀는 뒤로 물러서서 아무것도 들지 않은 손으로 의자를 돌려 놓았다.

"이렇게요?"

업존 씨와 슈필하겐 씨가 고개를 끄덕였고 그녀가 흘낏 쳐다보니 다른 사람들도 고개를 끄덕이고 있었다.

사람들은 만족감이 여실히 드러난 그녀의 얼굴에서 시선을 떼지 못했다. 그때 그녀가 열띤 음성으로 외쳤다.

"여러분, 여기를 보세요!"

바이올렛은 의자에 앉아 완전히 잠든 사람처럼 온몸에 힘을 뺐다. 사람들은 앞으로 어떤 일이 벌어질지 몰라 넋 놓고 그녀를 계속 응시했다. 그러자 그녀의 무릎에서 무언가 하얀 것이 떨어져 바닥을 가로질러 미끄러지더니 패널을 둘러친 벽 옆에서 멈추는 것이었다. 그것은 바이올렛이 들고 있던 서류의 맨 위쪽이었고, 놀란 그들의 가슴에 어슴푸레 진실의 흔적이 그려지는 순간 그녀가 튀어 오르듯 벌떡 일어나 떨어진 종이를 가리켰다.

"이제 아시겠어요? 종이가 떨어진 곳을 보세요, 그리고 여길 보세요!"

바이올렛은 벽 쪽으로 다가가서 무릎을 꿇고 떨어진 종이에서 왼쪽으로 불과 몇 센티미터 거리에 있는 패널을 둘러친 벽의 바닥을 가리켰다.

"틈이 있어요! 예전에 문이었던 곳 바로 밑에 말이에요. 아주 작은 틈이라서 눈으로는 잘 보이지 않아요. 하지만 보세요!"

그녀가 이렇게 외치며 떨어진 종이를 들어 자기 쪽으로 끌다가 벽 밑의 틈 속으로 조심스럽게 밀어 넣었다. 그러자 순식간에 종이 반쪽이 틈 속으로 들어갔다.

"전체를 밀어 넣는 것도 아주 쉬워요."

바이올렛이 종이를 빼내 사람들을 안심시켰다. 그녀는 승리감으로 뛸 듯이 기뻤다.

"이제 잃어버린 그 한 쪽이 어디 있는지 아시겠죠, 슈필하겐 씨. 이제 밴 브루클린 씨가 그걸 찾아 주시기만 하면 됩니다."

4

이 미스터리에 대해 이처럼 간단한 설명을 듣고 터져 나온 경탄과 안도의 외침은 숨 막히는 듯한, 그리고 거의 납득하기 힘든 낯선 탄식으로 인해 중단되었다. 탄식을 토한 사람은 바이올렛의 첫마디부터 왠지 마음이 끌려 행동 하나하나에 빠져 들어갈 듯 응시하던 밴 브루클린 씨였다. 그는 서재 한가운데에 있는 커다란 탁자 뒤에서 거의 도전적인 자세로 서 있었다.

"미안합니다. 이 사건을 맡은 당신에게 도움을 드릴 수가 없군요. 만일 그 서류가 당신이 말한 것처럼 그곳에 있다면, 물론 내 생각에도 다른 곳에 있을 것 같지는 않은데, 오늘 밤에는 적어도 그 서류를 그냥 내버려 두어야 할 것 같습니다. 그 문에는 보통 벽만큼 두꺼운 시멘트가 발라져 있어서 사람이 들어갈 만큼 넓은 틈을 내려면, 곡괭이로 부수든지 아니면 다이너마이트로 날려 버려야 할 겁니다. 하지만 지금 그렇게 하기에는 불가능합니다."

밴 브루클린 씨가 퉁명스러운 목소리로 입을 열었다. 그러나 자신에게 꽂힌 모든 이의 놀라운 시선을 보고는 어쩔 수 없이 예의 바른 어조로 점차 목소리를 낮추었다.

이 이야기를 듣고 모두들 난감해할 때 그의 등 뒤 벽난로 위에 있던 시계에서 시간을 알리는 소리가 울렸다. 시계가 두 번 울렸으니 자정에서 두 시간이 지났음을 뜻했고, 그 소리는 모인 이들의 가슴에 긴 여운을 남겼다.

"하지만 저는 아침 6시 전에 지배인에게 그 공식을 넘겨야 합니다. 그 시간에서 십오 분 후에 기선이 출항하니까요."

"기억을 되살려서 똑같이 한 부를 만들 순 없나요? 그리고 그것을 당신이 들고 있는 서류 사이에 끼워 넣는 거예요."

누군가 이렇게 말했다.

"그 서류는 결코 똑같을 수 없습니다. 그러면 의혹을 불러일으켜서 진실을 밝히게 될 것입니다. 그 공식이 지닌 가장 큰 가치는 비밀에 있습니다. 따라서 제가 어떤 변명을 해도 제삼의 서류가 존재할 것이라는 의혹을 잠재울 수는 없을 것입니다. 제아무리 잘 숨겨 놓았다 해도 말입니다. 그러면 저는 이 엄청난 기회를 잃고 말 것입니다."

코넬 씨의 심정이 어떨지 짐작이 갔다. 그는 회한과 절망이 뒤섞인 표정으로 바이올렛을 쳐다보았고, 바이올렛은 이해할 수 있다는 듯 고개를 끄덕였다. 밴 브루클린 씨와 어느 정도 거리를 두고 서 있던 그녀가 그를 향해 다가갔다.

밴 브루클린 씨는 키가 매우 컸다. 그래서 그녀는 머리를 곧추세우고 발끝까지 든 뒤에 아주 조심스럽게 그의 귀에 대고 물었다.

"그곳에 갈 수 있는 다른 방법은 없나요?"

나중에 바이올렛은 그 순간 그의 표정이 순식간에 변하는 것을 보고 두려워 심장이 멎는 줄 알았다고 털어놓았다. 그는 꼼짝도 하지 않았다. 그녀가 그에게서 심한 질책이나 안 된다는 말을 들을 것이라고 예상한 바로 그 순간 그가 갑자기 몸을 돌리더니 옆에 있는 창문으로 다가가서 커튼을 들고 밖을 내다보았다. 뒤로 돌아섰을 때에는 여느 때와 같은 표정이었다.

"한 가지 방법이 있긴 합니다. 하지만 어린아이만 할 수 있습니다."

밴 브루클린 씨가 바이올렛만큼 조그만 음성으로 대답했다.

"저는 안 될까요?"

어린아이같이 아담한 그녀가 자신의 몸을 내려다보더니 미소 지으며 물었다.

그러자 그가 소스라치게 놀라는 표정을 지었다. 그녀는 그의 손이 떨리며 입술이 씰룩거리는 것을 보았다. 이유는 알 수 없지만 그녀는 그에게 연민이 생기기 시작했다. 그리고 이 방 그들 뒤에 서 있는 두 남자의 문제보다 그의 문제, 즉 그의 마음속에서 벌어지는 투쟁이 그녀가 느껴지기에 훨씬 곤란한 문제가 아닌지 하고 생각하게 되었다.

"전 경솔한 사람은 아닙니다. 저는 저 문에 얽힌 사연, 즉 저 문을 여는 것이 가문의 전통에 얼마나 위배되는 것인지 잘 알고 있습니다. 분명 타당한 이유가 있을 것입니다. 하지만 저는 오래된 미신 따위는 신경 쓰지 않습니다. 선생님께서 앞서 말씀하신 방법을 제가 실천에 옮길 수만 있도록 해 주신다면 저는 선생님의 요구를 정확히 따를 것입니다. 그리고 그 서류를 찾아오는 것 말고 는 어떠한 문제도 일으키지 않을 것입니다. 그 서류는 저 막힌 문 안쪽에 틀림없이 있으니까요."

그는 그녀의 추론을 비난한 것이었을까, 아니면 혼란스러움으 로 인해 어색한 표정을 지은 것뿐이었을까? 아마도 후자인 듯, 바 이올렛이 그의 기분을 어느 정도 이해하겠다는 듯한 표정으로 바 라보고 있을 때 그가 한 손을 뻗어 그녀의 어깨 부위를 장식한 공 단 주름을 어루만졌다.

"이 옷이 더러워져서 다시는 입지 못할 수도 있을 텐데요."

그가 말했다.

"상점에 가서 다른 옷을 사면 됩니다."

그녀가 미소 지으며 대답했다. 그의 손길에 점차 힘이 실렸다. 그를 보고 있자니 그의 오래된 두려움과 미신이 점차 사라지는 것 처럼 느껴졌다. 잠시 후에 그는 마음의 준비가 되었는지 조금 밝 은 목소리로 말했다.

"당신이 오래된 우리 지하실의 미로를 캄캄한 어둠 속에서 헤 쳐 나아간다면 내가 옷을 사 주리다. 하지만 당신에게 등불을 줄 수는 없소. 방향 감각에 의존해서 길을 찾아가야 합니다."

"저는 어떤 일이든 할 수 있습니다."

밴 브루클린 씨가 갑자기 그녀에게서 시선을 돌려 다른 사람을 응시했다.

"딕비 양에게 부탁 드립니다. 지하실까지는 딕비 양이 함께 가 줘야 할 것 같습니다."

5

미제의 사건을 해결하는 탐정으로 일한 지는 얼마 되지 않았지만 바이올렛은 여자로서의 용기와 담력 이상을 요구하는 상황을 겪은 적이 많았다. 하지만 지하실 끝에 있는 작은 문 앞에 딕비 양과 함께 서서 안으로 들어가야 한다고 생각하니 그 어느 때보다 더 의기소침해졌다. 아니 적어도 당시에는 그렇게 느껴졌다. 일단 문 안으로 들어가면 거기서부터는 그녀 혼자 가야 했다.

첫째, 문이 너무 작았다! 열한 살 이상의 아이는 문을 통과할 수 없을 정도였다. 하지만 그녀는 열한 살 아이와 비슷한 체격이므로 그런 어려움은 없을 듯했다.

둘째, 모든 상황에는 예기치 못한 일이 벌어질 가능성이 존재했고 그녀는 밴 브루클린 씨의 지시를 주의 깊게 들어 둔 터였지만, 그날 밤 무도회에 가느라 집을 나오면서 아버지에게 좀 더 다정하게 입맞추고, 아버지가 혼낼 때 그렇게까지 심하게 토라지지 말걸 그랬다고 후회했다. 두려움 때문이었을까? 그녀는 그런 감정을 경멸했다.

셋째, 그녀는 어둠을 혐오했다. 사실 설명을 들어서 알고 있는 상태였지만 그때는 환한 방 안에서 상상만 했고 지금은 현실로 부딪쳐야 하는 상황이었다. 사실 지하실 입구 주변에는 불이 하나 밝혀져 있었다. 밴 브루클린 씨는 한 개 이상으로 보이는 이 작은 문의 자물쇠를 열면서도 불빛이 필요하지 않은 듯했다.

이제 의혹과 어둠 속에서 알지 못할 두 벽 사이를 혼자 가야 했다. 목표 지점을 비추는 한줄기 빛과 유일한 위안인 플로렌스 딕비 양의 손만 느껴졌다. 분명 그녀의 여린 가슴으로는 극한까지 용기를 내야 하는 일이었다. 하지만 바이올렛은 약속을 했고, 따라서 해내야만 했다. 그녀는 그 작은 문으로 웅크려 들어가면서 신념에 찬 미소를 지었다. 다음 순간부터는 혼자만의 여정을 시작해야 했다.

거리상으로는 아주 가까운 여정이지만, 1센티미터씩 나아갈 때마다 심장이 두근거렸고 한 발씩 내딛을 때마다 늙어 가는 것만 같았다. 처음에는 비교적 순탄했다. 두 사람이 그녀의 목소리 아니, 방망이질하는 그녀의 심장 소리가 들리는 지척에 있다는 사실을 위안 삼아 몸을 약간 숙인 채 기어가기만 하면 되었다. 하지만 이제 모퉁이를 돌고 나니, 왼쪽으로 아무리 손을 뻗어도 벽이 만져지지 않았다. 그러다 바이올렛은 계단에 걸려 넘어졌다. 조금 앞쪽에 낮은 계단이 하나 있었다. 오르기 전에 계단 하나하나를 점검하라는 말을 들은 것이 생각이 났다. 무수한 세월 동안 썩지는 않았다 해도 나무가 그녀의 체중을 견디지 못할 만큼 약해져 있을지 몰랐다. 하나, 둘, 셋, 넷, 다섯 계단을 다 올랐다! 그 너머로는 드넓은 공간이 펼쳐져 있었다. 이제 여정의 절반이 지난 셈이었다. 그녀는 여기서 숨을 좀 돌려야겠다고 생각했다. 오랜 세월 동안 환기 한번 하지 않은 공기지만 말이다. 이제 지시받은 일을 할 차례였다. 그녀는 성냥 세 개와 작은 초 하나를 갖고 있었다. 지금까지는 캄캄한 어둠을 헤치고 왔다. 하지만 이제 초에 불을 붙여 바닥에 내려놓았다. 그래야 돌아 나올 때 계단을 찾지 못해 넘어지는 일을 막을 수 있었다. 그녀는 그렇게 하기로 약속한 터였다. 끝없이 캄캄한 어둠을 뚫고 촛불이 밝게 타오르는 것을 보니 더없이 행복했다.

바이올렛은 오랫동안 세상과 단절된 드넓은 방에 있었다. 그곳은 미국 독립 전쟁 당시 장교들에게 음식을 대접했던 방으로 몇 차례 군사 회의가 열린 곳이기도 했다. 그곳은 세상의 어떤 방보다 오래 격리되어 있던 방으로, 비극적인 사건이 여러 차례 벌어졌던 것처럼 을씨년스러워 보였다. 밴 브루클린 씨의 말 그대로였다. 하지만 그는 그녀에게 방을 조심해서 지나야 한다고 경고했다. 거대한 맨틀피스에 도달할 때까지는 어떤 일이 있어도 오른쪽 벽에서 벗어나서는 안 되었다. 이것을 지나 경사가 심한 모퉁이를 돌면 어둠 속 어딘 가 막힌 문의 바닥에 난 틈을 통해 밝게 빛나는 한줄기 빛을 찾아야 했다. 종이는 이 틈 가까이 있을 터였다.

오직 한줄기 빛만 생각하고 그것만 본다면 그것은 너무도 간단하고 쉬운 일이었다. 그녀의 목구멍을 조이는 무서운 일이 벌어지지만 않는다면 말이다! 캄캄한 어둠 속에서 아무 일도 일어나지 않는다면, 날뛰는 그녀의 상상에 불길한 그림자를 드리우지 않는다면 말이다! 하지만 이제 눈앞은 그녀가 방금 힘겹게 지나온 통로처럼 캄캄하지 않았다. 그녀의 뒤쪽 계단 위에서 흔들리고 있는 작은 불꽃 때문이든, 아니면 그녀의 시력에 이상이 생겼기 때문이든 이제 눈앞에 보이는 풍경은 분명 달랐다. 키 큰 무언가가 눈에 들어오기 시작했고 공기도 더 이상 답답하지 않았다. 그런데 그녀는 갑자기 그 이유를 깨달았다. 오른쪽 벽 높은 곳에 창문이 나 있었다. 창문은 작고 밖의 덩굴 식물과 안의 오랫동안 만들어진 거미줄로 덮여 잘 보이지 않았다. 하지만 아무것도 보이지 않아도 끔찍할 판에 별이 총총한 밤의 어슴푸레한 빛이 밀려 들어와 주변 물체들이 유령처럼 보였고, 그녀는 공포로 심장이 멎을 지경이었다.

"견디기 힘든걸."

바이올렛은 한 손으로 벽을 짚은 채 앞을 향해 기면서 이렇게 중얼거렸다. 그러다 보니 차라리 눈을 감는 게 낫겠다는 생각이 들었다.

"나 스스로 어두운 환경을 만들어야겠어."

바이올렛은 온 힘을 다해 눈을 감고 계속 앞으로 나아갔다. 그녀는 맨틀피스를 지나다 탁 하는 소리를 내며 쓰러진 뒤 무언가에 부딪쳤다.

그 소리에 이어 단단한 벽 뒤에서 그녀의 성과를 기다리는 흥분한 이들의 숨 막히는 탄식이 이어졌다. 그의 지시대로 따랐다면 이제 그녀는 상당히 가까운 곳에 와 있어야 했다. 그녀는 즉각 공상에서 깨어났다. 바이올렛은 한 번 더 눈을 뜨고 앞쪽으로 시선을 던졌다. 그러자 반갑게도 몇 발자국 앞에 여정의 끝을 알리는 밝고 가느다란 한줄기 빛이 새어 들어오는 게 아닌가.

그녀가 서류의 잃어버린 쪽을 찾아 먼지가 자욱한 바닥에서 집어 드는 데는 1분도 채 걸리지 않았다. 그녀는 재빨리 몸을 돌려 기쁜 마음으로 온 길을 되돌아 나가기 시작했다. 그때, 그렇게 몇 분이 지났을 때 갑자기 그녀에게서 거칠고 섬뜩한 비명이 터져 나왔다. 그 소리에는 지하 감옥 같은 그 방의 벽을 허물어뜨릴 법한 엄청난 공포가 담겨 있었다. 그 비명은 열리지 않는 그 끔찍한 문 맞은편에서 그녀의 모험의 결과를 기다리고 있던 이들의 가슴을 날카로운 창처럼 파고들었다.

어떤 일이 일어난 걸까?

그들이 밖을 내다볼 생각을 했다면 하늘을 반쯤 가린 구름에 덮여 있던 달이 갑자기 모습을 드러내며 커튼을 치지 않은 모든 창문으로 기다란 한줄기 빛을 드리우는 광경을 보았을 것이다.

6

짧고 안락한 삶을 살아온 플로렌스 딕비 양은 압도적이거나 사무치는 감정은 한 번도 느끼지 못했을 것이다. 그러나 그 순간 그녀는 끝없는 공포의 심연에 닿은 듯한 엄청난 두려움을 느꼈다. 그녀는 귀를 찢는 듯한 바이올렛의 비명이 귓가에 쟁쟁한 채 고개를 돌려 밴 브루클린 씨를 쳐다보았다. 그녀는 그때 이 강인해 보이는 신사가 파멸한 사람 같은 표정을 짓고 있는 것을 보았다. 그가 관에 눕기 전까지 다시는 그런 끔찍한 표정을 짓지 않을 것 같았다. 그래서 딕비 양은 쓰러질 듯 벌벌 떨며 그의 팔을 잡고 그의 표정을 주의 깊게 살피며 무슨 일이 일어났는지 알아내려 했다. 뭔가 끔찍한 일임에 틀림없었다. 그것은 밴 브루클린 씨가 두려워했던 일, 그러면서도 아직 마음의 준비가 안 된 일로, 그 일로 인해 큰 충격을 받은 게 틀림없었다. 그 가엾은 작은 숙녀가 함정에라도 빠졌단 말인가? 만일 그렇다면 하고 그가 나직한 목소리로 중얼거렸다. 딕비 양도 그의 말을 몇 마디는 알아들을 수 있었다. 그는 자신을 질책하고 있었다. 그는 그녀가 어리다는 사실과 젊은 숙녀의 신경이 약하다는 사실을 인지하고, 그런 일을 하지 못하도록 막았어야 하는데 하고 자신을 책망하고 또 책망했다. 내가 미쳤었나 봐, 어떻게 하지 어떻게 하지…….

그는 이런 말을 여러 차례 반복하다 웅얼거림을 멈췄다. 그러더니 그 자신과 지금 벌어진 일 사이를 가로막고 있는 작은 문에 온 힘을 다해 귀를 기울였다.

"다친 건 아닐까요? 무슨 소리 들리세요?"

딕비 양도 몸을 웅크린 채 귀를 기울이며 이렇게 물었다.

그는 아무 대답도 하지 않았다. 듣는 데 온 신경이 쏠려 있었다. 그러다가 천천히 그리고 숨을 헐떡이며 그가 입을 열었다.

"무슨 소리가 들리는 것 같아요. 그녀의 발자국 소리요. 아니, 아니 발자국 소리가 아니에요. 죽은 것처럼 조용하기만 해요. 숨소리도 들리지 않아요. 기절한 것 같아요. 아, 하느님! 아, 하느님! 왜 이런 불행까지 안겨 주십니까?"

밴 브루클린 씨는 이런 기도문을 웅얼거리며 튀어 오르듯 자리에서 벌떡 일어났다. 그러나 금방 다시 엎드려 귀를 기울이기 시작했다.

이보다 깊은 침묵은 세상에 없을 듯했다. 무덤에 귀를 기울이고 있는 심정이었다. 딕비 양은 그 모든 공포를 온몸으로 느끼기 시작했고, 밴 브루클린 씨가 쉿! 하며 한 손을 들어올렸을 때는 그녀의 몸이 지탱하기 힘들 만큼 흔들렸다. 그러나 그 순간 멍한 가운데 작은 소리가 아득하게 들려오기 시작했다. 그 소리는 점점 커지더니 다시 희미해졌다가 완전히 멈췄다. 그러다 다시 소리가 들리기 시작했고 계단을 향해 더듬거리며 다가오는 소리는 점점 가까워졌다.

"살아 있어요! 다치지 않았다고요!"

이루 말할 수 없는 안도감을 느끼며 딕비 양이 외쳤다. 그녀는 밴 브루클린 씨도 자신처럼 기뻐할 것이라 생각하고 환희의 비명을 지르며 그쪽으로 고개를 돌렸다.

"이제 그녀가 운 좋게 서류의 잃어버린 쪽을 찾아오면, 우리 모두가 놀란 것을 보상받을 수 있을 겁니다."

밴 브루클린 씨는 자세를 바꿔 두 발로 일어섰을 뿐, 그녀의 비명 소리를 들은 내색도 그녀처럼 안도하는 표정도 짓지 않았다.

'바이올렛이 돌아오는 것을 반기는 게 아니라 두려워하는 것 같아.'

딕비 양은 바이올렛이 돌아온다는 증거가 확실해질 때마다 자신도 모르게 뒤로 물러서는 그를 쳐다보며 이렇게 생각했다.

딕비 양은 그의 이런 태도가 아주 이상하다고 생각했다. 하지만 상황을 밝게 만들려는 노력을 멈추지 않았다. 그래서 밴 브루클린 씨가 점점 가까이 다가오는 바이올렛에게 용기를 북돋워 주지 않는 것을 보고, 자신이 직접 몸을 웅크리고 이 가엾고 작은 탐정의 귀에 반갑게 들릴 환영의 외침을 소리 높이 외쳤다.

딕비 양의 도움으로 마침내 좁은 문을 통과해 다시 지하실 바닥에 선 바이올렛은 가엾은 몰골이었다. 안색은 창백하고 몸은 부들부들 떨며 오랫동안 쌓인 먼지로 지저분해진 그녀는 딕비 양의 반가운 얼굴을 보고 정신을 차릴 때까지 너무도 처참했다. 그녀는 자신이 쥐고 있는 서류를 내려다보며 슈필하겐 씨를 찾았다.

"그 공식은 여기 있습니다. 그분을 불러 주시면 제가 그분께 직접 건네겠습니다."

바이올렛이 말했다.

그녀는 그동안의 모험담에 대해서는 한 마디도 이야기하지 않고 밴 브루클린 씨를 한번 쳐다보았을 뿐 어둠 속에서 꼼짝도 하지 않고 서 있었다.

바이올렛은 그 이상 말이 없었다. 공식이 담긴 서류를 되찾아 슈펠하겐 씨의 문제가 완전히 해결된 후에 모두들 마지막 인사를 나누기 위해 다시 서재에 모였다.

"사방이 캄캄하고 고요한 게 너무 무서워서 소리를 지른 거예요. 먼지가 잔뜩 쌓인 그런 곳에 혼자 있으면 누구라도 그랬을 거예요."

바이올렛은 사람들의 질문에 이렇게 대답했다. 그녀는 사람들이 한 마디씩 안부를 물었을 만큼 얼굴이 너무도 창백한 밴 브루클린 씨의 기운을 북돋워 주기 위해 이 마지막 말을 덧붙였다.

"유령은 없었나요? 알아들을 수 없는 속삭임이 들렸다거나 유령의 손이 다가와서 만진다든지 하는 일은요? 밴 브루클린 씨 본인도 내막을 알지 못한다고 선언할 만큼 그렇게 오랫동안 닫혀 있었던 그 방의 신비를 풀 만한 실마리도 찾지 못했나요?"

희망을 되찾아 너무 행복한 표정으로 웃으며 코넬 씨가 물었다.

"아무것도 없었어요."

바이올렛이 보조개를 내보이며 대답했다.

"만일 스트레인지 양이 어떤 일을 겪었다면, 이를테면 특이할 만한 이야깃거리가 있다면 지금 말해야 합니다. 이야기할 게 있나요, 스트레인지 양?"

코넬 씨가 모든 경박한 언행을 일시에 잦아들게 할 만큼 단호하고 낯선 어조로 선언했다.

바이올렛은 소스라치게 놀라 한동안 눈을 동그랗게 뜨고 그를 응시했다. 그러다 모두가 쳐다보는 가운데 문 쪽으로 가면서 이렇게 말했다.

"이 집에 대해서는 밴 브루클린 씨가 잘 압니다. 그러니 이 집에 관한 내용은 그분이 말씀해 주실 겁니다. 저는 일을 마쳤으니 빨리 집으로 돌아가야겠습니다. 집에 가서 다음 과제는 너무 힘들지 않기를 바라며 일을 기다리겠습니다."

그녀가 문지방 가까이 갔을 때, 그러니까 막 떠나려던 찰나에 갑자기 누군가의 손이 그녀의 어깨를 잡았다. 돌아서 보니, 밴 브루클린 씨의 강렬한 두 눈이 그녀를 바라보고 있었다.

"당신은 봤어요!"

그의 입에서 들릴 듯 말 듯한 속삭임이 터져 나왔다.

바이올렛이 몸을 떨고 있다는 사실은 어떤 말보다 더 많은 사실을 웅변해 주고 있었다.

밴 브루클린 씨는 절망의 탄식을 내쉬며, 두 손을 거둔 채 놀란 얼굴로 서 있는 다른 이들을 마주하고 섰다. 그는 어느 정도 진정한 후에 이렇게 말했다.

"여러분이 한 시간만 시간을 더 내주셔야겠습니다. 이제 이런 슬픔을 혼자만 안고 있을 수 없게 되었습니다. 제 인생의 분기선이 방금 허물어졌으니 제 과거를 털어놓고 여러분의 위로를 받고 싶습니다. 그렇지 않으면 제 스스로 만든 고독 때문에 미쳐 버릴 것입니다. 이리 와요, 스트레인지 양. 다른 누구보다 당신이 이 이야기를 들어야 합니다."

7

"여러분에게 우리 가문의 전통이 아니라 밴 브루클린이라는 이름을 갖고 태어난 모든 사람에게 이 전통이 어떤 영향을 미쳤는지에 대해 설명하는 것으로 이야기를 시작하려 합니다. 미국만 예로 들더라도 금지된 방이 있는 집은 우리 집만은 아닙니다. 영국에도 그런 곳이 많습니다. 하지만 다른 집안과 우리 집안에는 차이점이 있습니다. 이 집에서 들어갈 수 없는 방에는 빗장도 자물쇠도 걸려 있지 않습니다. 명령만으로 충분합니다. 그런 명령에 오랫동안 의심의 여지없이 순종해 온 미신적인 두려움이 더해진 것입니다."

모든 이가 자리에 앉아 이야기를 들을 준비를 마치자 밴 브루클린 씨가 입을 열었다.

"초기에 선조들이 그 방에 들어가지 못하게 한 이유는 저도 여러분처럼 몰랐습니다. 하지만 아주 어렸을 때부터 집 안에 결코 들어갈 수 없는 빗장이 걸린 방이 있으며, 다른 잘못은 즉시 용서받을 수 있겠지만 그 방을 열지 말라는 명령을 어기면 전체 가문의 명예를 실추시키게 되는 것이니 죽는 날까지 그 명예를 지켜야한다는 이야기를 귀에 못이 박히도록 들어왔습니다. 요즘 같은 현대에 확실한 이유도 모르는 채, 특히 그러한 전통이 생긴 바로 그 이유도 모르는 상황에서 정신이 멀쩡한 사람이 그렇게 우스운 금기를 지킨다는 사실이 이상하게 여겨지실지도 모릅니다. 여러분 생각이 옳습니다. 하지만 인간의 본성을 깊이 들여다보면, 가장 단단한 속박은 물질적인 것이 아님을 알게 될 것입니다. 인간을 만들고 성격을 형성하는 이런 속박은 모든 영웅적 자질의 근본을 이루며, 상황에 따라 사람의 마음을 사로잡거나 이 경우처럼 두려움을 불러일으킵니다.

제게 있어 그 속박은 외로움만큼이나 강력한 힘을 발휘했습니다. 저는 이 세상에 저보다 더 외로운 아이는 없다고 생각합니다. 어머니와 아버지의 결혼 생활은 너무도 불행해서, 두 분 중 한 분은 늘 멀리 계셨습니다. 어쩌다 두 분 모두 집에 있을 때도 두 분을 모두 뵐 기회는 거의 없었습니다. 두 분의 서로에 대한 증오는 두 분이 절 대하는 태도에도 영향을 미쳤습니다. 저는 두 분이 절 진정으로 사랑하는지 수도 없이 자문했습니다. 아버지에게 어머니 이야기를 하고 어머니에게 아버지 이야기를 할 때 즐거웠던 기억은 단 한 번도 없습니다. 제가 이 이야기를 하지 않으면 여러분은 제 이야기를 이해하지 못할 것입니다. 하느님, 제가 다른 이야기도 할 수 있게 해 주소서! 하느님 제가 다른 사람들처럼 아버지와 포옹하거나 어머니와 입맞추는 기억을 갖게 해 주소서! 하지만 그런 기억은 단 한 번도 없습니다! 제 슬픔은 너무도 깊어 끝없는 심연이 되었습니다. 하지만 어쩌면 지금 상황이 최선일지 모릅니다. 제가 다른 아이로 다른 운명을 맞아야 했다면 또 어떻게 되었을까요.

그러나 현실은 그렇지 않았습니다. 저는 버려지다시피 혼자 즐거움을 찾아야 하는 처지였습니다. 그러던 어느 날 한 가지 사실을 발견하였습니다. 지하실 한쪽 끝의 무거운 물통들 뒤로 작은 문이 있었던 것입니다. 그 문은 자그마한 제 몸에 딱 맞을 만큼 아담해서 저는 그 문 안으로 꼭 들어가 보고 싶었습니다. 하지만 저는 물통들을 치울 수가 없었습니다. 마침내 좋은 생각이 떠올랐습니다. 다른 누구보다 저를 사랑해 준 늙은 하인 하나가 있었습니다. 어느 날 저는 지하실에 혼자 있다가 공을 꺼내 던지기 시작했습니다. 그러다 공이 물통 뒤로 떨어지자 마이클에게 달려가 울면서 물통을 치워 달라고 졸라 댄 것입니다.

그건 적지 않은 힘과 요령이 필요했습니다. 하지만 그 하인은 헤라클레스 같은 힘을 몇 번 발휘하더니 물통들을 옆으로 치웠고, 저는 그 신비한 작은 문으로 들어갈 수 있게 되어 몹시 기뻤습니다. 하지만 그 당시에는 들어가지 않았습니다. 본능적으로 그래선 안 된다는 생각이 들었거든요. 하지만 나중에 그 안으로 혼자 들어갈 기회가 생겼을 때 모험 정신을 한껏 발휘했습니다. 저는 물통을 옆으로 밀어 놓고 그 작은 문의 손잡이를 돌려보았습니다. 손잡이는 쉽게 돌아갔고, 한두 번 밀자 문이 열렸습니다. 저는 잔뜩 겁에 질려 몸을 웅크린 채 안을 들여다보았습니다. 시커먼 구멍뿐 아무것도 보이지 않았습니다. 저는 잠시 망설였습니다. 어둠이 무서웠으니까요. 하지만 호기심과 모험심 때문에 저는 동굴을 탐험하는 로빈슨 크루소가 된 것 같다고 혼잣말을 하며 안으로 기어 들어갔습니다. 하지만 얻은 것은 아무것도 없었습니다. 밖에서 볼 때처럼 안도 캄캄할 뿐이었습니다.

저는 아무 재미도 느끼지 못하고 다시 기어 나왔습니다. 그래서 그곳을 다시 탐험할 때는 조그만 초와 성냥 한두 개를 몰래 숨겨 갖고 들어갔습니다. 떨리는 작은 손으로 성냥을 하나 켰을 때 눈에 들어온 모습은 다른 소년들에게는 실망스러운 것이었겠지만, 제게는 그렇지 않았습니다. 한쪽 모퉁이에 쌓인 여러 잡동사니와 낡은 판자들은 제게 여러 가지 가능성으로 가득해 보였습니다. 그러다가 어슴푸레한 어둠 속으로 계단 같은 게 보였습니다. 저는 그 계단을 통해 가서는 안 된다고 생각했지만, 잠시 망설이다 크나큰 용기를 내어 결국 계단을 기어 올라갔습니다. 저는 닫혀 있는 그 좁은 문 앞에 제가 서 있을 때의 느낌을 생생히 기억합니다. 그것은 할아버지의 작은 방 앞에 선 느낌과 너무도 흡사했습니다. 절대로 열어서는 안 된다고 한, 패널을 둘러친 그 방의 문 앞에 선 느낌이었습니다. 저는 그곳에서 최초로 진정한 전율을 느꼈습니다. 저는 정신을 잃고 서 있다가 무언가에 걸려 넘어져 촛불이 꺼지는 바람에 완전히 암흑 속에 갇히게 되었고 무척 두려웠습니다. 금지된 방에 대한 막연한 공포심으로 갖가지 상상이 활개를 쳤고, 귀신 같은 것들이 주변을 맴도는 것처럼 여겨지기 시작했습니다. 저는 어떻게 그것들을 피해, 아무에게도 들키지 않고 안전하게 제 작은 방으로 돌아갈 수 있을지 막막하기만 했습니다.

하지만 이런 두려움도 그 순간 절 덮친 진짜 공포에 비하면 아무것도 아니었습니다. 마침내 암흑에 맞설 각오를 하고 환하게 열린 곳으로 돌아 나오는 길에 초 옆에 무언가 떨어뜨린 듯한 느낌이 들었습니다. 성냥갑이 없어진 것이었습니다. 하지만 그건 제 성냥갑이 아니라 할아버지 책상 위에 놓여 있던 할아버지의 것으로 이번 모험에 쓰려고 제가 들고 나온 것이었습니다. 어린아이의 무모함 때문에 그 모든 일이 벌어졌던 거죠. 그날 아침 집 안 분위기가 어수선했기 때문에 할아버지가 그것을 찾지 않으실 거라 생각하고 잠깐 가져온 것인데, 그것을 잃어버리다니 정말 큰일이었습니다. 그것은 평범한 것이 아니었습니다. 금으로 만든 것으로 특별한 이유로 할아버지가 몹시 아끼는 물건이었습니다. 할아버지는 제가 언젠가는 이 물건의 가치를 음미하며 이런 것을 갖게 된 것에 몹시 기뻐할 거라고 자주 말씀하셨습니다. 그러니 그 성냥갑을 제자리에 갖다 놓지 않으면 언젠가 할아버지는 그것을 찾거나 물어보실 게 분명했습니다! 그날은 지옥 같은 날이었습니다. 어머니는 어머니 방으로 들어가 문을 닫고 계셨고 아버지 역시 보이지 않았으며 하인들은 이상한 눈초리로 절 쳐다봤습니다. 제가 당시 아버지에 대해 어떤 감정을 품고 있었는지는 모릅니다. 저는 아버지가 방금 집을 떠났다는 엄청난 사실도 모르는 채 제 고민에 사로잡혀 할아버지가 날 무릎에 앉히고 잘 자라는 인사를 할 때 어떻게 할아버지의 눈을 볼까 하는 걱정만 하고 있었습니다.

그날 밤 그런 끔찍한 일이 벌어진 사실을 모르고 있었던 게 처음에는 다행스러웠지만, 나중에는 문제가 더욱 곤란해졌습니다. 할아버지는 성냥갑이 없어진 사실을 알고는 화를 내셨습니다. 다음 날 할아버지가 그 성냥갑에 대해 물으셨고, 저는 그곳에 갔었다는 말씀을 드릴 용기가 나지 않아 거짓말을 할 수밖에 없었습니다. 평소 할아버지는 거짓말을 절대 용서하지 않으셨고, 그래서 저는 작은 침대에 누워 그 생각을 하며 벌벌 떨었습니다. 어머니와 아버지가 영원히 집을 떠났기 때문에 할아버지가 절 냉담하고 소홀히 대하신다는 사실은 꿈에도 몰랐던 것입니다. 저는 평소처럼 하인들의 시중을 받으며 안전하게 침대에 누워 있었습니다. 사실 저는 집 안을 뒤덮은 침묵과 우울함을 사실과 다르게 받아들였습니다. 제가 지은 죄(당시 제게는 엄청난 일이었던) 때문에 모든 상황과 사건이 달라 보인 것입니다.

제가 몇 시에 침대에서 일어나 차가운 방바닥을 딛고 섰는지는 기억이 나질 않습니다. 한밤중처럼 느껴졌지만 10시가 채 되지 않은 무렵이었던 것 같습니다. 밤잠을 자지 않고 깨어 있는 어린아이에게 시간은 너무도 느리게 흘러가는 법이니까요. 저는 중대한 결단을 내렸습니다. 그건 생각만 해도 끔찍하게 무서운 일이었습니다. 저는 다시 지하실로 내려가 컴컴한 구멍 안으로 들어가서 잃어버린 상자를 찾기로 했습니다. 이번에는 제 방 벽난로의 선반 위에서 초와 성냥을 챙겼습니다. 모두 잠들었는지 집 안은 쥐죽은 듯 조용했습니다. 그래서 아무도 모르게 갔다 올 수 있을 것 같았습니다.

저는 캄캄한 어둠 속에서 옷을 입고 초와 성냥을 찾아 호주머니에 넣은 뒤에 방문을 슬그머니 열고 밖을 내다보았습니다. 왔다 갔다 하는 사람은 아무도 없었고 복도 끝쪽에 불이 하나 밝혀져 있을 뿐 모든 불은 꺼져 있었습니다. 저는 불 하나만 밝혀져 있는 것을 이상하게 생각지 못했습니다. 어머니의 행방을 찾는 데 작은 실마리라도 얻기 위해 모두들 밖으로 나가서 집이 그렇게 조용하고 집 안의 모든 불이 꺼져 있었다는 걸 제가 어떻게 알았겠습니까? 시계라도 보았다면 모르겠지만, 저는 시계도 보지 않았습니다. 저는 제 할 일에 정신이 온통 빠져 있었고, 꼭 해내야 한다는 열망으로 불탄 나머지 다른 생각은 비집고 들어올 틈도 없었습니다.

복도 아래쪽 모퉁이를 돌 때 벽에 비친 제 그림자에 너무 놀란 나머지, 아직도 저는 그 일이 바로 어제 있었던 것처럼 생생하기만 합니다. 하지만 그래도 저는 단념하지 않았습니다. 무슨 일이 있어도 단념할 수는 없었습니다. 그래서 지하실로 내려가 구멍 안으로 들어가기 전에 먼저 물통 뒤에 웅크려 호흡을 가다듬었습니다.

저는 물통 주변에서 시끄러운 소리를 냈고, 그 소리가 위층까지 들릴까 봐 걱정이 되어 몸을 떨었습니다! 그러나 이 두려움은 곧 더 큰 두려움에 묻혀 버렸습니다. 다른 소리가 들려온 것입니다. 위쪽, 아래쪽 그리고 사방에서 무언가 바스락거리며 다니는 소리가 들렸습니다! 쥐였습니다! 벽 속에 쥐가 있었습니다! 지하실 바닥에도 쥐가 있었습니다! 제가 그 자리를 어떻게 털고 일어났는지는 모르지만, 어쨌든 저는 자리에서 일어나 앞으로 나아갔습니다. 그러고는 무시무시한 구멍 안으로 들어갔습니다.

저는 안으로 들어가 촛불을 밝힐 생각이었습니다. 하지만 어떤 이유에선지 캄캄한 어둠 속에서 벽을 따라 비틀거리며 나아가 성냥갑을 떨어뜨린 계단에 이르렀습니다. 불을 켜야겠다고 생각했지만, 저는 손을 주머니에 넣지 않았고 먼저 계단을 오르는 게 좋겠다고 생각했습니다. 그러고는 조심스럽게 발판을 찾아 한 계단 한 계단 올라갔습니다. 이제 계단을 세 단만 더 오르면 지금 벽을 짚고 있는 오른손이 자유로워져서 성냥을 켤 수 있을 터였습니다. 저는 계단 세 개를 마저 오른 뒤에 성냥을 켜려고 벽에 몸을 기댔습니다. 그때 무슨 일이 벌어졌습니다. 너무도 낯설고 전혀 예측하지 못한 일이었고, 너무 놀라 비명을 지르지도 못할 정도였습니다. 한 손으로 문을 밀자 문은 천천히 안쪽으로 열렸습니다. 문틈이 벌어지면서 저는 온몸이 떨렸습니다. 문이 열리면서 제 두려움도 함께 커졌습니다. 무언가 있었습니다. 저는 계단참에 있는 작은 짚단 속으로 주저앉았습니다. 그것이 앞으로 튀어나올까? 발이나 손이 달렸을까? 느낄 수 있는 존재일까?

그게 무언지는 알 수 없었지만 그것은 움직이지 않았습니다. 그때 저는 누군가의 목소리를 듣고 고개를 들었습니다. 그것은 사람의 목소리, 어머니의 목소리였습니다. 어머니의 목소리는 너무 가깝게 들려서 팔을 뻗으면 곧 닿을 정도였습니다.

어머니는 아버지와 이야기하고 있었습니다. 말투로 그것을 알 수 있었습니다. 무슨 말인지 잘 알아들을 순 없었지만 어린 마음에도 잊혀지지 않을 만큼 두려운 말투였으니까요.

'내가 왔어! 사람들은 내가 집을 나갔다고 생각하고 멀리까지 나가서 날 찾고 있을 거야. 그러니 우릴 방해할 사람은 아무도 없어. 누가 우리 두 사람이 여기 있을 거라고 생각하겠어.'

여기! 라는 말이 비수처럼 제 가슴에 꽂혔습니다. 저는 방금 그 금지된 방의 문지방을 넘었는데 두 분은 이미 거기 있었던 것입니다. 그 순간 제 머리에 몰아친 혼란을 여러분이 이해하기는 힘들 겁니다. 저는 집안의 규범을 그렇게 어길 수 있다는 생각을 단 한 번도 해본 적이 없었습니다.

아버지의 대답이 들렸지만 제겐 아무 의미도 없었습니다. 아버지는 저와 좀 더 떨어진 곳에 있었습니다. 그러니까 우리는 방의 이쪽 끝에 그리고 아버지는 다른 쪽 끝에 계셨던 겁니다. 그런 상황이라는 게 확실해지자 저는 심장 박동 소리도 나지 않게 온 힘을 다해 노력했습니다. 그래야 어머니가 제 소리를 듣거나 제가 있을 거라고 의심하지 않을 테니까요. 어둠 속에서 빛이 번쩍했습니다. 캄캄한 어둠이 한줄기 빛에 밀려 났다고 말하는 게 나을 겁니다. 섬광이 번쩍했을 뿐 아무 소리도 들리지 않았습니다. 그런데 순간 번쩍거리는 것 옆에 서 있는 아버지의 모습이 보였습니다. 당시에는 초자연적인 존재인 줄 알았지만, 나중에 생각해 보니 벽에 걸린 무기였던 것 같습니다.

어머니도 아버지를 보았습니다. 어머니는 짤막한 웃음소리를 낸 후 촛불은 필요 없겠다고 말했습니다. 그런데 그때 또 한 번 섬광이 번쩍하며 아버지와 어머니의 손에 무언가 들려 있는 것이 보였습니다. 아직도 잘 이해할 수 없지만 나는 온몸이 심하게 아파 오며 숨을 헐떡였는데, 그 소리는 방 가운데로 달려가는 어머니의 발소리와 날카롭고 낮은 외침에 묻혀 버렸습니다."

'몸조심해! 우리 둘 중 한 사람만 살아서 이 방을 나가게 될 테니까!'

'결투를 벌이자고! 이런 남편과 아내, 이런 아버지와 어머니는 죽음에 이르는 결투를 해야 해. 끔찍한 비극이 벌어진 이 방에서, 아이가 뻔히 두 눈을 부릅뜨고 있는 이 집에서 말이야! 악마라 해도 열한 살 난 소년의 인생을 망쳐 버리는, 이보다 더 끔찍한 일을 꾸며 내지는 못할 거야!'

제가 그 즉시 모든 것을 이해한 건 아니었습니다. 증오의 불길은 고사하고 증오가 뭔지를 이해하기에도 너무 순진하고 멍청했으니까요. 제가 이해한 것이라곤 뭔가 끔찍한 일, 어린아이가 이해할 수 없는 어떤 일이 제 앞 어둠 속에서 벌어질 거라는 사실뿐이었습니다. 저는 두려움으로 말문이 막혔습니다. 하느님, 그때 절 귀 먹고 눈멀고, 아니 차라리 죽게 해 주셨다면 좋았을걸!

114

어머니는 어머니가 있던 한쪽 구석에서 달려 나오고, 아버지도 아버지가 있던 곳에서 달려 나왔습니다. 다음 순간 환상적인 빛이 방 전체를 밝혔습니다. 그러자 두 분의 손에 무기가 들려 있는 것이 보였고, 저는 그 무기가 칼인 것을 확인하고 마음을 놓았습니다. 전에 커다란 다락방에서 두 분이 플뢰레(칼끝을 동그랗게 해놓은 연습용 펜싱 칼.—옮긴이)를 들고, 두 분의 말에 의하면 펜싱 연습을 하는 장면을 본 적이 있었거든요. 하지만 그때 그 칼에는 동그란 덮개가 씌여 있었는데, 이번에는 칼끝이 날카롭고 예리하게 빛났습니다.

두 분은 아무 소리도 내지 않고 칼을 휘둘렀는데, 너무 조용해서 숨이 막힐 지경이었습니다. 잠시 뒤 어머니의 절규와 아버지의 분노의 외침이 들렸습니다. 그러다 쨍하는 소리가 났습니다. 두 분의 칼이 부딪친 겁니다.

그때 앞쪽에서 빛이 번쩍하며 한 사람의 칼이 누군가를 찌르는 것이 보였습니다. 하지만 여전히 캄캄해서 잘 보이지 않았습니다. 그런데 그때 섬광이 그 커다란 방 전체를 다시 비췄습니다. 두 분은 이미 멀리 떨어져 있었습니다. 그때 아버지가 한마디 하셨습니다. 한 문장이었는데, 저는 영원히 그 말을 잊지 못할 겁니다.

'로다, 팔에서 피가 흐르는군. 내가 상처를 낸 거야. 우리 이 짓은 그만두고 저기 저 불쌍한 종족들이 믿고 있듯이 각자 지구의 반대편으로 갈까?'

저는 말을 하고 싶었습니다. 두 분에게 절 생각해서 그만두라는 간절한 부탁까지 덧붙여서 말입니다. 하지만 눈물겨운 노력에도 불구하고 목의 근육이 움직이질 않았습니다. 제가 말을 하기 전에 '그럴 순 없어!' 라는 어머니의 차갑고 단호한 대답이 들려왔습니다.

'서약을 했으니 약속을 지킬 테야. 어느 한 사람은 살아남아서 이승에서 행복하게 살아야지.'

어머니의 말투는 평소와 너무도 달랐습니다.

아버지는 아무 대답도 하지 않았습니다. 그러고는 그림자로 기억되는 치밀한 몸동작이 다시 시작되었습니다. 그때 갑작스레 날카롭게 찌르는 듯한 비명이 울려 퍼졌습니다. 할아버지가 방에 계셨더라면 그 소리를 들으셨을 게 분명합니다. 비명 소리와 거의 동시에 빛이 번쩍했고, 그날부터 지금까지 그 장면이 저의 잠자리를 괴롭히고 있습니다. 아버지는 한 손에 칼을 든 채 벽에 꽂혀 있었고, 그 앞에는 승리감에 날뛰는 어머니가 있었습니다. 어머니는 아버지에게 눈길을 고정시킨 채······.

조물주도 더 이상은 참을 수 없었는지, 내 목구멍과 가슴을 짓눌렀던 무거운 바윗돌이 들리며 짐승 같은 울부짖음이 길게 터져 나왔습니다. 어머니는 몸을 돌려 날 보셨습니다. 그 순간 또 번개가 번쩍했으니까요. 어머니는 자신의 끔찍한 행동을 깨닫고, 이건 순전히 제 희망일지 모르지만, 흠칫 놀라 멈춰 섰는데 그 순간 아버지가 치켜든 칼을 맞고 쓰러지셨습니다.

어머니의 신음 소리와 아버지의 헐떡거리는 숨소리가 들려왔습니다. 그 다음에는 그 방 위로 그리고 제 가슴 위로 또한 제게 있어서는 온 세상 위로 무거운 침묵이 덮였답니다.

이게 제 사연입니다, 여러분. 제가 다른 사람들처럼 살지 않는 이유가 궁금하셨습니까?"

몇 분간 동정의 침묵이 흘렀다. 그런 뒤 밴 브루클린 씨가 이야기를 계속했다.

"저는 부모님 두 분이 그 거대한 방에 쓰러져 죽어 있는 것을 단 한 순간도 잊은 적이 없습니다. 잠시 후에 정신을 차려 보니 싸움은 끝이 났고 제가 상상할 수 있는 가장 끔찍한 일이 벌어진 그 방에는 칠흑 같은 어둠이 드리워져 있었습니다. 저는 감히 그곳에 들어설 수가 없었습니다. 그쪽으로는 단 한 발도 내디딜 수 없었습니다. 저는 본능적으로 그곳을 빠져나와 떨리는 몸을 침대에 숨겼습니다. 이 일로 인해 제가 나이보다 늙어 보이는 것입니다. 저는 어쨌든 아버지와 어머니의 명예가 걸려 있다는 저항할 수 없는 감정을 느꼈습니다. 게다가 공포에 질려 있었습니다. 입을 열면 죽을 것만 같았습니다. 어린 시절은 대단한 두려움과 영웅심이 공존하는 때입니다. 나중에 생각해도 놀랄 만한 생각과 느낌의 심연을 침묵이 덮어 버리는 일이 종종 있습니다. 어떤 이유로든 감히 말할 수 없는 비밀을 간직한 채 두려움에 떠는 어린아이보다 더 고통스러운 이는 없을 것입니다.

제게 도움이 되는 일도 일어났습니다. 절망에 빠져 있을 때 다시 삶을 연상시키는 것이 눈에 들어왔습니다. 제 작은 침대와 창턱에 놓아둔 장난감, 우리 안에 있는 다람쥐 같은 것 말입니다. 저는 모퉁이를 돌 때마다 아버지의 목소리가 들리거나 어머니와 부딪칠지 모른다는 기대를 안고 텅 빈 집을 가로질러 정신없이 뛰었습니다. 그렇습니다. 그때쯤 두 분이 세상을 떠나셨기 때문에 아버지의 목소리를 들을 수도 어머니의 모습을 볼 수도 없다는 사실을 잘 알면서도 너무 혼란스러웠습니다. 옷도 제대로 갖춰 입지 않고 추위 속을 뛰어다니기도 했습니다. 그리고 끔찍한 꿈을 꾸고 식은땀을 흘리며 '엄마! 엄마!' 만을 외치며 잠에서 깨어나기도 했습니다.

저는 제정신이 아닌 상황에서도 말을 조심했습니다. 사람들은 열이 나는 데다 볼이 빨갛게 달아오르고 눈은 이상하게 빛나는 저를 아주 조심스럽게 대했습니다. 전 어머니가 집을 떠나 멀리 가셨다는 이야기를 들었습니다. 사람들은 이틀 동안의 수색 끝에 어머니나 아버지를 분명히 찾지 못할 것이라고 결론을 내렸습니다. 어머니는 유럽으로 가신 게 분명하니 제 몸이 좋아지는 대로 어머니를 뒤따라가기로 했습니다. 이 약속은 엄청난 영향력을 발휘해서 그동안 제 자신을 좀먹어 들어가던 두려움에서 즉각 놓여 날 수 있었습니다. 저는 침대에서 일어나 앉으며 다 나았으니 당장 떠나자고 말했습니다. 의사 선생님도 제 맥박이 정상적으로 돌아왔고 전신 상태가 놀랄 만큼 좋아졌다며, 그것은 어머니를 만나러 갈 희망이 생겼기 때문이니, 여행을 가서 아이들과 어울려 지내게 하고 제가 기운을 차릴 때까지 제 기분을 잘 맞춰 주며 어머니를 만날 거라는 희망을 깨뜨리지 말라고 충고했습니다. 그 다음에 궁극적으로 절 기다리고 있는 힘겨운 현실에 맞설 준비를 해야 한다는 것이었습니다. 사람들은 의사 선생님의 말에 따랐고 우리는 스물 네 시간 만에 떠날 준비를 마쳤습니다. 우리는 하인들이 대문을 잠그는 광경을 지켜본 후에(이때 어린아이의 가슴에 어떤 감정이 솟았을지는 여러분의 상상에 맡기겠습니다.) 길디긴 여행을 떠났습니다. 우리는 오 년 동안 유럽 대륙을 누비고 다녔습니다. 덕분에 할아버지도 저처럼 외국 풍경과 사람들에 신경을 분산시킬 수 있었던 것입니다.

하지만 돌아오는 수밖에 없었습니다. 제가 이 집으로 돌아오는
게 얼마나 고통스러웠는지는 하느님과, 나와 함께 밤을 지낸 내
베개만이 알 것입니다. 우리가 없는 동안 비밀이 밝혀진 건 아닐
까? 이제 모든 수리와 보수를 마친 게 아닐까? 결국 시간이 지나
야 모든 것을 알 수 있을 터였습니다. 하지만 내 비밀은 안전하게
지켜졌고, 일단 이 사실이 확고해지자 사는 게 즐겁지는 않았지만
살 만해졌습니다. 그때 이후로 이 집 밖에서 잔 것은 오직 두 번뿐
이며 그나마 그것도 정말 불가피한 경우였습니다. 할아버지가 돌
아가신 뒤로 저는 패널을 둘러친 그 방을 시멘트로 막아 버렸습니
다. 공사는 방의 이쪽에서 했고, 시멘트 위로는 나무 색 페인트칠
을 했습니다. 그 문을 연 사람은 아무도 없으며 제가 그 방의 문지
방을 넘어선 적도 없습니다. 어떨 때는 제가 어리석었다는 생각이
들고, 또 어떨 때는 굉장히 현명했다는 생각도 합니다. 하지만 저
는 어떻든 마음을 정리했습니다. 제가 벌였던 모험을 숨기지 않고
사람들에게 알렸다면 두 분 모두 아니 한 분이라도 살릴 수 있었
을 것이라는 사실을 제가 어떻게 알았겠습니까?"

밴 브루클린 씨가 이야기를 멈추자 모두의 얼굴에는 허연 공포
의 빛이 드리워져 있었다. 그는 마지막으로 바이올렛을 쳐다보며
이렇게 말했다.

"이 이야기의 속편은 어떻게 될 거라고 생각하십니까, 스트레
인지 양? 제가 과거에 대해 말했으니 미래의 그림은 당신이 그려
보는 게 어떻겠습니까."

바이올렛은 고개를 들고 한 사람 한 사람의 얼굴을 차례로 응시

한 뒤에 대답을 기다리고 있는 사람의 얼굴에 시선을 고정시켰다. 그러고는 꿈을 꾸듯 이렇게 대답했다.

"어느 날 아침 뉴스 칼럼에 밴 브루클린 씨의 오래되고 유서 깊은 집이 지난밤에 완전히 불타 버렸다는 소식이 실려, 이 지역 사람들은 모두 애도하고 시민들도 보물을 빼앗긴 듯 아쉬워할 것입니다. 하지만 그중에서 다섯 사람은 그 기사를 읽고 이게 지금 물어보신 속편임을 짐작할 것입니다."

그녀의 말처럼 몇 주 후에 이런 일이 일어났다. 그리고 사람들은 그 집이 아무 보험에도 가입해 있지 않았다는 사실을 알고는 놀랐다. 그런데 그처럼 엄청난 상실을 겪은 밴 브루클린 씨가 젊음을 되찾은 것처럼 보이는 이유는 대체 무엇일까? 이 사건은 그의 친구들 사이에서 끊임없이 오르내리는 이야깃거리가 되었다.

숨겨 갖고 들어가다
Carrying Concealed

리사 스코토라인 _ Lisa Scottoline

리사 스코토라인이 할리우드의 최고의 별난 로맨스에 등장하는 똑똑하고 예쁜 냉소적인 여주인공 진 아서를 연상시킨다고 말하는 평론가들이 있다. 스코토라인의 작품에 등장하는 여주인공과 진 아서가 맡은 인물 사이에는 적어도 하나의 공통점이 있다. 그것은 표면에 유머를 내세운다는 점에도 불구하고 두 사람 모두 저변의 아주 실질적인 감정을 잘 전달한다는 점이다. 스코토라인과 아서가 맡은 여주인공들은 감상주의에 기대지 않고도 천박한 줄거리에 실질적인 감정의 힘을 부여한다. 이것은 대단한 능력이 아닐 수 없다. 스코토라인은 법률 스릴러 물에 자신만의 독특한 매력과 재능을 가미한 작가이다.

아침 7시가 다 되어 가고 있었다. 검사보인 톰 모란은 법정에 늦었다. 그는 숨이 넘어갈 만큼 빨리 면도를 하고 양복바지를 다리에 꿰고 가는 세로줄 무늬 양복저고리에 팔을 집어넣는 동안 내내 꼬리에 꼬리를 물고 이어지는 반대 심문을 연습했다. 톰이 오늘 증인을 깨부수지 못한다면 그는 재판에 지게 될 터였다. 그는 구두를 꿰차고 넥타이를 나부끼며 아래층으로 달려 내려갔다.

그는 바닥을 쿵쿵 울리며 달려 내려가 이어달리기의 마지막 구간에서 배턴을 낚아채듯 바닥에서 서류 가방을 낚아챘다. 그는 세인트조 예비 학교 시절 이 패스를 완벽하게 해냈다. 완주 테이프를 향해 달리는 자신에게 쏟아지는 관중의 환호성이 아직도 들리는 듯했다. 으앵으앵! 순간 톰은 환호성이 아니라 쌍둥이 중 한 녀석의 울음소리가 부엌에서 울려 퍼지고 있다는 걸 깨달았다. 세달 된 쌍둥이는 엄청나게 울어 댔다. 마리는 위의 역류 때문이라고 말했지만 톰은 두 단어가 함께 쓰일 수 있다는 것은 꿈에도 생각지 못한 터였다.

그가 현관에서 달리기를 멈추고 놋쇠로 된 문 손잡이를 움켜잡았다. 부엌에서 들려오는 울음소리가 더 커졌다. 톰이 시계를 보니 7시 12분이었다. 해일 같은 죄의식이 톰을 휩쓸고 지나갔다. 그가 사무실에서 밤새 일하는 바람에 마리는 쌍둥이를 혼자 돌봐야 했다. 톰은 아내를 한번 보지 않고는 나갈 수 없을 것 같았다. 톰이 서류 가방을 내려놓고 부엌으로 돌진했다. 그는 눈앞의 광경이 믿어지지 않아 그 자리에 얼어붙고 말았다. 마리는 힘없이 처진 팔에 우는 아기를 안고 어르며 선 채로 자고 있었다.

"여보, 정신 차려!"

톰이 소리쳤다.

마리의 눈꺼풀이 들렸다.

"파란색도 있나요?"

마리가 졸린 목소리로 중얼거리듯 물었다.

"마리, 정신 차려, 정신 차리라고. 당신 자고 있으면 어떡해."

톰이 정신없이 부엌을 가로질러 울부짖는 아기를 받아 안았다. 어느 한 명을 편애해서는 안 된다고 마리더러 맹세하게 했지만 쌍둥이 중에 그가 더 예뻐하는 애슐리였다.

"아니야, 쇼핑하고 있었는걸."

마리가 말했다. 마리가 부엌 싱크대에 몸을 기댔다. 푸른 눈 주위로 시커먼 그림자가 드리워져 있고 붉은빛 나는 금발 머리는 폭탄을 맞은 것처럼 엉켜 있었다. 그녀는 임신으로 늘어난 체중이 아직 빠지지 않아 독수리 티셔츠 위로 천막 같은 가운을 입고 있었다. 자신과 결혼한 여자가 맞는지 의심스러울 정도였다. 하지만 그런 것을 기대하기에는 톰은 너무 착한 남자였다. 그래도 다시 사랑을 나누면 좋을 게 틀림없었다.

"앉아, 피곤해 보여. 어젯밤에 잠 한숨 못 잔 거야?"

톰이 말했다.

"난 괜찮아, 정말 괜찮다고. 조금 잤어, 정말이야."

마리가 부엌 식탁에 몸을 부딪쳐 가며 의자 위로 꺼지듯 주저앉았다. 분홍빛 고무 젖꼭지 여러 개가 소나무 탁자 위에서 흔들거리고 바닥에는 빈 젖병이 굴러다녔다. 식탁 한가운데 인간 센터피스(식탁의 중앙을 장식하는 장식물.—옮긴이)처럼 놓여 있는 건 다른 쌍둥이 브리타니였다. 브리타니는 이런 야단법석의 와중에도 퀼트 천을 댄 아기 의자에 앉아 잠들어 있었다.

"애슐리의 감기가 심해졌어. 기침을 하는 데다 쌔근거리는 숨소리가 나. 어젯밤에 분사기를 세 번이나 썼는데 말이야."

마리가 손가락으로 머리칼을 쓸어 내리며 말했다.

"분사기라는 게 뭐야?"

"저거야."

마리가 계수대 위의 희끄무레한 기계를 가리켜 보였다. 기계에서 투명한 플라스틱 관이 빠져나와 있고 관 끝에는 인형들이 쓰는 산소마스크 같은 작은 플라스틱 컵이 붙어 있었다.

"어제 소아과 의사한테서 받았어. 하지만 별 효과가 없어. 애슐리를 다시 병원에 데려가야 하는데, 그 소아과 의사가 내일은 체리힐에 있는 병원으로 출근한대. 그러니까 오늘 말이야."

"체리힐이라고? 어떻게 두 아이를 데리고 체리힐까지 간단 말이야? 벌써 녹초가 되어 있으면서."

"어떻게든 되겠지. 가야 해. 브리타니를 돌봐 줄 사람만 있으면 애슐리는 별로 문제가 안 될 텐데."

"당신 어머니는 어때? 도와주실 수 없대?"

"화요일에? 골프 치시는 날인데?"

톰이 혀를 깨물었다. 줄담배를 피워 대는 빌어먹을 장모 같으니.

"당신 여동생은?"

"시내에 없어."

"또 나갔어?"

그의 처제는 돈을 빌릴 때 말고는 단 한 번도 나타나지 않았다. 빌어먹을. 톰은 애슐리를 어르다 커다란 울음소리에 소스라치게 놀랐다. 아기 울음소리가 너무 커서 아무 생각도 나지 않았다.

"내가 도울 수 있으면 좋겠는데."

톰이 말했다. 그러자 마리가 갑자기 애정이 가득한 눈망울로 그를 올려다봤다. 연애할 때와 똑같은 눈빛이었다. 뜨거운 사랑을 나누던 옛날로 돌아간 듯했다.

"할 수 있겠어? 하지만 당신은 재판이 있잖아."

마리가 안도의 미소를 지으며 말했다.

"뭐라구?"

톰은 뭐가 뭔지 혼란스러웠다. 브리타니는 숨이 끊어질 듯 울어 댔고, 그는 아직 아내와 나누던 사랑 생각을 하고 있었다.

"톰, 재판이 있는데 어떻게 브리타니를 데려갈 수 있냐고?"

"누굴 데려가?"

"브리타니."

마리는 아직 애정이 가득한 표정이었고, 그래서 톰은 침을 꿀꺽 삼켰다.

"내가 브리타니를 데려간다구?"

"당신이 그렇게 말한 것 같은데. 당신이 오늘 브리타니를 맡으면 내가 애슐리를 소아과에 데려가면 되잖아. 그런 말 한 것 아니었어?"

마리의 애정이 가득한 표정이 가면처럼 한순간에 사라졌다.

'뭐라구? 이 여자가 미친 거 아니야?'

"맞아. 물론이지. 그러면 되고말고."

어떻게 톰이 안 된다고 할 수 있겠는가? 그에게는 생각할 시간이 없었다. 톰의 머리에 한 가지 생각이 떠올랐다. 그가 다니는 지방 검사 사무실에는 3만 4350명의 비서가 있었다. 그중 하나는 젖을 먹일 수 있을 터였다.

"당신 너무 멋져, 톰. 나도 어쩔 수 없는 상황이야. 그런데 정말 할 수 있겠어?"

"걱정 마. 별일 아니야. 하나도 어렵지 않아."

톰은 속이 울렁거렸다. 그는 아기를 데리고 시내까지 나가는 데 시간이 얼마나 더 걸릴지 따져 보고 싶지도 않았다. 아기 한 명을 낙하산 병처럼 카시트에 고정시키는 데 한 시간은 족히 걸릴 터였다.

"하지만 오늘 중요한 재판 아니야?"

"걱정 마. 당신은 애슐리나 잘 봐. 나 늦었어. 가 봐야 해."

톰이 말했다. 그는 애슐리를 마리의 무릎에 내려놓고 브리타니가 앉아 있는 아기 의자의 잠금 장치를 풀었다. 브리타니의 머리가 한쪽으로 기울어지며 털이 보송보송한 아기의 분홍색 잠옷 아래로 발이 툭 떨어졌다. 그는 아기를 어깨에 올린 다음 아내의 뺨에 입을 맞췄다.

"내가 영웅이 아니면 누가 영웅이겠어?"

"기저귀 가방 가져가."

"영웅은 기저귀 가방을 갖고 다니지 않아."

톰이 말했다. 그는 아기가 양복에 침을 묻히지 않게 조심하면서 아기를 안고 서둘러 부엌에서 나왔다.

"내 차 가져가! 열쇠는 현관 탁자 위에 있어."

마리가 남편의 등 뒤에 대고 소리쳤다.

"알았어!"

톰은 이렇게 마주 소리친 뒤에 현관으로 종종걸음을 쳤다. 그는 한쪽 무릎을 꿇고 자신의 서류 가방과 마리의 열쇠를 집어 들었다. 그는 문을 열고 햇살이 쏟아지는 밖으로 나와 브리타니의 머리가 흔들거리지 않도록 엉거주춤한 자세로 뛰었다. 다행히 봄이라 따스한 아침이었다. 브리타니는 침낭처럼 생긴 아기 잠옷만으로 충분히 따스할 터였다.

톰이 잔디밭을 가로질러 엄청나게 큰 마리의 포드 엑스피디션으로 가서 문을 열고 서류 가방을 먼저 안으로 집어던졌다. 그런 다음 아기를 어깨에서 내려 조수석에 뒤를 향해 장착해 놓은 카시트에 앉혔다. 아기의 머리가 살짝 흔들렸지만 그가 서투른 손길로 끈을 매만지고 마지막에 매듭을 지을 때까지 아기는 눈을 뜨지 않았다. 멋지게 할 시간은 없었다.

톰이 아기의 옆 자리로 뛰어 들어가서 시동을 걸고 한 손을 브리타니의 배에 얹은 채로 요란한 소리를 내며 도로로 나갔다. 아기의 작은 가슴이 일정한 간격을 두고 오르내렸으며 복실복실한 아기 잠옷은 따스하고 포근했다. 아기한테서 우유와 사탕 냄새가 났다. 브리타니는 아기답게 깊이 잠들어 있었다.

톰은 미소 지었다. 이건 그야말로 식은 죽 먹기였다.

"으으으애애애앵!"

브리타니가 갑자기 울음을 터뜨렸고, 톰 모란은 너무 놀란 나머지 지방 검사 사무실 앞의 '주차 금지─견인 지역' 표지판에서 멈춰 섰다.

"으으으으앵앵앵앵!"

차 앞 유리와 벽에 부딪쳐 울려 퍼지는 반사음까지 더해 차 안은 정신없이 시끄러웠다. 톰은 고막이 터질 것 같았다.

"쉬, 아가야, 울지 마라, 쉬……."

톰이 카시트의 매듭을 풀려고 기를 쓰며 말했다. 그는 손가락이 부들부들 떨리고 해골이 흔들렸으며 머리가 아팠다.

"자, 착하지, 이제 조용히 하렴."

톰이 백미러로 자신의 입술이 달싹거리는 걸 보았지만 자신의 말소리는 들리지 않았다.

"으으으으애애애앵!"

브리타니가 또 울어 젖혔다. 아기는 두 눈을 쥐어짜듯 꼭 감고 있었고 얼굴은 터져 버릴 듯 새빨갰다. 아기의 입에서 가브리엘 천사가 부는 나팔처럼 우렁찬 소리가 터져 나왔다.

톰의 얼굴에서 땀이 비오듯 쏟아졌다. 그가 차 안의 전자시계를 힐금 보니 8시 21분이었다. 9시까지는 법정에 가야 했다. 이렇게 정신없이 우는 아기를 사무실로 데리고 들어갈 순 없었다. 하지만 그에게는 기다릴 시간도 없었다. 법조인답게 현명하게 처신하려면 어떻게 해야 하지?

"으으으으애애애앵!"

톰이 미친 듯이 차 안을 둘러봤다. 브리타니를 즐겁게 해 줄 만한 게 없을까? 딸랑이, 플라스틱 고리, 찍찍 소리를 내는 장난감이라도? 톰은 귀를 틀어막은 채 사방을 둘러봤다. 아무것도 없었다. 제기랄! 마리는 너무 정돈을 잘하는 게 탈이었다. 그의 시선이 점화 장치로 쏠렸다. 열쇠! 아기들은 피셔 프라이스의 열쇠를 좋아했다. 톰이 점화 장치에서 열쇠를 빼 가지고 펩보이스에서 나온 모빌처럼 브리타니의 코앞에 대고 짤랑짤랑 흔들어 보였다.

"열쇠! 열쇠야, 브리타니."

톰이 소리쳤다.

"으앵!"

아기는 울음을 멈추지 않았고 톰은 열쇠를 더 세게 흔들어 댔다.

"열쇠야! 자 봐, 브리타니! 열쇠라니까! 열쇠 좋아하잖아! 이건 진짜 열쇠야! 다른 건 가짜라고!"

"으앵!"

브리타니는 여전히 울었다. 하지만 울음소리는 조금 잦아들었다. 아기가 눈물이 그렁그렁한 눈으로 열쇠를 쳐다봤다.

"이봐! 진짜 열쇠야! 한정 판매! 지금 주문하세요!"

톰이 열쇠를 사방으로 흔들어 댔고 아기가 마침내 울음을 그친 고양이 같은 표정을 지었다.

"좋아!"

톰이 이렇게 외치며 아기에게 열쇠를 건넸다. 아기는 아랫입술을 오므리며 열쇠를 잡으려고 바둥거렸고 열심히 쳐다보느라 눈은 사팔이 되었다. 톰이 아기의 손에 열쇠를 쥐어 주자 아기가 울음을 그쳤다.

"하느님, 감사합니다."

톰이 중얼거렸다.

그는 브리타니를 카시트에서 내린 뒤 서류 가방을 들고 차에서 튀어 내렸다. 그는 차 문을 잠그지 못했다. 브리타니에게서 열쇠를 빼앗는 위험을 무릅쓸 수는 없었다. 좀도둑이 차를 훔쳐 가든 경찰이 견인해 가든 상관없었다. 모든 것을 혼자 다 할 수는 없었다. 톰이 아기를 품에 안은 채 회전문을 밀고 들어갔다. 그러자 굉장한 미인 접수원인 루즈 디아스가 희망적인 반응을 보였다.

"아기네! 쌍둥이 중 한 명을 데려오셨군요."

그녀가 립스틱을 바른 입술을 헤 벌리고 펄쩍펄쩍 뛰었다. 루즈는 반짝반짝 윤나는 검은 곱슬머리에 아기를 한 번도 낳아 본 적 없는 쭉 빠진 몸매를 하고 있었다. 그래서 아기를 보고 저렇게 반가워하는 게 틀림없었다.

"루즈, 이 애가 브리타니야! 인사해!"

톰은 인파로 붐비는 대기실을 서둘러 지나며 브리타니를 보며 어쩔 줄 몰라 하는 루즈의 품에 쑤셔 넣었다. 일단 맡기고 볼일이었다.

"어머, 너무 귀여워, 너무 귀여워요."

루즈가 분홍색 짐 꾸러미를 내려다보며 미소 지었다. 그러다 표정이 굳어졌다.

"톰, 이 애가 자동차 열쇠를 먹고 있어요."

"원래 열쇠를 좋아해. 그 애의 열쇠에 손대지 말라고."

톰이 벽에 걸린 커다란 벽시계를 확인했다. 8시 29분이었다.

"하지만 입 속에 넣었는걸요."

루즈가 걱정스러운 음성으로 말했다. 톰이 아래를 내려다봤다. 브리타니가 자동차 열쇠를 빨고 있었다. 그래서 어쨌단 말인가? 그가 어렸을 때는 애벌레도 잡아먹었는데 말이다.

"잘 들어, 루즈. 날 좀 도와줘야겠어. 난 법정에 가야 하거든. 그러니까 당신이 브리타니를 돌봐 줘야겠어. 오늘 하루만 말이야."

"뭐라고요? 난 접수대를 맡고 있다고요. 그래서 안 돼요."

루즈가 세상에 뭐 이런 바보가 다 있나 하는 눈길로 톰을 쳐다봤다.

"그럼 다른 사람에게 맡기면 되잖아."

"누구한테요?"

"믿을 만한 사람한테. 다른 비서 중에서 찾아봐. 재닌만 아니면 돼."

톰은 재닌에 대해 잘 알았다. 그녀는 서랍 안에 섹스 도구를 넣어 두는 여자였다.

"난 못해요. 여기서 쫓겨날 순 없어요. 2층, 당신 부서에 있는 다른 여 직원한테 부탁해 봐요."

루즈가 브리타니를 톰의 품으로 밀어내며 말했다.

"알았어, 알았다고. 어쨌든 고마워."

톰은 접수대에서 브리타니를 안아 들고 서둘러 복도를 따라 내려갔다. 맞은편에서 오는 동료들이 순식간에 그를 지나쳐 갔다. 그들은 딸린 아기도 없이 법정으로 가고 있었다.

"모란, 자네 란넬 건 맡지 않았나?"

스탠 컬먼이 서류 가방 두 개를 들고 그를 지나치며 물었다.

"물론 맡았지."

톰이 계단으로 올라가며 대답했다. 시간이 없었다. 특별 재판부에 있는 여 직원 중 한 명이 도와줄지 몰랐다. 톰이 법정에 출두하므로 그의 비서는 이번 주에 휴가를 떠났다. 톰이 브리타니의 머리를 받치고 계단을 한 번에 두 개씩 올랐다. 아기가 다시 훌쩍거리기 시작했다. 딸랑거리는 열쇠는 어디론가 사라지고 없었다. 자동차 열쇠가 어디 있는지는 신만이 아실 터였다.

톰은 2층에 도착해 비서들의 책상을 서둘러 지났다. 책상은 모두 비어 있었다. 모두들 커피실에 있었다. 승리를 거둬야 할 살인 관련 재판과 맡아야 할 아기가 없다면 그도 그곳에 있을 터였다. 톰이 왼쪽 모퉁이를 돌아 작은 방으로 들어갔다. 그곳에서 향기로운 커피와 향수 냄새가 났다.

"공주님이야!"

톰이 브리타니 주변으로 모여들어 아기를 어르는 여 직원들에게 말했다.

"너무 작아요!"

레이첼이 말했다.

"너무 귀여워요!"

샌디가 말했다.

"너무 예뻐요!"

프랜카가 말했다.

"세상에서 제일 예쁜 아기지, 작고 귀엽고 예쁘다고. 이 아기는 많이 자고 열쇠를 좋아해. 오늘 이 아기를 돌봐 줄 사람?"

톰이 미소 지으며 말했다.

비서들이 세상에 뭐 이런 멍청이가 다 있나 하는 눈길로 톰을 쳐다봤다.

"톰, 여긴 우리 직장이에요. 일손을 놓고 종일 아기나 볼 수는 없다구요."

레이첼이 말했다. 그녀는 나이가 많은 여 직원으로 상냥하지만 단호한 말투였다.

"한 사람이 한 시간씩 돌아가면서 보면 되잖아? 맹세코 대가는 지불할게. 얼마든지 말이야. 당신들 모두에게 시간 외 근무 수당을 줄게."

"이 애는 갓난아기예요, 톰. 이런 아기는 정신 똑바로 차리고 봐야 해요. 그런 아기를 무릎에 놓고 타이프를 칠 순 없잖아요."

레이첼이 잿빛 머리를 설레설레 저었다. 그녀 뒤에서 샌디와 프랜카와 주디도 동의의 뜻으로 고개를 끄덕였다. 톰은 당황스러웠다. 모두 톰에게서 고개를 돌렸다.

"하지만 지금 사정이 급해. 난 도움이 필요하다고. 이 아기는 말썽을 일으키지 않아. 하루 종일 잠만 자. 그러니까 오랫동안 말이야."

"내 상사는 출장 중이에요."

뒤쪽에서 높고 가는 목소리가 들렸고 톰의 심장이 희망으로 벌떡거렸다.

"누구지?"

톰이 발꿈치를 세우며 물었다. 인파가 갈라지며 못 박힌 구두에 검은 가죽 미니스커트를 입은 여자가 나타났다. 변태 성욕자인 재닌이었다. 톰은 입 안이 바싹 말랐다. 그가 검은 가죽 옷과 아기의 분홍빛 솜털을 번갈아 가며 쳐다봤다.

"아, 고맙지만 됐어. 내가 볼 수 있을 것 같아."

그는 이렇게 말한 뒤에 바람같이 커피실에서 달려 나왔다.

톰이 계단을 달려 내려가는 동안 브리타니는 계속 칭얼거렸고 그는 미칠 것만 같았다. 벽시계가 8시 42분을 가리키고 있었다. 빨리 해결책을 생각해 내야 했다. 그는 자신의 사무실로 들어가 발뒤꿈치로 문을 닫고 서류 가방을 바닥에 떨어뜨린 뒤에 푹신한 우편물 묶음 위에 브리타니를 내려놓았다. 바로 그때 이상한 냄새가 났다. 아기의 응가 냄새였다. 브리타니가 야단법석을 떨며 울어 댄 것도 무리가 아니었다. 아기의 무릎까지 똥이 묻어 있었다. 이제 브리타니도 검사보가 어떤 직업인지 알게 되었을 터였다.

톰이 아기의 잠옷 지퍼를 열고 두 발을 꺼냈다. 그러자 아기의 팸퍼스 기저귀가 드러났다. 악취는 폭행 구타(고의로 폭력을 써서 불법으로 타인의 신체에 해를 가하는 행위라는 뜻의 법률 용어.─옮긴이)에 준할 만큼 심했고 눈앞에 보이는 광경은 차마 눈을 뜨고 보지 못할 지경이었다. 새 기저귀와 새 옷이 있어야 했다. 톰이 손을 뻗어 기저귀 가방을 찾았지만 기저귀 가방은 없었다.

"신이시여, 저를 도우소서."

그가 이렇게 중얼거렸다. 하지만 오직 행동할 뿐 생각할 시간은 없었다.

톰은 똥투성이 기저귀와 잠옷을 벗기고 법률 용지첩에서 법률 용지를 몇 장 떼어 아기를 닦은 다음 종이를 둥글게 말아 쓰레기통에 던져 넣었다. 아기 천사처럼 통통한 브리타니는 발길질을 하며 잠시 조용히 있었다. 어찌나 예쁜지 톰은 이 순간부터 브리타니를 더 좋아하게 되었다.

하지만 브리타니는 알몸이었다. 벌거벗은 데다 아직 똥이 묻어 끈적거리는 아기를 어떻게 남에게 맡길 수 있단 말인가? 기저귀가 있어야 했다. 없다면 하나 만들기라도 해야 할 판이었다. 어서!

그는 쓸데없이 종이를 집어 누르는 동작을 취하다가 그 종이를 네 갈래로 찢었다. 그리고 미개인들이 입는 원시 옷처럼 그 중 한 갈래를 아기의 두 다리 사이에 넣었다.

"자, 이렇게 하니 간단하군. 그렇지 않아?"

톰이 아빠의 말을 알아듣기라도 하는 듯 미소 짓는 브리타니에게 말했다.

하지만 기저귀를 어떻게 고정시켜야 한단 말인가? 노란 고무줄은 너무 작았다. 유레카! 톰이 스카치테이프를 잡고 긴 줄이 되도록 당긴 뒤에 브리타니의 허리둘레에 붙였다. 그동안 브리타니는 줄곧 행복한 듯 발길질을 해 댔다. 그러나 이내 온몸을 떨었다.

톰이 구두를 차 내고 검은 양말을 벗어 한쪽은 브리타니의 왼쪽 다리에 다른 쪽은 브리타니의 오른쪽 다리에 신겼다. 그런 다음 스테이플러로 간단히 양말을 고정시켰다. 책상 위의 시계를 보니 8시 47분이었다. 법정까지 가는 데는 십오 분이 걸렸다. 톰은 땀을 비오듯 흘렸고 브리타니는 그에 대한 보답처럼 몸을 꿈틀거려 법률 용지로 된 기저귀에서 우지직우지직하는 소리를 냈다. 아기의 작은 얼굴이 일그러지며 아기가 강아지처럼 입을 벌렸다가 다시 다물었다. 아−하. 톰은 그게 무슨 뜻인지 알고 있었다. 아기가 배가 고픈 것이었다.

빌어먹을! 즉석에서 만들 수 없는 것도 있는 법이었다. 예를 들면 아기에게 젖을 먹이는 일 같은 것 말이다. 하지만 불가능한 일은 그것뿐이었다. 톰은 일 분 동안 생각을 짜냈다. 고형식을 먹이기엔 브리타니가 너무 어렸다. 주변에 있는 액체라고는 저지방 우유뿐이었고 그건 아무 소용없었다. 젖이 부족할 때 마리가 아기에

136

게 무얼 먹었더라? 홍차였다. 톰은 홍차를 좋아해서, 주위에 홍차가 그득했다.

그는 책상 뒤로 가서 플라스틱 물통에서 스티로폼 컵에 물을 조금 따른 후에 립턴 홍차의 티백과 수중 전열기(시즈선을 직접 물속에 넣고 물을 끓이는 전열기.—옮긴이)를 그 안에 넣었다. 그가 신발을 신었을 때, 시계는 9시 1분을 가리키고 있었다. '빨리.' 그가 손가락 끝으로 물의 온도를 재 보았다. 너무 뜨겁지도 차지도 않았다. 먹일 것까지 만들어 내다니!

톰은 컵에서 전열선과 티백을 꺼낸 다음, 따뜻한 차를 갖고 서둘러 브리타니에게 달려갔다. 아기는 입술을 리본 모양으로 오므린 채 열심히 빠는 소리를 내고 있었다. 그가 아기를 안아 올리고 컵을 들었다가 공중에서 멍청히 동작을 멈췄다. 그가 무슨 생각을 하고 있단 말인가? 톰은 쌍둥이에게 여러 번 우유를 먹여 아기들이 아직 스티로폼 컵으로 먹지 못한다는 사실을 알고 있었다. 음, 또 다른 장애물이군. 하지만 톰은 그날 이미 장애물달리기 주자가 되어 있었다.

"됐어!"

톰이 책상에서 갈색 커피용 빨대 겸 휘젓기를 꺼내 바지에 문질러 닦은 다음 홍차에 담궜다. 그는 그 가는 빨대가 다 찰 때까지 윗부분을 손가락으로 막고 있다가 그의 한쪽 팔에 안겨 있는 브리타니에게 가져갔다.

"아가야, 건배하자."

톰이 말했다. 그가 빨대 윗부분에서 손가락을 치우고 아기의 입안으로 홍차를 흘려 넣었다. 얼굴을 찌푸리고 울던 아기는 커피용 빨대를 젖꼭지처럼 쉽게 입에 물었다.

"내 착한 딸이구나."

톰이 아기에게 이렇게 속삭였다. 그리고 또 빨대를 가득 채워 아기의 입 안으로 흘려 넣었다. 아기는 빨대를 물고 열심히 빨았다. 그렇게 세 번째로 먹이려 할 때 전화벨이 울렸다. 톰은 전화벨이 울리게 내버려 두었다가 다시 생각해 보았다. 비서로서의 프로 근성에 회의를 느낀 어느 비서의 전화일지 몰랐다. 톰이 스피커폰의 버튼을 눌렀다.

"모란, 자네 거기 있나?"

벼락같은 남자의 고함 소리가 울려 퍼졌다. 톰은 펄쩍 뛰어 일어났고 그 바람에 립턴 홍차를 브리타니의 옷에 전부 흘렸다. 전화를 건 사람은 톰이 모시고 있는 빌 매스터슨 지방 검사였다. '하느님 맙소사.' 톰은 무릎을 꿇으려 했지만 아기를 안고 있었다.

"모란, 자네 거기 있나?"

매스터슨이 또 고함을 쳤다.

"예, 있습니다, 검사님."

"거기 있군. 모란? 자네 지금 자네 사무실에 있단 말인가, 모란?"

"그렇습니다, 검사님."

"대체 거기서 뭘 하고 있나? 자네는 거기 있어서는 안 되는 사람일세. 자네는 법정에 있어야 하네. 자네가 사무실에 있다고? 대체 무슨 일인가, 모란?"

"저, 그러니까, 서류를 좀 가지러요."

"변명은 그만두게. 내가 그런 말을 신경 쓸 것 같은가? 재판을 맡은 사람이 사무실에 있다니. 난 법원에 와 있는데, 자네가 여기 없지 않나."

"검사님은 법원에 계십니까?"

톰이 침을 꿀꺽 삼키며 물었다.

"난 법원에 있는데, 자넨 사무실에 있다니. 왜 자네는 늘 문제를 일으키나, 모란?"

"지금 당장 출발하겠습니다, 검사님."

"사무실에서 대체 무슨 개수작을 벌이고 있나? 자네는 사무실이 아니라 법정에 있어야 하네. 난 재판을 맡지 않았는데도 법정에 왔네. 자네는 재판을 맡고도 사무실에 있으니 도무지 이해할수가 없네, 안 그런가? 모란? 대체 왜 그러나?"

"금방 도착할 겁니다. 지금 가고 있으니까요."

"모란, 제정신인가?"

매스터슨은 이렇게 말하고 한 마디 말도 없이 전화를 끊어 버렸다.

톰이 어쩔 줄 몰라 하며 '오프' 버튼을 눌렀다. 매스터슨이 오늘 재판을 지켜볼 예정이었다. 이런 제기랄. 톰은 법정으로 가야했다. 지금 당장 말이다. 그는 바지도 없이 검은 양말을 신고 우편물 더미 속에 편안하게 누워 있는 브리타니를 망연자실하게 쳐다봤다. 이곳에 아기를 두고 갈 순 없었다. 아무한테나 맡길 수도 없었다. 그는 이 아기의 아빠였다. 잠시나마 배를 채운 아기는 행복하게 웃고 있었다.

방법은 한가지밖에 없었다.

톰은 한 손에 서류 가방, 다른 한 손에 검고 큼직한 재판 가방을 들고 접수대 쪽으로 갔다. 그 변호사용 가방은 판매 사원의 견본 가방만큼 컸고 가방 안은 브리타니에게 편안한 침대 역할을 하는 증거 서류 조각으로 가득했다. 아기는 평평한 바닥에 조용히 누워 있었다. 세심한 사람이라면 이 서류 가방 위에 공기 구멍이 뚫려 있음을 눈치 챘을 것이다. 하지만 대기실에 앉아 있는 이들 중에 세심한 사람은 아무도 없었다. 이들도 결국 한 나라의 증인인데 말이다. 그들은 보라는 것만 봤다.

"톰, 아기는 어디 있나요?"

톰이 지나가는 것을 보고 루즈가 물었다.

"해결됐어."

그가 대답했다. 톰이 회전문을 돌려 찻길로 내려선 순간 마리의 포드 엑스피디션이 견인되는 광경이 눈에 들어왔다. 톰은 기도를 하기 위해 눈을 질끈 감았다가 즉시 어깨를 폈다. 어쨌든 차 열쇠 도 잃어버린 터였다. 톰이 큰 소리로 택시를 불렀다.

"택시!"

톰이 소리치자 노란 택시가 멈춰 섰다. 톰이 가방을 들고 안으 로 들어갔다.

"범죄 정의 센터요."

톰이 문을 닫으며 말했다.

"으앵."

재판 가방에서 소리가 났다.

"안에 든 게 뭡니까?"

택시 기사가 물었다. 수염이 덥수룩하고 땅딸막한 데다 나이 든 남자였다. 그는 지저분한 모자를 이마 밑까지 눌러쓰고 있었다.

"아무것도 없습니다."

"무슨 소리가 났습니다. 갓난아기의 울음소리 같은 게 들렸는 걸요."

"제 신발에서 난 소리입니다. 새 신발이거든요."

톰이 말했다. 그러나 그는 소리가 또 날 거라는 걸 알고 있었다. 브리타니는 재판 가방 안에서 오래 버티지 못할 게 분명했다. 하지만 톰은 노련한 아빠였다. 그는 어떻게 해야 하는지 알고 있었다.

"저 가게에 잠시 세운 뒤에 조금만 기다려 주십시오."

톰이 이렇게 말하며 가게를 가리켜 보였고 택시 기사가 길옆에 차를 세웠다.

톰은 재판 가방을 들고 차에서 뛰어내려 가게 안으로 들어갔다. 손목시계를 힐금 보니 9시 11분이었다. 빌어먹을 통로는 어디 있단 말인가? 톰은 안 돌아가는 머리를 마구 굴렸다. 그곳은 가맹점으로 다른 가게와 똑같은 구조로 되어 있었다. 그는 4D 코너로 달려가서 선반에서 포장된 물건 하나를 집어 든 다음 계산대로 돌진해 10달러짜리 지폐 한 장을 내밀었다.

"잔돈은 가지세요."

톰이 말했다.

"으앵."

가방에서 또 소리가 났다. 두 사람은 날듯이 가게에서 달려 나왔다.

톰은 다시 택시에 올라탔고 재판 가방을 바닥에 내려놓고 놋쇠로 된 자물쇠를 연 다음 브리타니를 바닥에서 안아 올렸다.

아기는 배가 아픈지 몸을 뒤틀고 있었다. 또 한바탕 울어 젖힐 판이었다.

"손님의 구두에서 난 소리입니까?"

택시 기사가 물었다.

"그런 것 같지는 않습니다."

"당연하죠."

"운전이나 하시죠."

택시는 비틀거리며 앞으로 나아갔고 톰은 아기를 무릎 위로 안았다. 그는 가방을 잡은 채 손을 안으로 넣어 조금 전에 산 것을 꺼냈다. 그러고는 이로 셀로판 포장지를 찢고 위에 있는 얇은 막을 손가락으로 마구 뚫었다. 파스텔 빛 분홍색 판지에는 '유아용 타이레놀'이라고 쓰여 있고 그 밑에 현탁액이라고 적혀 있었다.

톰이 이로 병의 안전 봉인을 찢고 작은 플라스틱 약 스푼에도 똑같은 조치를 취했다. 일 회분의 타이레놀 용량이면 아기를 세 시간은 재울 수 있을 터였다. 톰은 양심에 심한 가책을 느꼈지만 어쩔 수 없었다. 이 약을 먹는다고 해서 아기가 해를 입는 게 아니라 잠을 잘 뿐이니까 말이다. 지금 한 번 먹이고 점심 시간에 한 번 더 먹이면 브리타니는 배심원이 판결을 내릴 때까지 깨어나지 않을 터였다.

"아기를 어디서 데려오신 겁니까?"

택시 기사가 경계심 어린 시선을 던지며 톰에게 물었다.

"내 아기입니다."

"아기를 가방에 넣고 대체 뭘 하시는 겁니까?"

"당신은 알 바 아닙니다."

"아무도 혼자 살 수 없습니다. 친구 양반."

"쌍둥이를 길러 봤다면 그런 말할 자격이 있으실 겁니다. 교수님."

톰이 약 스푼을 꺼내 약병에 대고 아기를 잠재울 분량의 약을 따랐다. 약 스푼을 가득 채운 용량이 8밀리리터라고 쓰여 있었다. 하지만 톰은 1밀리리터가 어느 정도인지 알지 못했다. 그동안 약을 먹인 사람이 마리였다는 사실만 생각날 뿐이었다.

"그런데 아기에게 무슨 문제가 있습니까, 아픈가요?"

택시 기사가 물었다.

"아니요, 그냥 졸려서 그럽니다."

"그 아기는 졸려 보이지 않는걸요."

"아니요, 졸립니다."

톰이 성을 내며 쏘아붙쳤다. 그가 아기의 입으로 체리향 나는 타이레놀 시럽을 떨어뜨렸고 브리타니는 행복한 표정으로 받아 먹었다.

"착하기도 하지."

톰이 말했다. 얼마나 착한 아기인가! 그는 재빨리 아기에게 잘 자라는 입맞춤을 한 뒤에 아기를 다시 가방 안에 넣었다. 그와 거의 동시에 택시 기사가 '범죄 정의 센터' 앞에 차를 세웠다. 톰이 10달러짜리를 찾아 택시 기사에게 내밀었다.

"잔돈은 가지세요."

톰이 말했다. 하지만 택시 기사는 그에게 고개를 돌리고 못마땅한 표정을 지어 보였다.

"보나마나 더러운 돈이군."

그가 호통을 쳤다. 그래서 톰은 돈을 택시 앞좌석에 던지다시피 내려놓고 가방을 들고 나와 택시 문을 닫았다.

범죄 정의 센터 앞 보도에는 푸른 제복을 입은 경찰들이 모여 잡담을 나누고 담배를 피우며 증언이 시작되기를 기다리고 있었다. 보통 때라면 그들이 반가웠겠지만 그가 아동 학대에 근접한 행위를 하고 있는 지금은 사정이 달랐다. 제복을 입은 경찰 한 명이 그에게 손을 흔들었고 톰은 그에게 신경질적으로 고개를 끄덕여 보인 후에 살아 있는 짐 가방을 들고 법정 안으로 도망치다시피 들어갔다.

로비는 인파로 들끓었고 금속 탐지기 앞에는 긴 줄이 늘어서 있었다. 법정 시계는 9시 14분을 가리키고 있었다. 아, 안 돼. 그는 이미 늦은 터였다. 톰은 가능한 한 공손하게 인파를 뚫고 전속력으로 달렸다. 빨리 2층에 도착하지 못하면 법정 모독죄에 벌금형에 해고였다.

그는 속도를 더 내서 보안 검색대 맞은편 끝에 있는 법조인 전용 출입구로 서둘러 갔다. 법정 식구인 톰은 금속 탐지기와 보안 검색대를 그냥 통과할 수 있었다. 그리고 그것이 그의 자식을 법정으로 숨겨서 들어갈 수 있는 유일한 방법이었다. 검사는 그런 짓을 할 만큼 얼간이가 아니어서 그런지 그런 우발적 사고에 대비하는 보안 요원은 없었다. 하지만 검사를 과대평가하는 것은 그다지 현명한 처신이 아니었다.

톰은 대리석 바닥을 가로질러 엘리베이터로 갔다. 현대식 놋쇠 장식을 한 엘리베이터 문 앞에 정장 차림의 사람들이 서 있었다. 톰은 피고 측 변호사와 부딪쳤다.

"이봐요, 조심하세요."

톰이 말했다.

"제 잘못이 아닌걸요."

피고 측 변호사가 말했다. 때마침 엘리베이터 문이 열려 톰이 고개를 돌렸다. 그는 가방을 보호하기 위해 다른 사람이 다 들어간 뒤에 마지막으로 엘리베이터에 올라탔다. 톰의 코앞에서 문이 닫혔고 그 바람에 엘리베이터 내부 유리 벽에 그의 모습이 선명하게 비춰 보였다. 키가 크고 호리호리한 아일랜드인이 헝클어진 검은 머리에 중죄인만큼이나 죄의식으로 가득한 푸른 눈을 뜨고 증거 서류가 든 서류 가방과 아기가 든 재판 가방을 들고 있었다. 그가 과연 아빠란 말인가? 자신의 아기를 가방에 쑤셔 넣은 사람이? 아기를 체리향 나는 시럽으로 재운 사람이? 처음에 다른 아기를 더 예뻐한 사람이? 톰에게는 고해성사를 할 게 너무도 많았다.

핑! 엘리베이터 문이 열렸고 톰은 더 많은 인파가 있는 곳으로 내렸다. 란넬 사건은 2층이었다. 톰은 지금까지 그 사건이 자신의 '자식'이라고 생각하곤 했다. 그는 아침 제비뽑기에서 자리를 얻지 못한 기자와 변호사, 증인 그리고 구경꾼들이 득실득실한 틈을 뚫고 나아갔다. 저쪽에 매스터슨이 뉴만 주교처럼 인파 위로 우뚝 솟아 있었다.

톰은 배 속이 울렁거리고 손에서 진땀이 났다. 그는 재판에 지고 법조계에서 추방당하며 아기는 어둠 속에 갇힌 기억을 갖게 될 터였다. 게다가 마리의 자동차 열쇠까지 잃어버리다니. 톰은 몸서리를 쳤지만 애써 끔찍한 생각은 털어 냈다.

"환상적일 만큼 늦으셨군, 안 그래, 모란?"

매스터슨이 큰 소리로 말했다. 친절을 가장한 그의 태도로 미루어 그가 얼마나 화가 났는지 알 수 있었다. 톰은 이번만은 매스터슨의 가식적인 태도에 감사하며 칵테일 파티에서 만나기라도 한 듯 아무렇지도 않게 상사에게 다가갔다.

"가실까요?"

톰도 자신감을 꾸며 보이며 말했다.

"물론이지."

지방 검사가 의외라는 표정으로 대답했다. 그래서 톰은 기자들의 질문을 외면한 채 인파를 뚫고 206번 방으로 갔다. 그는 여러 사람 앞에 서는 것을 좋아하는 사람이 아니었다. 그러니까 미국의 민주주의를 발전시키기 위해 정치계에 입문할 사람은 아니었다. 톰은 좋은 일을 하고 싶어 검사가 된 사람 중 하나였다. 소수이긴 해도 아직 세상에는 이런 사람이 남아 있다. 이 세상에 말이다.

"모란 씨, 한 마디 부탁드립니다."

"톰, 오늘은 어떻게 하실 겁니까?"

"해머에 대해 어떤 전략을 구사하실 예정이신지요, 모란 씨?"

"자신이 있으십니까?"

기자들이 공책을 펴 들고 물었다.

"할 말 없습니다."

톰이 재판 가방을 몸 가까이 끌어당기며 대답했다. 취조 기자들 중에 그 가방에 뚫린 공기 구멍을 본 사람은 아무도 없는 듯했다. 제랄도도 마찬가지였다.

"물론 톰은 자신이 있지, 이 친구들아. 제일 능력 있고 제일 똑똑한 사람을 어떻게 의심하겠나?"

기자들이 톰을 에워싸자 매스터슨이 팔을 펴서 기자들을 막으며 말했다.

톰이 그들을 뒤로하고 법정 문 안으로 막 들어서는 순간 재판이 시작되었다.

톰은 새로 지은 범죄 정의 센터의 다른 방들과 똑같이 생긴 황량한 206번 방이 티끌만큼도 마음에 들지 않았다. 방은 매끄럽고 현대적이며 널찍하고 벽에는 방음 효과를 내기 위한 회색 천이 덮여 있었다. 연단과 배심원석 그리고 방청석 의자는 반짝이는 자단으로 되어 있었다. 하지만 톰은 시청에 있는 오래된 법정이 더 마음에 들었다. 빅토리아 시대의 유산같이 오래된 그 건물에는 때 낀 놋쇠 촛대에 덜걱덜걱 소리를 내는 데다 먼지가 수북히 쌓인 난방기가 놓여 있었다. 톰은 변함없이 오래된 그 광경이 마음에 들었다. 그는 아직도 라틴어로 미사 드리기를 바랐다.

그는 못마땅한 얼굴로 번쩍거리는 검사석으로 갔다. 그의 옆에 있는 재판 가방 안에는 아기가 자고 있었다. 톰은 보호 조치로 구두의 앞코 부분을 아기의 머리 쪽에 갖다 댔다. 그는 반대 심문 중에도 검사석에서 멀리 나아가지 않기로 마음먹었다. 연극적인 행위를 희생하는 한이 있어도 브리타니가 더 중요했다. 톰은 어느게 더 중요한지를 잘 알고 있었다.

그는 피고 측 증인 심문이 있는 동안 마음을 가다듬으려 노력했다. 아침에 한바탕 난리를 치르느라 어젯밤에 치밀하게 준비한 내용이 하나도 생각나지 않았다. 더구나 그 공책을 실수로 재판 가방 안 브리타니 밑에 놓아둔 터였다. 톰이 한숨을 내쉬었다. 적어도 아기는 잠들어 있을 터였다. 그는 브리타니에 대해서는 잊고 피고 측의 직접 심문에 마음을 집중하려고 노력했다.

"맞습니다. 저는 그 사격장에서 시간제로 일했습니다."

증인이 말했다. 증인인 엘우드 '엘비스' 파헤이는 코카인처럼 희고 창백한 얼굴에 새까만 머리의 삼류 불량배였다. 그는 왜소한 몸집으로 주머니에 '회원만 입장 가능'이라고 쓰인 검은 스포츠 재킷을 입고 연단에 서 있었다. 톰은 엘비스가 회원으로 있는 클럽이 도대체 어디에 있는지 궁금했다. 그는 절대로 그 클럽에 가입하지 않을 생각이었다.

"사격장에서 어떤 일을 했습니까?"

피고 측 변호사인 댄 해리슨이 물었다. 해리슨은 깔끔한 사십대로 키는 작았지만 상의의 뒤틀림이 없고 어깨 위선이 딱 떨어지며 바지 길이도 절묘한 황갈색 이태리제 정장을 말쑥하게 차려 입고 있었다. 마약 암거래상을 변호하는 변호사는 모두 이태리제 정장을 입었다. 그것은 법률학 학위를 가진 자들의 회원만 입장 가능 표시나 마찬가지였다. '법조계의 회원만 착용 가능.'

"사격장에서요? 청소하고 이어폰 나눠 주고 잡다한 일 돕고, 뭐 그런 일이었습니다."

"안정적이고 돈벌이가 되는 일자리였습니까?"

해리슨이 고개를 끄덕여 보인 후에 물었다.

"물론입니다. 삼 년 동안 일했으니까요. 일주일에 사흘씩 정기적으로 나갔습니다."

"그러다 그 사격장에서 이제 고인이 된 길레르모 후아레스를 만났습니다, 맞습니까?"

"예. 우린 친구가 됐습니다. 저와 그 치킨 빌 말입니다."

148

해리슨이 잠시 주춤했다.

"증인은 고인인 길레르모 후아레스를 '치킨 빌'이라고 불렀습니까?"

"예. 고…… 고이…… 죽은 길레르모 맞습니다."

엘비스가 더듬어 대는 자신의 말소리에 낮은 소리로 웃음을 터뜨리며 대답했다.

배심원들은 고인에 대해 애통해하지도 않았지만 그렇다고 재미있다고 생각하지도 않았다. 아홉 명의 여성과 세 명의 남성으로 이루어진 양심적인 배심원단은 증언을 통해 이미 치킨 빌이 코카인 밀매자라는 사실을 알고 있었다. 그의 죽음에 눈물을 흘린 사람은 아무도 없으며 피고 측은 더 말할 필요도 없었다. 선해 보이는 주근깨투성이 얼굴에 바비큐 맛 감자칩 색 머리칼을 짧게 자른 제임스 란넬은 말없이 듣고 있었다. 란넬은 마약 밀매업자라기보다 성직자 같은 인상을 풍겼다. 하지만 톰은 바보가 아니었다. 그는 독실한 천주교 신자였다.

"이제 8월 12일 밤 11시 무렵에 치킨 빌에게 어떤 일이 있었는지 직접 배심원단에게 설명해 주시겠습니까?"

해리슨이 말했다.

"그러니까, 저는 총소리를 듣고 잠에서 깨어 아래층으로 달려 내려갔습니다."

엘비스가 동명의 가수처럼 마이크를 움켜쥐고 이야기를 시작했다. 그는 감옥에 들락거렸고 법정에 여러 번 선 터라 멋있어 보이는 방법을 나름대로 터득한 터였다.

"그 시각에 증인은 어디 있었습니까?"

"침실에서 자고 있었습니다. 그러다가 시끄러운 소리를 듣고 아래층으로 달려 내려갔더니 이미 모든 게 끝난 상태였습니다. 사방이 겁나게 환하고 여기저기서 커다란 불꽃이 날름거렸습니다. 연기가 보였고 휘발유 냄새가 났습니다. 사방이 오렌지빛에 정말이지 뜨거웠습니다. 그 즉시 불이 난 것을 알았습니다."

톰은 천재들의 클럽인 모양이라고 생각했다.

"그러면 그 집의 다른 거주자들은 무엇을 하고 있었습니까?"

"소리를 지르고 고함을 치며 문밖으로 달려 나갔습니다. 새미와 그의 딸 레이텔 그리고 자말을 봤습니다. 모두들 화상을 입지 않으려고 서둘러 빠져나갔습니다."

"언제 치킨 빌을 보았습니까?"

"내려오자마자입니다. 그는 바닥에 누워 있었습니다. 제가 치킨 빌이 괜찮은지 보려고 달려갔더니 반쯤 죽어 있었습니다."

"바닥에서 죽어 가는 치킨 빌을 보고 어떻게 하셨습니까?"

"저는 그 사람을 일으켜서 어린아이를 안듯 이렇게 제 품에 안았습니다."

"그 사람에게 말을 하셨습니까?"

"그럼요. 제가 그 사람에게 '누가 불을 지른 거야, 치킨? 누가 불을 질렀는지 봤어?'라고 물었습니다."

"치킨 빌이 뭐라고 대답했습니까?"

"이의 있습니다. 전문(傳聞) 증거입니다, 재판장님."

톰이 자리에서 벌떡 일어서며 외쳤다.

주문 제작한 양복을 입은 해리슨이 판사석 쪽으로 몸을 반쯤 돌렸다.

"재판장님, 이 증언은 전문 증거 배척의 원칙에 해당되지 않는 '임종 진술'에 해당한다고 생각합니다. 치킨 빌, 그러니까 후아레스 씨는 그 진술을 한 당시에 극한 상황에 있었음이 분명합니다."

해리슨이 반박했다.

'임종 진술이라고?' 톰이 자신의 귀를 의심했다. 그는 법률 공부를 시작한 이래 임종 진술이라는 용어가 나온 재판을 한 번도 본 일이 없었다. 이렇게 터무니없는 거짓말을 생각해 내는 사람은 아까 말한 클럽의 회원이 되어서는 안 되었다. 톰은 너무 황당한 나머지 이 말밖에 생각나지 않았다.

"임종 진술이라니요? 재판장님?"

"임종 진술이라고요, 해리슨 씨?"

아멜리오 카노바 판사가 그의 말을 훨씬 느리게 되풀이했다. 카노바는 키가 작고 행동이 굼뜬 예순네 살의 남자로 연단 위로 목을 길게 빼고 서류를 보는 모습이 법복을 입은 거북이 반들반들한 대머리를 내밀고 있는 것을 연상시켰다.

"그렇습니다, 재판장님. 우리 전문가들이 어제 그의 대략적인 사망 시간을 밝혀 냈습니다. 후아레스 씨는 밤 11시경에 3도 화상을 입고 세상을 떠났습니다. 따라서 그가 증인에게 한 모든 진술은 당연히 전문 증거 배척의 원칙 예외에 해당합니다."

카노바 판사가 무겁게 내리덮인 눈꺼풀을 깜빡였다.

"허용합니다."

판사가 지친 음성으로 말했고 톰은 의자에 털썩 주저앉았다.

해리슨이 다시 증인 쪽으로 몸을 돌렸다.

"자, 검사 측의 방해가 있기 전에 치킨 빌이 죽어 가면서 한 말을 배심원들에게 들려주려고 하셨는데요."

"그렇습니다. 치킨은 목구멍이 타 버려 들릴 듯 말 듯하게, 그러니까 이렇게 속삭였습니다. '카우보이 론이 이 짓을 했어, 엘비스. 카우보이 론이 불을 질렀다구.' 라고 말입니다."

엘비스가 마이크를 잡고 몸을 꼿꼿이 펴며 말했다.

배심원들은 의자에 앉은 채로 자세를 바꾸고 서로 눈빛을 주고받았다. 톰은 그들이 엘비스를 좋아하지는 않지만 이 증언을 완전히 무시할 수도 없음을 알고 있었다. 엘비스는 유일한 증인이며 피고 측 변호인단은 환상적인 전문가들로 구성되어 있었다. 톰은 노련한 증인이 가장 똑똑한 배심원들까지 현혹시키는 것을 보아왔다. 그들은 법복을 입은 사기꾼이었다.

톰은 이 말을 듣고 화가 부글부글 끓어올랐다. 그는 살인이 일어난 정황을 잘 알고 있었고 이제 그것을 증명해 보여야 했다. 란넬이 경쟁 관계에 있는 치킨 빌의 마약 취급소에 불을 지른 것이었다. 이들의 바람대로 치킨 빌이 죽었고 엘비스를 포함한 다른 이들은 살아서 빠져나왔다. 엘비스는 친구를 죽이는 것이 일생일대의 기회임을 즉시 간파했다. 엘비스가 란넬이 살인죄를 벗을 수 있도록 도우면 그는 란넬의 조직에서 새 일자리를 얻을 수 있었다. 마약 취급소에서조차 한 사람의 불행이 다른 사람의 행복인 셈이었다.

해리슨이 증인석 위로 몸을 기댔다.

"치킨 빌이 카우보이 론이라고 말한 사람이 누군지 알고 계셨습니까?"

"예, 카우보이 모자, 그러니까 갈색 카우보이 모자를 쓰고 다니는 멋쟁이로 한 블록 떨어진 곳에 사는 사람입니다."

"그리고 증인은 이 카우보이 론이라는 사람이 마약 밀매자임을 알고 있었습니까?"

"예, 제가 아는 한은 그렇습니다. 카우보이 론은 치킨 빌과 경쟁 관계였습니다."

"오늘 아침 법정에 카우보이 론이 나왔습니까?"

엘비스가 게슴츠레한 눈으로 법정을 훑어보는 시늉을 했다.

"아니요, 안 나왔습니다."

"피고인 제임스 란넬 씨도 카우보이 론으로 알려져 있습니까?"

"아니요. 피고인은 카우보이 론이 아닙니다. 카우보이 론은 다른 사람입니다. 카우보이 론은 오늘 여기 없습니다."

"알겠습니다."

해리슨이 배심원석 앞에서 인상을 찌푸린 채 잠시 머뭇거렸다. 그는 생각하는 척했지만 톰은 그가 배심원들에게 증언을 받아들일 시간을 주려는 것임을 눈치 챘다. 해리슨은 평생 즉흥적인 행동은 단 한 번도 하지 않는 사람이었다. 그 결과 그는 뛰어난 피고 측 변호사가 되었다.

"더 이상은 질문할 게 없군요. 수고하셨습니다, 증인."

해리슨이 말했다.

"제가 반대 심문을 해도 되겠습니까, 재판장님."

톰이 서둘러 자리에서 일어서며 말했다. 그러나 서기가 판사의 귀에 대고 무슨 말을 하는 바람에 기다릴 수밖에 없었다.

카노바 판사가 연단에서 아래쪽을 내려다보며 주름진 손을 흔들었다.

"아직은 아닙니다, 모란 씨. 앉아 주십시오."

톰이 다시 의자에 앉으며 해리슨 쪽을 쳐다봤다. 그는 변호인 석에서 흡족해하는 표정을 짓고 있었다. 시간을 벌수록 증인의 증언이 배심원들의 마음속에서 콘크리트처럼 굳어지게 마련이었다.

"배심원 여러분, 제가 일이 분 정도만 실례를 해야겠습니다. 판사실에 가 봐야 할 급한 문제가 생겼습니다. 1분만 자리를 비울 예정이니 제가 여러분을 해산했다가 다시 소집하는 소란을 떨 필요는 없을 것 같습니다. 텔레비전에서 말하듯 잠시만 기다려 주십시오."

카노바 판사가 배심원석을 향해 이해를 구했다. 그러고는 미소를 지으며 연단에서 내려와 옆문으로 나갔다.

카노바 판사가 자리를 비우자 배심원들은 긴장을 푸는 분위기였다. 하지만 톰은 그렇지 못했다. 그들이 배심원석에 앉아 있는 한 톰은 행동을 조심해야 했다. 해리슨은 몸을 돌려 성직자 후보 같은 표정을 짓고 있는 란넬과 이야기를 나누는 척했다. 톰은 어젯밤에 짜 둔 논리의 얼개를 기억해 내려고 안간힘을 썼다. 그는 휴식 시간이 반가웠지만 걱정스럽기도 했다. 타이레놀의 약효 지속 시간이 오래 남지 않은 터였다. 그는 슬쩍 손목시계를 확인했다. 10시 15분이었다.

톰은 긴장을 풀어야 한다고 다짐했다. 11시 45분까지는 걱정할 필요가 없고 그것은 긴 시간이었다.

하지만 11시 45분이 되었는데도 판사는 돌아오지 않았다. 배심원들은 배심원석에서 졸고 있었고 집행관은 스포츠 신문을 읽고 있었다. 법원 속기사들은 속기기의 검은 자판을 면봉으로 닦고 있었다. 방청석에서는 나지막이 이야기가 오갔다. 법원은 정지된 영화의 한 장면 같았다.

하지만 톰은 예외였다. 그는 어쩔 줄 몰라 했다. 그의 양복저고리 밑 셔츠는 땀으로 흥건히 젖었고 그의 법률 용지첩은 낙서로 가득했다. 그는 다리를 풀었다 꼬기를 반복했다. 갑자기 재판 가방에서 부스럭거리는 소리가 났다. 하느님 맙소사. 브리타니가 깨어났단 말인가?

톰이 몸을 굽히고 가능한 한 아무렇지도 않게 재판 가방을 열었다. 휘황한 형광 불빛이 아기의 얼굴로 쏟아져 내렸다. 갑자기 환해지자 브리타니가 몸을 꿈틀거렸고 푸른 눈을 동그랗게 떴다. 톰이 얼른 가방을 닫았다. 아, 안 돼. 그가 지금 무엇을 하고 있단 말인가? 판사는 대체 어디 있단 말인가?

톰이 절망적인 눈으로 사방을 두리번거렸다. 방청석 앞줄에 앉은 매스터슨이 법정의 난간 위로 몸을 굽힌 채 그에게 메모를 건넸다. 톰이 떨리는 손으로 메모를 받아 들었다.

모란, 대체 무슨 일인가?

톰은 메모지를 주머니에 쑤셔 넣고는 두 눈을 질끈 감았다.

그는 너무도 고통스러웠다. '아버지, 나의 죄를 용서하소서. 공책을 잃어버렸습니다. 아기를 서류 가방에 넣었습니다. 약 1밀리리터가 어느 정도인지 알지 못했습니다.'

그가 막 눈을 떴을 때 카노바 판사가 법정으로 들어섰다. 그의 얼굴에 자책감이 선명했다.

"신사 숙녀 여러분, 용서를 빌겠습니다. 급한 행정적인 문제 때문에 꼼짝도 할 수 없었습니다. 오 분만 있으면 끝나겠지 생각했는데 말입니다. 양해해 주시기 바랍니다."

판사가 자신의 가죽 의자에 앉기도 전에 이렇게 말했고 벌겋게 달아오른 얼굴로 의자에 앉았다. 배심원들은 관대한 미소를 지었다. 카노바 판사가 톰에게 손짓을 했다.

"모란 씨, 아까 하던 것부터 다시 시작합시다. 12시 30분에 점심 식사를 하러 가기 전까지 좀 더 진행합시다."

"물론입니다, 재판장님."

톰이 어정쩡한 태도로 의자 앞쪽으로 몸을 당겨 앉았다. 그는 브리타니가 울음을 터뜨리기 전에 살인자에 대한 반대 심문을 마쳐야 했다.

"자, 그러니까, 파헤이 씨, 문제의 그날 밤에 당신은 치킨 빌의 집에 있었습니다. 맞습니까?"

"그렇습니다."

"그 집에서 사십니까?"

"아닙니다. 잠깐 들렀을 뿐입니다."

"왜 들르셨습니까?"

엘비스가 해리슨을 쳐다봤고 해리슨은 반대 의사를 표시하지 않았다.

"그냥 들렀습니다."

"왜 그냥 들르셨습니까?"

톰이 일어설 때 그의 발 옆에 있는 재판 가방에서 다시 조그맣게 부스럭거리는 소리가 났다. 브리타니가 누워 있는 가방 안, 아이의 다리 주변에서 나는 종이 소리가 틀림없었다. 톰의 심장이 방망이질하기 시작했다.

"저는 그냥 치킨 빌의 집에 들렀습니다."

"'그냥 들렀다'는 건 마약을 하기 위해서라는 뜻 아닙니까?"

"이의 있습니다!"

해리슨이 구찌의 간편화를 신은 발로 자리를 박차고 일어서며 외쳤다.

"재판장님, 피고 측 변호사는 어제 증언에서 그것을 인정했습니다. 증인은 모두가 아는 마약 상용자입니다. 검찰 측의 문책을 받아야 합니다."

톰이 말했다.

"이의를 받아들입니다."

카노바 판사가 말했다. 판사가 냉담하게 의사 봉을 내리쳤고 그 소리에 재판 가방 속의 움직임이 활발해졌다가 이내 조용해졌다. 아기가 하품을 하고 있는 게 틀림없었다. 톰은 불안한 눈빛으로 사방을 둘러봤다. 아무도 그 소리를 눈치 채지 못한 듯했다. 가까이 있는 그의 귀에만 들린 것 같았다. 하지만 이런 행운이 언제까지 지속될 것인지? 그리고 아기는 대체 어떻게 해야 한단 말인지?

"어, 파헤이 씨, 당신은 총소리를 듣고 아래층으로 내려갔으며 휘발유 냄새를 맡았다고 증언했습니다."

톰이 이마를 훔치며 말했다.

"그렇습니다."

"휘발유가 뿌려진 곳을 보았습니까?"

"아니요, 사방 바닥이 불에 타고 있었습니다."

"누가 그 집에 휘발유 뿌리는 걸 보았습니까?"

"못 봤습니다."

"누가 총을 쏴서 휘발유에 불을 붙이는 걸 보았습니까?"

"못 봤습니다."

"그렇다면 당신이 이 범죄를 저지른 범인이 누구인지 아는 것은 오직 치킨 빌이 당신에게 말해 주었기 때문이군요."

"그렇습니다. 그 사람이 제게 말해 주었습니다."

"으앵앵."

재판 가방에서 나지막한 울음소리가 났고 톰은 침을 꿀꺽 삼켰다. 해리슨이 소리 난 곳을 넘겨다봤고 톰은 기침을 두 번 했다.

"파헤이 씨, 당신은 사람들이 문밖으로 달려 나갔다고 증언했습니다. 맞습니까?"

톰이 목청을 가다듬고 심문을 계속했다.

"그렇습니다. 사람들이 울고 소리치며 달려 나갔습니다."

"으앵앵."

재판 가방에서 또 울음소리가 났고 톰은 폐결핵에라도 걸린 사람처럼 연거푸 기침을 해 댔다.

카노바 판사가 목을 길게 빼고 귀를 기울였다.

"모란 씨, 잠시 중단하고 물을 좀 마셔야 할 것 같습니다."

"아닙니다. 아니, 그렇습니다. 재판장님께서 지금 점심 시간을 선언하시면 목을 좀 진정시킬 수 있을 것 같습니다."

톰이 더듬거리며 말했다.

카노바 판사가 느릿느릿 고개를 저었다.

"아닙니다. 할 수 있는 데까지 좀 더 합시다. 계속하십시오. 물을 좀 마시면 될 것 같습니다."

"알겠습니다, 재판장님."

톰이 말했다. 배 속이 울렁거렸다. 그는 물 한 모금을 가까스로 삼키고 재판 가방을 힐끔 쳐다봤다. 가방이 카펫 위에서 조금씩 흔들리기 시작했다. 톰은 뻣뻣이 얼어붙었다. 브리타니가 잠에서 깨어나 가방 안에서 꿈틀거리고 있었다. 아기는 배도 고프고 목도 마를 터였다. 굳이 말하지 않아도 뻔했다.

"계속하십시오, 모란 씨."

카노바 판사가 다시 한 번 재촉했다.

"예, 재판장님. 파헤이 씨, 당신은 아래층에서 비명 소리와 울음소리를 들었습니다, 맞습니까?"

톰이 안경을 고쳐 쓰며 물었다.

"그렇습니다. 모두들 비명을 지르며 살겠다고 달려 나갔습니다."

"으앵."

가방에서 또 울음소리가 났고 해리슨이 눈썹을 치켜올리며 다시 이쪽을 쳐다봤다.

"파헤이 씨, 당신은 계단을 달려 내려가 치킨 빌 옆으로 갔습니다. 맞습니까?"

톰이 그 소리를 은폐하기 위해 큰 소리로 말했다.

"예, 그는 난장판 속에 누워 있었습니다. 사방이 불길 속이었습니다."

"으앵앵."

가방에서 우는 소리가 났고 톰은 또 기침을 했다. 한 옆으로 법정의 스케치사가 그림 그리는 손을 멈추는 게 보였다. 속기사는 속기 기록지를 든 채 눈을 깜빡거렸다. 방청석 앞줄에 앉은 사람들도 재판 가방 쪽을 쳐다봤다. 이제 곧 매스터슨의 귀에도 들릴 터였다.

'아, 하느님, 마리아님, 요셉님.'

"그리고 당신은 치킨 빌에게 누가 불을 질렀느냐고 물었습니다. 맞습니까?"

"그렇습니다."

"으앵앵."

가방에서 아까보다 약간 더 큰 소리가 났고 톰은 법원의 속기사가 그 소리에 흠칫 놀라는 광경을 속절없이 지켜보는 수밖에 없었다. 앞줄에 있는 배심원 두 명이 이상하다는 듯한 시선을 교환했다. 톰은 심장이 가슴 밖으로 튀어나올 것만 같았다. 그가 지금 대체 무엇을 하고 있단 말인가? 기침으로는 사태를 막을 수 없었다. 그냥 무시하는 편이 나을지 몰랐다. 그는 그 가방과 거리를 두기 위해 자리에서 걸어 나왔다.

"파헤이 씨, 치킨 빌이 카우보이 론이 범인이라고 말하는 걸 들었다고 증언하셨죠?"

톰이 증인 앞에 서서 물었다.

"그렇습니다. 치킨 빌이 그렇게 말했습니다. 카우보이 론의 짓이라고 그랬습니다."

엘비스가 자신의 새 증인 쪽으로 고개를 끄덕여 보였다. 하지만 란넬은 재판 가방만 쳐다보고 있었다.

"으앵, 으앵앵."

가방에서 또 소리가 났다. 하지만 톰은 못 들은 척했다. 그가 뒤쪽에 앉은 매스터슨을 힐끔 보니, 그는 자리에 앉은 채로 분을 못 이겨 몸을 뒤척이고 있었다.

"그러면 다른 사람들은 비명을 지르고 고함을 치는 동안 그 사람이 불을 지른 범인이 누군지 당신에게 알려 줬단 말씀입니까?"

"그렇습니다."

"으앵, 으앵앵앵."

가방에서 굶주린 듯한 아기의 울음소리가 났고 집행관이 소리가 나는 쪽으로 고개를 곧추세웠다. 그의 옆에 앉은 법원 서기는 킬킬거리며 웃었고 뒷줄에 앉은 배심원들은 사방을 둘러봤다. 그들은 소리가 나는 쪽을 찾아 고개를 두리번거렸다.

톰은 아무것도 못 들은 것처럼 더 앞으로 나갔다.

"게다가 사람들이 문으로 달려 나갔단 말씀이시죠, 파헤이 씨?"

"그렇습니다."

"으앵, 으앵, 으앵앵앵앵."

가방에서 한층 더 큰 소리가 났다. 배심원들은 그 소리에 완전히 정신을 빼앗겼고 카노바 판사까지 보청기를 다시 꼈다. 그 순간 톰은 무언가를 깨달았다. 그것은 엘비스를 제외한 모두가 브리타니의 울음소리에 반응한다는 사실이었다.

"그토록 소란스러운 와중에 치킨 빌이 하는 말을 어떻게 들을 수 있었습니까?"

톰이 직감을 살려 재빨리 이렇게 물었다.

"그 사람이 하는 소리는 똑똑히 들렸습니다."

"온갖 비명과 고함치는 와중에 그 사람 말이 똑똑히 들렸단 말씀이십니까?"

"그렇습니다."

"불이 나서 소란스러운데도요? 당황한 와중에 뒤죽박죽인 상황에 말입니까?"

"그렇습니다."

"으앵, 으애앵앵앵."

재판 가방에서는 야단법석이 벌어졌다. 그러나 오직 엘비스만이 아무 반응도 보이지 않았다.

"치킨 빌이 부상을 입고 죽어 가는 상황에서 그것도 속삭이는 목소리로 말했는데도 말입니까?"

"나는 그 소리를 들었습니다."

배심원 전원이 재판 가방에서 엘비스로 다시 재판 가방으로 눈망울을 굴리는 와중에도 엘비스는 아기의 울음소리에는 아무 반응도 보이지 않으며 고집을 부렸다. 카노바 판사가 연단에서 고개를 길게 빼고 집행관에게 손짓을 했다. 갑자기 톰은 어떻게 해야 할지를 깨달았다.

"당신은 사격장에서 일하지 않았습니까, 파헤이 씨?"

톰이 물었다.

"그렇습니다, 삼 년 동안 청소를 했습니다."

"총이 발사되는 동안 일한 것 맞습니까?"

"물론입니다. 그래서 사격장이라고 부르는 것 아닙니까?"

엘비스가 숨 죽여 웃으며 대답했다.

"당신은 청소를 하는 동안 이어폰을 끼지 않았습니다. 그렇죠,

파헤이 씨?"

"그럼요. 그런 건 겁쟁이들이나 하는 짓이죠."

엘비스가 배심원석을 향해 하하하 웃고 또 웃었다. 배심원들은 아무도 웃지 않았다. 그들은 무언가 심상치 않다는 표정을 지었고 무언가를 이해하기 시작했다. 톰이 배심원에게 엘비스의 증언을 기각해야 하는 이유를 제시했고 그들은 납득했다. 방청석에서 이야기가 오갔다. 매스터슨이 끝내 미소를 지었다.

"이의 있습니다!"

해리슨이 엘비스에게도 들릴 만큼 큰 소리로 외쳤다. 하지만 카노바 판사가 피고 측 변호사에게 앉으라는 손짓을 보냈다.

"파헤이 씨, 사격장에서 일한 뒤로 사실 청력에 손상을 입지 않았습니까? 그래서 치킨 빌이 당신에게 한 말을 알아듣지 못한 것 아닙니까?"

"뭐라구요?"

엘비스가 이렇게 말했다. 그리고 바로 그때 재판 가방에서 귀청을 찢을 듯한 커다란 울음소리가 터져 나왔다.

"이상입니다."

톰이 말했다. 그리고 그는 자신의 고문을 구하러 달려갔다.

나중에 톰과 마리는 옷을 다 입은 채로 침대의 퀼트 이불 위에 누워 졸고 있었다. 아기들은 마침내 야단법석을 멈추고 두 사람 사이에서 잠들어 있었다. 애슐리는 약하게 코를 골았고 숨소리가 아직 좋지 않았다. 브리타니는 조용히 잠들어 있었다. 침대 옆 탁자 위에 놓인 자기로 된 램프에서 황금색 불빛이 쏟아져 내렸다.

시계는 새벽 2시 13분을 가리키고 있었다. 너무 늦은 시각이었다. 톰은 불을 끄고 싶었다. 그러나 너무 지쳐 그럴 기운도 없었다.

"당신 해고되지 않은 거 확실하지?"

마리가 반쯤 잠든 목소리로 중얼거렸다.

"그럼. 영웅이 됐다니까."

"그럴 줄 알았어."

마리가 자신의 맨발을 뻗어 발가락으로 그의 발을 건드렸다.

"섹스 한번 하자는 거야?"

톰이 물었다.

"그래."

"웃기지 마. 이 신호가 아니잖아."

톰이 말했고 마리는 웃음을 터뜨렸다. 톰이 눈을 감고 아내의 웃음소리와 아이들의 코고는 소리를 듣다가 불현듯 누가 불만 꺼준다면 여기야말로 천국이 아닌가 생각했다.

이내 그도 깊은 잠에 빠져 들었다.

배트맨의 협력자들
Betman's Helpers

로렌스 블록 _ Lawrence Block

　　명문가에는 두 부류가 있다. 새로운 국면에 접어들 때마다 축하받고 싶어 하는 과시꾼과 새로운 국면에 접어든 후에도 조용히 소설만 쓰는 작가가 있다. 로렌스 블록은 후자에 속한다. 작품 초기에는 물론, 광기 어린 속도로 여러 권의 책을 펴낼 때도 그는 우아함을 잃지 않으며 사소한 작품까지 쓰는 여유를 보였다. 그의 노력은 성과를 거두었다. 그는 우리 시대 최고의 범죄 소설 작가로, 두 개의 베스트셀러 시리즈를 보유하고 있다. 「800만 가지 죽는 방법(*Eight Million Ways to Die*)」, 「악마는 당신이 죽었음을 안다(*The Devil Knows You're Dead*)」 그리고 에드거 상을 탄 「도살장에서의 댄스(*A Dance at the Slaughterhouse*)」 등 매트 스커더가 등장하는 소설과 「자신이 보가트인 줄 안 강도(*The Burglar Who Thought He Was Bogart*)」, 「테드 윌리엄스를 판 강도(*The Burglar Who Traded Ted Willams*)」 등 버니 로덴바가 등장하는 유머러스한 미스터리 물이 바로 그것이다. 블록은 또한 가장 뛰어난 단편 소설 작가이기도 하다. '미국 미스터리 작가 협회'에서 그를 대가로 인정한 것은 지극히 당연한 일이다. 최근에 그는 자신의 작품을 추려 『걸작선』 1권과 2권, 『초기 작품집』 등 세 권의 우수한 작품집을 펴냈다.

'믿음' 사무실은 브로드웨이 23번 가 플래티론 빌딩에 있다. 접수원은 우아한 흑인 아가씨로 광대뼈가 불룩 튀어나온 데다 미용실에서 갓 만진 듯한 머리를 한 채 내게 미소를 지어 보였다. 나는 윌리 위트의 사무실로 연결된 복도를 따라 내려갔다.

땅딸막한 체격에 불도그 같은 턱을 하고 잿빛 머리칼을 짧게 자른 윌리가 책상에 앉아 있었다. 그는 자리에서 일어나지도 않은 채 인사를 건넸다.

"매트, 반갑네. 정각에 왔구먼. 이 친구들 알지? 매트 스커더, 지미 디살보, 리 트롬보어 말이야."

우리는 모두 돌아가며 악수를 나눴다.

"우린 에디 랭킨을 기다리고 있네. 에디가 오면 밖으로 나가서 미국 판매 제도의 완전함을 수호하자고."

"에디 없이는 그 일을 할 수 없어."

지미 디살보가 말했다.

"맞아, 그 친구가 있어야 해. 그 친구가 없으면, 우린 앙꼬 없는 찐빵이야. 에디는 공격이 노련해."

윌리가 말했다.

몇 분 후에 에디가 들어왔고 나는 사람들의 말이 무슨 뜻인지 이해할 수 있었다. 비슷한 얼굴은 아니지만 지미와 윌리와 리는 모두 전직 경찰처럼 보였다. 나 역시 그럴 터였다. 하지만 에디 랭킨은 운수 사나운 토요일 밤에 연행하곤 했던 범죄자 같은 인상이었다. 그는 기골이 장대하고 어깨가 널찍했으며 허리는 잘록했다. 머리칼은 희다시피 한 금발에 양 옆은 짧게 자르고 뒷부분은 길게 길러 말갈기처럼 목 위로 축 늘어져 있었다. 넓은 이마에 들창코인 데다 혈색은 희멀겋고 두툼한 입술은 새빨개서 꼭 무얼 칠한 것처럼 보였다. 한마디로 깡패 같았다. 화나는 일이 있으면 즉각 주먹이 튀어나올 것 같은 모습이었다.

윌리 위트가 그를 나에게 소개했다. 다른 사람들은 이미 그를 알고 있었다. 에디 랭킨은 나와 악수를 하며 왼손으로는 내 어깨를 꽉 잡았다.

"안녕하시우, 매트. 이렇게 만나서 반갑수다. 그러니까 이제 십자군 원정에 나설 준비가 다 된 건가?"

지미 디살보는 오래전에 텔레비전에서 방영된 「배트맨」의 주제가를 휘파람으로 불기 시작했다.

"좋아. 누가 짐을 꾸렸지? 모두 짐을 꾸린 건가?"

윌리가 말했다.

리 트롬보어는 양복저고리를 열어젖혀 어깨띠에 꽂힌 연발 권총을 보여 주었고, 에디 랭킨은 커다란 자동 소총을 꺼내 윌리의 책상에 올려놓았다.

"배트맨 총이야."

에디가 말했다.

"배트맨은 총을 갖고 다니지 않는다네."

지미가 말했다.

"그렇다면 뉴욕엔 발을 들여놓지 않는 게 좋을 거야. 그렇지 않으면 엉덩이에 총알이 박힐 테니까. 난 그런 연발 권총은 절대 갖고 다니지 않아."

에디가 말했다.

"이 총은 자네 것만큼 똑바로 나간다네. 막히지도 않고 말이야."

리가 말했다.

"이놈도 막히지 않아. 자네 건 38구경 연발 권총이군 ……."

에디가 자동 권총을 들어 살펴보며 말했다.

"그래, 38구경이지."

"어떤 놈이 자네한테서 이 총을 빼앗는다면 그놈은 그냥 이 총을 겨누고 쏘기만 하면 돼. 전에 총 한번 구경한 적 없어도 그 정도는 할 줄 알 테니까. 하지만 이 총은 설사 빼앗긴다 해도 상대가 작동법을 알아내기 전에 도로 총을 빼앗아 한 방 먹여 줄 수 있지."

에디가 안전장치를 풀고 슬라이드를 당겨 보였다.

"어떤 놈이 나한테서 총을 빼앗겠어?"

리가 반박했다.

"모두 그런 말을 하지만 그런 일은 언제나 일어나지. 경찰이 자기 총에 맞는 수도 있는데 열 건 중 아홉 건은 연발 권총이라고."

"경찰은 죄다 연발 권총을 갖고 다니니까."

리가 말했다.

"자, 나가세."

지미와 나는 총이 없었다. 윌리는 우리에게도 무장을 하라고 했지만 둘 다 거절한 터였다.

"총을 쏘는 건 고사하고 꺼내 보지도 못할 거야. 하지만 그곳에서 더러운 일이 벌어질 때 자신감을 가질 수 있어서 좋지. 자, 이제 한탕하러 가자고. 배트카가 연석에서 대기 중이라네."

우리는 엘리베이터를 타고 내려갔다. 우리 일행은 건장한 다섯 사내였고 그중 셋은 권총으로 무장한 상태였다. 에디 랭킨은 격자무늬가 새겨진 스포츠용 재킷에 카키색 바지를 입었고 다른 네 명은 정장에 넥타이 차림이었다. 우리는 5번가 쪽 출구로 나와 소화전 옆에 주차해 둔 월리의 5년 된 플리트우드 캐딜락을 향해 갔다. 자동차 앞 유리에는 교통 위반 딱지 한 장 붙어 있지 않았다. 교통경찰을 막는 역할을 하는 경찰 자선 협회 카드 때문이었다.

월리는 운전석에, 에디 랭킨은 조수석에, 나머지 셋은 뒷좌석에 앉았다. 우리는 54번가로 달려 우회전을 했고 월리는 5번가에서 몇 집 떨어진 소화전 옆에 차를 세웠다. 우리는 5번가 모퉁이를 돌아 중심가로 들어섰다. 얼마 가지 않아 흑인 셋이 인도 한복판에 좌판을 벌여 놓은 것이 눈에 들어왔다. 한 사람은 여자용 지갑과 실크 스카프를 펼쳐 놓았다. 모든 것이 접이식 레저용 탁자 위에 깔끔하게 정돈되어 있었다. 다른 둘은 티셔츠와 카세트테이프를 놓고 팔았다.

"저기야. 저 세 놈은 어제도 여기 있었어. 매트, 자네랑 리는 이 구역을 살펴. 모퉁이 아래쪽에 있는 두 놈이 우리가 찾는 걸 갖고 있는지 보라고. 그런 다음에 뒤로 와. 우리는 이자들을 처치할 테니. 난 저자한테서 티셔츠나 한 장 사야겠어."

월리가 낮은 목소리로 속삭였다.

리와 나는 모퉁이 아래쪽으로 내려갔다. 문제의 두 행상은 책을 팔고 있었다. 우리는 이것을 확인하고 뒤로 갔다.

"진짜 경찰이 하는 일 같아."

내가 말했다.

"책 제목을 적어 보고서를 올릴 필요가 없으니 얼마나 다행이야."

"그 징그러운 책들."

우리가 다른 일행에 합류했을 때 월리는 큼직한 티셔츠를 가슴에 대보고 있었다.

"어때? 어울려? 어울린다고 생각해?"

월리가 물었다.

"바보 삼룡이 같아."

지미 디살보가 대답했다.

"나도 그렇게 생각해."

월리가 이렇게 말하며 영문을 몰라 미소 짓고 있는 두 아프리카인을 쳐다보았다.

"이건 불법이야. 배트맨이 찍힌 물건은 모두 압수하겠다. 이건 불법이야. 상표법에 어긋나는 불법 행위라고. 이건 허가받지 않은 제품이니 우리가 가져가겠어."

두 행상의 미소는 차갑게 얼어붙었다. 그러나 그들은 지금 어떤 일이 벌어지고 있는지 정확히 이해하지 못하는 듯했다. 조금 떨어져 스카프와 지갑을 팔던 세 번째 사내가 겁먹은 표정으로 건너다봤다.

"영어 할 줄 아나?"

월리가 그들에게 물었다.

"숫자는 알걸. 5딸라, 10딸라, 제발 사 줘요, 고마워요. 이게 전부야."

지미가 말했다.

"어느 나라에서 왔나? 세네갈, 맞지? 다카르(세네갈의 수도—옮긴이) 말이야. 다카르에서 왔어?"

윌리가 또 물었다.

그들은 아는 말이 나오자 반가운 표정으로 고개를 끄덕였다.

"다카르."

한 명이 따라 했다. 두 명 모두 서구식 옷을 입었지만 어딘지 모르게 낯선 모습이었다. 길고 뾰족한 칼라가 달린 헐렁헐렁한 긴소매 셔츠에, 번쩍번쩍한 천에 주름이 잡힌 큼직한 바지 차림이었다. 가죽 운동화의 윗부분은 망사였다.

"무슨 말을 할 줄 아나? 프랑스어는 할 줄 알아? 파를르 부 프랑세?"

윌리가 물었다. 조금 전에 대답했던 사내가 이제 유창한 프랑스어를 쏟아 냈다. 윌리는 뒤로 물러서며 고개를 저었다.

"내가 왜 그런 헛소리를 했는지 모르겠네. 그 빌어먹을 말 중에 내가 할 수 있는 건 파를르 부뿐이야."

윌리가 이렇게 말한 후에 아프리카인들에게 물었다.

"경찰. 그거 알아? 경찰. 폴리시아. 아냐고?"

윌리가 지갑을 열고 배지 비슷한 것을 그들에게 들이댔다.

"배트맨 물건은 팔면 안 돼. 배트맨 물건은 나빠. 불법이야. 허가를 받지 않고 만든 물건은 팔 수 없다고."

윌리가 배트맨 셔츠 한 장을 그들에게 흔들어 보이며 말했다.

"배트맨은 안 돼."

두 명 중 하나가 말했다.

"하느님 맙소사, 내가 저자들을 이해시켰군. 맞아, 배트맨은 안 돼. 아냐, 돈은 저리 치워. 뇌물은 안 받아. 난 이제 그쪽 부처에서 일하지 않는다고. 난 배트맨이 박힌 물건만 있으면 돼. 나머지는 갖고 있으라고."

다른 티셔츠 몇 개를 제외하고는 모두 불법 배트맨 제품이었다. 나머지는 월트 디즈니 캐릭터로, 배트맨처럼 불법 상품임이 분명했지만 요즘 믿음 사무실의 고객 중에 디즈니를 의뢰하는 사람이 없어 우리의 관심 밖이었다. 우리가 배트맨과 조커가 찍힌 상품을 신는 동안 에디 랭킨은 세 번째 사내가 펼쳐 놓은 카세트테이프를 훑어본 다음 실크 스카프를 뒤적였다. 그는 스카프에는 손을 대지 않았지만 뱀 가죽으로 만든 것으로 보이는 지갑을 집어 들었다.

"별로 좋지 않군."

에디가 무표정한 얼굴로 고개를 끄덕이는 사내에게 말했다.

우리는 플리트우드로 돌아왔고 윌리가 차 트렁크를 열었다. 우리는 몰수한 티셔츠를 비상용 타이어와 낚시 도구 사이에 집어넣었다.

"티셔츠가 더러워지는 건 괜찮아. 어쨌든 죄다 망가질 테니까. 에디, 자네 지갑을 챙기기 시작하던데 그러면 말이 많아질 거야."

"아는 여자가 있는데, 마음에 들어 할 것 같아서."

에디는 이렇게 말한 다음 지갑을 배트맨 티셔츠에 싸서 트렁크 깊숙이 넣었다.

"좋아. 아주 성공적이었어. 이제부터 리, 자네와 매트가 5번가의 동쪽을 맡아. 우리는 이쪽에 있다가 42번가 쪽으로 내려갈 테니까. 이자들이 영어를 할 줄 모른다 해도 소문이 금방 퍼질 테니,

우리가 물건을 얼마나 많이 거둬들일 수 있을지는 모르지만, 이 거리에 불법 배트맨 허섭스레기들이 있는 건 분명하다고. 이 거리를 아래위로 살피고 있다가 신호를 보내면 우리가 다들 몰려가서 끝장내 버리는 거야. 다들 알아들었지?"

모두 알아들은 듯했다. 우리는 몰수해 온 물건을 차 트렁크에 남겨 둔 채 다시 5번가로 갔다. 다카르에서 온 티셔츠 행상 둘은 짐을 꾸려 사라지고 없었다. 이들은 다른 상품을 찾아 다른 곳에서 팔아야 할 터였다. 스카프와 지갑을 파는 사내는 여전히 장사를 하고 있었다. 그는 우리를 보자 얼어붙은 듯 꼼짝도 하지 않았다.

"배트맨은 안 돼."

월리가 그에게 말했다.

"배트맨은 안 돼."

사내가 따라 했다.

"이 개자식 좀 보게. 이놈이 영어를 배우고 있네."

월리가 말했다.

리와 나는 길을 건너 우리가 맡은 구역으로 갔다. 그곳에는 옷가지와 테이프, 작은 기구와 책 그리고 패스트푸드를 파는 행상들 천지였다. 대부분은 법이 규정하고 있는 행상 허가증을 갖고 있지 않았고 정기적으로 시 당국이 거리, 특히 주요 상업로를 휩쓸며 사람들을 검거하고 팔던 물건을 몰수했다. 그렇게 일주일 정도 지나면 경찰은 근본적으로 지킬 수 없는 법을 강제하지 않았고 그러면 행상들은 다시 몰려들어 물건을 팔았다.

끝없는 악순환이었다. 그러나 책을 파는 행상은 예외였다. 법원은 미국 최초의 수정 헌법에서 인쇄물을 거리에서 팔 권리, 즉 출판의 자유를 보호하기로 결정한 바 있었다. 따라서 책을 파는 한 괴롭힘을 당하지 않았다. 그 결과 학술 고서적을 파는 많은 상인들이 거리에 진을 치고 있었다. 글도 모르는 많은 사기꾼들이 예술 서적과 훔친 베스트셀러 서적을 값싸게 처분했고, 집 없는 떠돌이도 주택가의 쓰레기통을 뒤져 찾아낸 지난 호 잡지를 거리에 펴놓고 누군가가 사가기를 기다렸다.

우리는 성 패트릭 성당 앞에서 티셔츠와 두껍고 헐거운 스웨터를 파는 파키스탄인을 찾아냈다. 내가 배트맨 제품이 있냐고 묻자 그는 티셔츠 더미를 뒤져 대여섯 장을 내놓았다. 우리는 망설이지 않고 기동대에게 길을 건너오라는 신호를 보냈다. 리가 사내에게 '특별 조사반'이라고 쓰인 배지를 보여 주었고 나는 배트맨 제품을 몰수해야겠다고 말했다.

"배트맨은 잘 팔려. 배트맨은 갖고 오면 금방 나가."

사내가 말했다.

"배트맨은 안 파는 게 좋을 거야. 왜냐하면 불법이니까."

내가 말했다.

"뭐라구? 무슨 법이? 왜 배트맨이 법에 걸린다는 거지? 내가 알기로 배트맨은 법에 걸리지 않아. 배트맨은 좋은 사람이니까, 안 그래?"

사내가 항변했다.

내가 판권과 상표 그리고 사용권에 대해 설명했다. 들쥐에게 차 내부의 엔진 연소에 대해 설명하는 기분이었다. 사내는 줄곧 고개를 끄덕였다. 하지만 그가 얼마나 알아들었는지는 알 수 없었다. 그래도 요점은 이해한 것 같았다. 그래서 우리는 그가 팔던 물건을 갖고 그곳을 떠났다. 그가 손해를 얼마나 보든 그건 그의 몫이었다. 그도 우리의 행동이 마음에 들지 않았겠지만 그가 할 수 있는 일은 별로 없었다.

리가 티셔츠 더미를 겨드랑이 밑에 끼었다. 그리고 우리는 계속 걸었다. 우리는 47번 가에서 월리의 신호에 따라 길을 건넜다. 배트맨 제품을 잔뜩 펴놓고 있는 세네갈인 두 명을 찾아낸 것이었다. 이들은 티셔츠와 두껍고 헐거운 스웨터, 모자와 선바이저앞챙만 있는 스포츠용 모자 그리고 박쥐 모양이 찍힌 싸구려 복제품과 여러 가지 관련 상품을 팔고 있었다. 하지만 그것은 모두 무허가 제품이었고 따라서 몰수 대상이었다. 헐렁한 낙타 색 바지에 얇은 남색 나일론 셔츠를 똑같이 차려입은, 형제처럼 보이는 사내 둘은 자신들이 파는 물건에 무슨 문제가 있는지 납득하지 못하는 듯했고, 따라서 우리가 모두 압수한다는 사실을 받아들이지 못했다. 그러나 우리는 모두 다섯이고 위압적인 태도에 체격이 건장한 백인들이었다. 그러니 그들이 어떻게 할 수 있겠는가?

"내가 차를 갖고 올게. 이 더위에 이걸 들고 일곱 블록을 걸을 순 없겠어."

월리가 말했다.

우리는 차 트렁크를 거의 채운 다음 34번가로 차를 몰았다. 그러고는 월리가 잘 가는 곳에서 점심을 먹기로 했다. 우리는 커다랗고 둥근 탁자에 둘러앉았다. 머리 위쪽의 들보에는 화려한 맥주잔들이 잔뜩 걸려 있었다. 우리는 맥주를 한 잔씩 들이켠 후에 샌드위치와 프렌치프라이 그리고 반 리터짜리 흑맥주를 시켰다. 나는 콜라부터 한 잔 마셨고 음식과 함께 또 한 잔을 마셨다. 그리고 나중에는 커피를 마셨다.

"자네는 술을 안 마시는군."

리 트롬보어가 말했다.

"오늘은 마시고 싶지 않아."

"근무 중에는 안 되지."

지미가 이렇게 말하자 모두 웃음을 터뜨렸다.

"왜 모두 그 빌어먹을 배트맨 셔츠를 제일 먼저 찾는지 궁금하군."

에디 랭킨이 말했다.

"셔츠뿐이 아니야."

누군가 대답했다.

"티셔츠, 스웨터, 모자, 도시락…… 탐폰에 배트맨 상표를 찍어 놓으면 거기에도 끼우지 못해 안달일걸. 그런데 왜 하필 빌어먹을 배트맨이냔 말이야?"

"따끈따끈하니까."

월리가 대답했다.

"따끈따끈하다니. 도대체 그게 무슨 뜻이지?"

"말 그대로 뜨겁다는 뜻이야. 따끈따끈하다는 건 따끈따끈하다는 거야. 다른 사람들이 사니까 모두 그걸 찾는 거야. 그게 바로 따끈따끈한 거지."

"난 그 영화 봤어. 자네들은 봤나?"

에디가 물었다.

둘은 봤고 둘은 보지 못했다.

"괜찮아. 원래 아이들 영화지만 볼 만하더라고."

에디가 말했다.

"그런데?"

"그런데 특대호 크기의 그 많은 티셔츠를 어떻게 아이들에게 판단 말이야? 모두 이 셔츠를 사고 있어. 그리고 자네는 따끈따끈 하니까 따끈따끈하다고 말하고. 난 통 무슨 말인지 모르겠어."

"알 필요 없어. 그건 깜둥이들도 마찬가지야. 디자인 밑에 작은 판권 표시가 없으면 배트맨 제품을 팔 수 없는 이유를 그자들에게 설명하고 싶은가? 그럴 거면 그 개자식들이 그 허접스레기는 위조하면서 판권 표시는 왜 위조하지 않는지 날 좀 납득시켜 봐. 요 컨대 그 자들이 이해하지 못하기 때문에 설명할 필요도 없다는 거야. 거리에서 물건을 파는 그자들은 '배트맨은 좋지 않다, 배트맨은 팔면 안 된다.'는 내용만 받아들이면 되는 거야. 그자들이 그만큼만 이해한다면 우린 우리 일을 제대로 하는 거라고."

월리가 점심 값을 모두 냈다. 우리는 플래티론 빌딩에서 미적거리며 트렁크를 비우고 모든 것을 위층으로 옮긴 다음 빌리지로 차를 몰아 8번가 아래쪽 6번가의 인도에 판을 벌인 행상들을 상대로 업무를 수행했다. 우리는 별다른 충돌 없이 몇 건의 몰수를 해냈다. 그러나 웨스트서드 지하철 입구 근처에서 서인도인으로부터 십여 장의 티셔츠와 선바이저를 압수하고 있을 때 다른 행상이 다가왔다. 그는 아프리카 민속 의상인 다시키를 입고 여러 가닥으로 땋아 내린 머리를 하고 있었다.

"이 형제의 물건은 가져가지 마. 그러면 안 돼."

사내가 말했다.

"이건 국제 상표 보호법을 위반한 불법 복제품이야."

월리가 사내에게 말했다.

"그럴지도 모르지만 당신들한테는 이 물건을 가져갈 권한이 없어. 적법한 절차를 밟은 건가? 어느 기관에서 나왔지? 당신들은 겨엉찰이 아니야. 당신들은 이 사람의 가게에 들어와서 함부로 물건을 가져갈 수 없어."

사내가 경찰의 첫 음절을 길게 끌어가며 항변했다.

"가게라고? 여기 가게가 어디 있어? 담요 한가운데 빌어먹을 티셔츠 더미만 보이는걸."

에디가 두 손을 앞뒤로 흔들어 대며 사내에게 다가갔다.

"여기가 이 사람의 가게야. 이 사람이 일해서 먹고사는 곳이라고."

"그렇다면 이건 뭔가? 이건 당신 가겐가?"

머리를 여러 가닥으로 땋아 내린 남자가 오렌지 상자 두 개를 엎어 놓고 막대 모양의 향을 늘어놓은 쪽으로 걸음을 옮기며 에디가 물었다.

"맞아. 내 가게야."

"나한테 어떻게 보이는 줄 알아? 내 눈에는 당신이 마약을 파는 걸로 보여. 그렇게 보인다고."

"이건 향이야. 나쁜 냄새를 없애는 거지."

그 자메이카계의 흑인이 말했다.

"나쁜 냄새라. 휴, 이 냄새가 더 고약한걸. 자, 여기 있네. 고양이 변기에 불붙은 냄새일세."

에디가 연기를 피워 올리며 타는 향 막대 하나를 들고 냄새를 맡으며 말했다.

자메이카계의 흑인이 그에게서 향을 빼앗았다.

"이건 좋은 냄새야. 엄마 냄새라고."

사내가 반박했다.

에디가 사내에게 미소를 지어 보였다. 새빨간 입술이 벌어지며 얼룩진 이가 드러났다. 행복한 듯하면서도 위험천만한 표정이었다.

"내가 당신 가게를 도로 한복판으로 차내 주지. 당신도 함께 말이야. 그러면 어떻게 할 건가?"

에디가 말했다.

윌리 위트가 민첩하게 두 사람 사이로 끼어들었다.

"에디."

윌리가 부드러운 목소리로 부르자, 에디가 미소를 거두며 뒤로 물러섰다. 윌리가 향을 파는 사내에게 말했다.

"이봐, 당신과 난 말다툼을 벌이지 말자고. 난 내 할 일을 할 테니 자네도 자네 장사를 계속해."

"여기 이 형제도 장사를 하고 있어."

"이 사람은 배트맨만 내놓고 장사하면 돼. 왜냐하면 그건 불법이니까. 하지만 당신이 배트맨처럼 되고 싶어서 아무 상관도 없는 일에 끼어들어 일을 어렵게 만든다면 나도 어쩔 수 없어. 내 말 알아듣겠나?"

"내 말은, 저 사람이 파는 물건을 압수하고 싶으면, 당신들이 경찰이든가 아니면 법원의 명령 같은 공식적인 뭔가가 있어야 한다는 뜻이야."

"좋아. 당신이 지껄이는 소리는 들었네만 내가 할 말은 공식적이든 아니든 난 내 할 일을 하겠다는 거야. 자, 당신이 경찰을 불러서 날 제지하고 싶으면, 어서 가서 경찰을 불러와. 하지만 경찰이 오면, 난 마약에 관련된 물건을 팔고 행상 면허도 없이 장사를 한 죄로 당신을 고발할 거야……."

윌리가 말했다.

"이건 마약과 관련된 물건이 아니야. 당신도 그걸 알고 있어."

"우린 당신이 막무가내로 뻗대고 있다는 사실을 알고 있어. 그리고 그 일로 인해 당신이 어떤 결과를 맞게 될지도 알고 있고. 그게 당신이 원하는 건가?"

향을 파는 행상은 한동안 잠자코 서 있었다. 그러더니 시선을 떨어뜨리며 이렇게 말했다.

"내가 뭘 원하든 무슨 상관이야."

"바로 그거야. 당신이 뭘 원하든 아무 상관없다고."

윌리가 사내에게 말했다.

우리는 티셔츠와 선바이저를 트렁크에 던져 두고 그곳을 빠져나왔다. 애스터플레이스로 가는 길에 에디가 말했다.

"아까 자네가 거기서 끼어들지 않았어도 되는데. 내가 이길 수 있었다고."

"누가 자네가 지기라도 한대?"

"그 엄마 어쩌고저쩌고 하는 소리도 신경 쓸 것 없어. 깜둥이 녀석들이 하는 소리니까. 녀석들은 늘 그렇게 지껄여 대지."

"맞아."

"그 자식들은 아버지 이야기도 하지만 그 빌어먹을 아버지가 누군지는 몰라. 그래서 죽어라 어머니에 집착하는 거야. 나쁜 냄새나 풍기는 그놈을 그냥 없애 버렸어야 하는데. 남의 일에 끼어드는 인간은 정말 싫어."

"자네가 바로 걸어 다니는 법인데, 그걸 모르고 말이야."

"그 자식은 개만도 못한 놈이야. 다시 가게 되면 그 자식에게 알려 줘야겠어."

"일하고 남는 시간에 혼자 가."

"그래, 나 혼자 갈게."

애스터플레이스는 더 자유분방한 행상들로 넘쳐 났고 그들은 바워리가에서처럼 폐품과 훔친 물건까지 팔고 있었다. 갓 훔친 라디오와 타자기 그리고 보석들은 그냥 지나치고 불법적으로 제조된 것이긴 하지만 합법적으로 판매하는 제품들을 찾다 보니 우리의 역할이 특히 회의스러웠다. 물건을 파는 사람이나 사는 사람 모두 배트맨 옷을 입은 경우가 많았지만 진열되어 있는 배트맨 제품은 별로 없었다. 누가 입고 있는 티셔츠를 벗길 수도 없었고 금지된 상품을 찾기도 힘들었다. 그곳에는 코카인 중독자와 미치광이들이 많았으므로 쓸데없이 위험을 무릅쓸 필요도 없었다.

"여기서 나가자고. 이런 곳에 차를 세워 두긴 정말 싫어. 고객이 낸 돈에 상응하는 만큼의 일은 벌써 했다고."

월리가 말했다.

4시경에 우리가 월리의 사무실로 갔을 때는 그의 책상에 우리가 노동해서 얻은 산물이 높다랗게 쌓여 있었다.

"이것들 좀 봐. 오늘은 쓰레기지만 내일은 보물이 될 거야. 이십 년 뒤면 이 허섭스레기들이 크리스티에서 경매될 거야. 하지만 여기 있는 이것들은 해당 사항이 없어. 고객에게 보내면 소각로에 던져질 테니까. 자네들, 오늘 수고했네."

월리는 지갑을 꺼내 우리 네 사람에게 100달러짜리 지폐를 한 장씩 건네주었다.

"내일도 같은 시간인 거 알지? 내일은 점심을 중식으로 먹는 것만 빼고 다 똑같아. 에디, 자네 지갑 잊지 말게."

"걱정 말게."

"그 자메이카계 흑인 친구를 다시 만나러 갈 거라면 그건 갖고 가지 말게. 그놈이 잘못 생각할지 모르니까."

"빌어먹을 놈. 그놈한테 쓸 시간이 어딨어. 그놈은 그 향을 자기 엉덩이에 꽂아 주길 바랄 거야. 그놈이 직접 거기에 꽂을 거라고."

에디가 말했다.

리와 지미와 에디는 큰 소리로 웃으며 농담을 하고는 등을 때리며 밖으로 나갔다. 나도 그들을 따라 나섰지만 이내 몸을 돌려 월리에게 시간 좀 내주겠느냐고 물었다.

"두말하면 잔소리지. 이런, 믿을 수 없는걸. 자, 봐."

월리가 말했다.

"배트맨 셔츠군."

"그게 아냐. 박쥐 표시 밑에 뭐가 찍혀 있는지 보게나."

"판권 표시인데."

"맞아. 그러면 이건 합법적인 셔츠가 되는 거야. 우리가 이런 걸 더 가져온 거 아냐? 아냐, 아닐 거야. 아니라고. 잠깐 기다려 봐, 여기 하나 있어. 여기 또 있구. 맙소사, 이건 놀라운걸. 다른 게 더 있나? 내 눈엔 보이지 않는걸, 자넨 어때?"

우리는 옷 더미를 뒤적였지만 판권 표시가 된 셔츠를 더 찾지는 못했다.

"석 장이군. 그다지 끔찍하진 않아. 약간 그렇긴 하지만 말이야."

월리가 셔츠 석 장을 둥글게 뭉쳐 다시 옷 더미 위로 던졌다.

"자네 한 장 줄까? 이건 합법적인 거니까. 몰수당할 위험 없이 입을 수 있다고."

"난 입고 싶지 않네."

"자네 아이들 있나? 아이들에게 줄 것을 좀 가져가게나."

"하나는 대학생이고 하나는 군 복무 중이야. 그러니 그 아이들이 무슨 관심이 있겠나."

"아무 관심도 없겠는걸. 밖에서 한 일은 아주 잘됐어. 그렇게 생각지 않나? 우린 환상적인 팀이야. 아주 잘 맞는다고."

월리가 자신의 책상에서 걸어 나오며 말했다.

"그런 것 같네만."

"매트, 무슨 문제가 있나?"

"아무 일 아닐세. 하지만 내일 일을 할 수 있을지 모르겠어."

"모르겠다고? 왜지?"

"글쎄, 우선 치과 예약이 되어 있어서 말이야."

"그래? 몇 시에?"

"9시 15분이야."

"얼마나 걸리는데? 반 시간, 아니 한 시간이면 끝나지 않겠나?

우리 여기서 10시 30분에 만나자고. 그래도 충분해. 우리가 몇 시에 출동했는지 고객이 알 필요는 없으니까."

"치과 예약 때문만은 아닐세, 월리."

"그래?"

"난 이 일을 더 이상 하고 싶지 않다네."

"무슨 일? 판권과 상표를 보호하는 일?"

"그렇다네."

"문제가 뭔가? 자네가 하기에 하찮은 일이라서 그런가? 탐정으로서의 자네 역량을 제대로 발휘하지 못해서 그러나?"

"그런 말이 아니네."

"내가 생각하기에는 보수도 그리 나쁜 편은 아닌데. 10시부터 4시까지 잠깐 일하고, 점심 시간을 한 시간 반이나 쓰고 하루에 100달러를 받지 않나. 게다가 점심 값도 모두 내주고 말이야. 자넨 술을 안 마시니까 더 싸게 먹히지만 말일세. 점심에 10달러가 들었다고 치면 네 시간 반 일하고 110달러를 받은 셈이 되지 않나? 그러면 한 시간에 24달러 44센트를 받는 셈이 되네. 형편없는 임금은 아니지. 그보다 더 많이 집으로 가져가려면 강도 짓을 하거나 법률학 학위가 있어야 할 걸세."

월리가 소형 전자계산기를 두드리며 말했다.

"돈은 충분하네, 월리."

"그럼 뭐가 못마땅한가?"

"그냥 하고 싶지 않은 걸세. 우리가 힘이 더 세고 그들이 어떻게 하지 못한다고 해서 영어도 잘하지 못하는 사람들을 괴롭혀서 파는 물건을 빼앗는 일 아닌가."

내가 고개를 저으며 설명했다.

"그자들은 불법 제품 파는 일을 그만두면 되네. 그게 바로 그자들이 할 수 있는 일이지."

"어떻게? 그 사람들은 뭐가 불법인지도 모르는데."

"그래서 우리가 필요한 걸세. 우리가 그자들을 가르치고 있지 않나. 아무도 가르쳐주지 않으면 그자들이 어떻게 알겠나?"

나는 아까 느슨하게 풀어 둔 넥타이를 벗어서 접은 뒤 주머니에 넣었다.

"회사는 판권이라는 걸 갖고 있네. 그 권리를 사용하는 사람들을 통제할 권리 말일세. 다른 사람이 그 권리를 사용하고 싶으면 어떤 특정한 상품을 만들 권리를 돈을 주고 사야 하지. 돈을 내야 독점 권리를 누릴 수 있게 되거든."

"거기엔 아무 문제도 없네."

"그렇다면?"

"그 사람들은 영어도 잘하지 못하는 사람들이란 말이네."

내가 말했다.

윌리는 자리를 박차고 일어났다.

"그럼 누가 그자들을 여기 오라고 빌기라도 했단 말인가? 누가 그자들을 초청이라도 했나? 세네갈에서 온 그 대단한 행상들에 걸리지 않고는 한 블록도 제대로 걷지 못할 지경이야. 그자들은 다카르에서 아프리카 항공을 타고 떼를 지어 몰려와 세계적으로 유명한 5번가에 노점을 차리네. 그자들은 가게 세도 세금도 안 내고 그냥 콘크리트 위에 담요 한 장 달랑 깔고 달러를 긁어모으고 있지."

"그 사람들이 부유해 보이지는 않던걸."

"그 자식들은 잘하고 있네. 스카프 한 장에 2달러를 주고 사다가 10달러에 팔면 괜찮은 거 아닌가. 그자들은 브라이언트 같은 호텔에 들어가서 한 방에 여섯에서 여덟 명씩 콩나물시루같이 끼여 자지. 교대로 잠을 자고 화로에 밥을 해 먹으며 말이야. 두세 달 동안 그 짓을 하다가 그 망할 놈의 다카르로 돌아가는 거야. 돈이 바닥나면 금방 다른 일을 궁리해 가지고 다시 비행기를 타고 JFK공항으로 날아와서 그 짓을 처음부터 다시 시작한다네. 자네는 우리한테 그런 게 필요하다고 생각하나? 우리 나라에도 밥벌이를 못하는 흑인들이 수두룩한데 비행기를 타고 날아오는 놈들까지 생각해 줘야 하겠나?"

나는 그의 책상 위에 쌓인 옷 더미를 훑어보다가 조커가 그려져 있는 선바이저를 집어 들었다. 나는 사람들이 왜 이런 걸 사는지 궁금했다.

"우리가 몰수해 온 이것들을 모두 합치면 얼마나 될까? 200달러 정도?"

"빌어먹을, 나도 몰라. 티셔츠 한 장에 10달러라고 치고 우리가 삼사십 장 정도 모았나? 거기에 두껍고 헐거운 스웨터와 나머지 잡동사니까지 더하면 1000달러 가까이 될 것 같은데. 왜 묻는 거지?"

"그냥 궁금해서. 자네가 우리 한 사람당 100달러씩 줬고, 거기다 점심 값이 얼마지?"

"팁까지 80달러야. 왜 그래?"

"자네는 고객에게 제출하는 계산서에 우리 임금을 시간당 50달러라고 적었겠군."

"아직 계산서에 한 자도 적지 않았어. 지금 막 일을 시작했으니까. 하지만 맞아. 그 정도 되겠군."

"어떻게 쓸 건가? 네 사람을 여덟 시간 고용한 걸로?"

"일곱 시간이지. 점심 시간은 계산에 넣지 않으니까."

우리가 네 시간 반 정도 일한 것을 고려해 볼 때 일곱 시간이면 충분할 것 같았다.

"우리 네 사람이 50달러씩 일곱 시간이면 얼마지? 1400달러인가? 물론 자네가 일한 시간도 포함시켜야지. 더구나 자네는 다른 탐정들보다 돈을 더 받아야 할 테고. 한 시간에 100달러인가?"

"75달러야."

"일곱 시간 일했으면 500달러지?"

"525달러지."

월리가 담담한 목소리로 대답했다.

"거기에 1400백 달러를 더하면 1925달러가 되네. 그러면 고객에게 2000달러를 요구하면 되겠는걸. 맞나?"

"무슨 소리하나, 매트? 고객은 돈을 그렇게 많이 주는데 자네 몫이 너무 작다는 말인가?"

"아닐세. 하지만 고객이 이런 물건을 모아 오길 바란다면…….아예 도매로 사는 게 더 낫지 않겠나? 그 돈이면 더 많이 살 수 있을 텐데, 그렇지 않나?"

내가 책상 위에 쌓인 옷 더미 위로 한 손을 저으며 말했다.

월리는 한동안 말없이 나를 응시했다. 그러다 굳은 표정이 갑자기 웃기 시작했다. 나도 따라 웃었다. 그러자 둘 사이의 긴장이 눈 녹듯 사라졌다.

"제기랄, 자네 말이 맞군. 고객이 돈을 너무 많이 지불하는군."

"내 말은 고객 일을 봐주면서도, 나는 물론 다른 친구들도 고용할 필요가 없다는 거야."

"그냥 혼자 싸돌아다니면서 돈만 낸다."

"그렇지."

"거리 행상들을 모조리 그냥 지나쳐서 도매상으로 직행한다."

"그렇게 하면 돈도 아낄 수 있지."

"좋아. 자네 말이 어떻게 들리는지 아나? 연방 정부가 거리에서 유통되는 코카인을 없애기 위해 콜롬비아에서 직접 마약을 사들이는 것과 똑같은 말로 들린다네. 잠깐, 정부에서 전에 정말 그런 비슷한 일을 한 거 아니야?"

"그런 것 같아. 하지만 코카인은 아니었을걸."

"맞아, 아편이었어. 몇 년 전에 정부가 터키에서 수확한 아편을 전량 다 사들인 적이 있어. 그게 이 나라에 아편이 퍼지지 않게 막는 가장 싼 방법이었던 거지. 아편을 사서 불태워 버렸고 그걸로 미국의 헤로인 중독은 끝이 났지."

"괜찮은 방법 아닌가?"

"하나도 괜찮지 않아. 현대의 법률 시행만으론 아무것도 안 돼. 아무 효과도 없어. 웃기는 건 이게 고객에게도 그다지 손해나는 거래가 아니라는 점이야. 자네가 판권이나 상표를 갖고 있다면 그걸 지켜야 할 걸세. 그렇지 않으면 손해를 보니까. 자네는 자네의 이익을 위해 몇 월 며칠에 얼마간의 돈을 지불하고 수사관들을 시켜 상인들로부터 물건들을 몰수해야 할 걸세. 그 일을 하기 위해 예산을 세울 만한 가치가 있으니까. 날 믿게. 대규모 회사들은 그럴 만한 가치가 없다고 생각되면 해마다 그만 한 돈을 쏟아 붓지 않을 거야."

"그럴 거야. 어쨌든 고객이 손해를 좀 봤다 해도 그것 때문에 내가 잠을 이루지 못할 이유는 없지."

내가 말했다.

"자네는 이 일을 하고 싶지 않은가보군."

"그런 것 같네."

"자네 탓을 하지는 않겠네. 좀스러운 일이긴 하니까. 하지만 매트, 수사라는 일이 대부분 좀스럽지 않나. 수사 기관에 있을 때도 다른 게 뭐 있었나? 경찰은 또 어떻고? 우리가 한 일은 대부분 좀스러운 일이었네."

"보고서를 쓰는 일도 했지."

"그래, 보고서를 쓰는 일도 했어. 자네 말이 맞네. 좀스러운 일을 조금 하고, 그러고 나서 그걸 글로 썼지. 복사도 하고 말이야."

"좀스러운 일은 얼마든지 참을 수 있지만 솔직히 말해서 오늘 한 일 같은 건 별로 하고 싶지 않네. 깡패가 된 기분이야."

내가 말했다.

"이봐, 문을 차 부수고 들어가서 나쁜 놈들을 쓰러뜨리는 게 더 낫다는 이야긴가? 그걸 바라는 건가?"

"그렇진 않네."

"배트맨이 돼서 고담 시를 누비고 다니며 악을 바로잡자고. 권총 한번 잡지 않고 그 모든 일을 다 해내는 거야. 영화에 나오지 않은 이야기가 있다는 걸 아나?"

"아직 영화를 못 봤네."

"로빈이야. 영화에는 로빈이 빠져 있어. 멋진 사내 로빈 말일세. 로빈은 이제 만화책에도 나오지 않는다네. 누가 그러는데 독자들이 900번으로 전화를 해서 로빈을 살릴지 죽일지를 놓고 찬반투표를 했다고 하더군. 고대 로마의 싸움꾼들처럼, 그 사람들을 뭐라고 하지?"

"검투사 말인가."

"맞아. 엄지손가락을 위로 올릴까 밑으로 내릴까를 물었는데 로빈은 엄지손가락을 내리는 조치를 받았고, 그래서 죽고 말았다네. 이 이야기가 믿어지나?"

"난 어떤 이야기도 믿는다네."

"그래, 자네도 그렇고 나도 그렇지. 나는 늘 그 두 사람이 동성연애자라고 생각해 왔네."

나는 윌리를 쳐다보았다.

"배트맨과 로빈 말일세. 두 사람이 하는 일이란 게 분장을 하고 옷을 차려입고 날아다니며 동성연애 짓거리나 하는 거 아닌가. 그렇게 생각하지 않나?"

"난 그런 생각 한 번도 한 적 없네."

"나도 밤늦게까지 죽치고 앉아 그 영화를 본 적은 없지만 그게 아니면 달리 무슨 이야기겠나? 어쨌든 옛날에 로빈 역할을 했던 배우는 이제 죽었어. 가족은 부인하지만 누구처럼 에이즈로 죽은 것 같아. 자넨 내가 누구를 말하는지 알 걸세."

나는 이해하지 못했지만 고개를 끄덕였다.

"자네는 생활비를 벌어야 해. 아프리카인들을 괴롭히든 아니면 자네가 직접 담요 위에 쪼그리고 앉아 테이프나 스카프를 팔든 말이야. 5딸라, 10딸라 하면서. 그건 좋지 않아, 안 그래?"

"난 그렇게 생각하지 않네, 윌리."

"배트맨의 협력자가 되고 싶지 않은 모양이군. 못하겠다면 할수 없지. 내가 그 속사정을 어떻게 알겠나? 자넨 술도 안 마시는데. 나도 나쁜 놈은 아닐세. 하지만 내가 저녁때도 마음 편히 쉬지 못해서 청량음료라도 몇 잔 마시면 어떻게 될지 아나? 나도 못하게 될지. 매트, 자넨 괜찮은 친구야. 자네가 마음을 바꾸면……."

"알아. 고마워, 윌리."

"괜찮아. 그런 말 하지 말게. 우린 서로 도와야 하네. 내 말 뜻 알겠나? 여기 이 고담 시에서 말일세."

주말 여행객
The Weekender

제프리 디버 _ Jeffery Deaver

　　순식간에 베스트셀러 목록의 상위를 차지한 제프리 디버는 그만 한 가치를
지닌 작가이다. 그의 초기 소설은 요즘 작품만큼 야심작은 아니지만 여전히 매혹적인 읽을
거리이며, 뉴욕에서 일하며 사는 여 형사 룬이 등장하는 작품은 특히 그렇다. 그녀의 눈을
통해 본 도시 풍경은 놀랍고 때로는 섬뜩하다. 그중에서도 「맨해튼은 나의 심장을 뛰게 하
는 곳(*Manhattan is My Beat*)」이 가장 훌륭하다. 요즘에도 그는 「잠들기 위한 기도, 본 컬
렉터(*Praying for Sleeping; The Bone Collector*)」 같은 베스트셀러를 썼으며 「잠들기 위한
기도, 본 컬렉터」는 같은 제목으로 영화가 제작되어 성공을 거두기도 하였다. 또한 「한 처
녀의 무덤(*A Maiden's Grave*)」도 있다. 그가 새로운 소설과 단편을 발표할 때마다 독자층이
점점 두꺼워지고 있다.

그날 밤은 정신없이 지났다.

자동차의 백미러를 들여다봤지만 불빛은 보이지 않았다. 하지만 나는 경찰이 우리를 쫓고 있으며 그들이 나타나는 건 시간문제라고 생각했다.

토스가 무슨 말인지 하려 했지만 나는 그에게 입 닥치라고 하고는 뷰익을 시속 130킬로미터로 높여 몰았다. 몇 킬로미터에 걸쳐 길게 늘어선 것은 소나무뿐, 길은 텅 비어 있었다.

"나 원, 참."

토스가 투덜거렸다. 그가 날 쳐다보고 있다는 걸 느꼈지만, 나는 그가 보고 싶지 않았다. 나는 그야말로 미칠 지경이었다.

드러그스토어(약 외에 여러 가지 잡화와 신문, 잡지 등을 파는 가게.—옮긴이)를 털기는 결코 쉽지 않다.

그것은 경찰이 다른 곳보다 자주 드러그스토어를 순찰하기 때문인데, 그 이유는 바로 약 처방에 있다.

편의점을 떠올릴 수도 있다. 하지만 폐쇄 회로 화면에 모든 움직임이 고스란히 찍히는 편의점을 털기는 더 더욱 어렵다. 따라서 내막을 아는 사람은, 그러니까 정말로 아는 사람은 아무도 편의점을 털지 않는다. 은행 역시 생각하지 않는 게 좋다. 그건 현금 지급기도 마찬가지이다. 현금 지급기에서 얼마나 나오겠는가. 기껏해야 300~400달러? 이런 곳에서는 애써 현금 지급기를 털어 봤자 20달러가 고작이다. 이제 무슨 말인지 알 것이다. 그런데 왜 그런데 시간을 낭비하겠는가?

그렇다. 우리는 현금을 원했고, 따라서 까다로울지라도 드러그 스토어를 털기로 했다. '아드모어 드럭스'라는, 마을에 비해 규모가 큰 상점이었다. 리게트 폭포는 올버니(미국 뉴욕 주의 주도.—옮긴이)에서 100킬로미터, 토스와 내가 사는 곳에서 160킬로미터가량 떨어진 지역으로 서쪽 산악 지대 방향이었다. 리게트 폭포는 가난한 지역이다. 그런 곳에서 상점을 터는 건 말도 안 되는 짓이라고 할지 모른다. 하지만 바로 그 때문이다. 다른 지역 사람들처럼 이곳 사람들도 약과 헤어스프레이와 화장품을 산다. 하지만 신용 카드는 사용하지 않는다. '시어스'나 '페니스' 같은 대형 백화점에 가면 신용 카드를 사용할지 모르지만 이런 데서는 현금을 내고 물건을 산다.

"저런, 저길 봐."

토스가 또 속삭였다.

그 말에 나는 미칠 듯이 화가 났다. '이 바보 같은 자식아, 그래 뭘 보란 말이야?'라고 소리치고 싶었다. 하지만 그 순간 토스가 말하는 게 보였고, 그래서 나는 아무 말도 하지 않았다. 전방 위쪽이었다. 동이 트기 직전의 이른 새벽 지평선에 불빛이 나타난 것이다. 붉은색 그 불빛이 깜빡거렸다. 마치 고동치는 것 같았다. 그들이 벌써 바리케이드를 설치했다는 것을 알 수 있었다. 이 길은 리게트 폭포에서 주(州) 사이 고속도로로 나오는 유일한 도로였다. 그 생각을 미리 했어야 했다.

"좋은 생각이 있어."

토스가 말했다. 나는 그의 말이 듣고 싶지 않았다. 그렇다고 또 다시 총격전을 치르고 싶지도 않았다. 주 사이 고속도로에서는 안 되었다. 그들은 그곳에서 우리를 기다리고 있었다.

"뭔데?"

내가 퉁명스럽게 물었다.

"저쪽에 마을이 있어. 불빛 보이지? 나는 마을로 가는 길을 알고 있어."

체격이 큰 토스는 침착해 보였다. 하지만 실제로는 그렇지 않았다. 그는 순식간에 긴장하는 유형이었고, 지금은 겁먹은 표정으로 자꾸 뒷자리만 돌아다보았다. 나는 그에게 한 대 갈기며 잠자코 있으라고 외치고 싶었다.

"어딘데? 마을이라는 데가?"

내가 물었다.

"6~8킬로미터 정도 더 가면 돼. 지선 도로라서 표시는 안 되어 있지만 난 알아."

그곳은 사방이 녹색으로 지저분한 오지였다. 더러운 녹색 말이다. 게다가 건물은 온통 잿빛이었다. 조그맣고 너저분한 판잣집이 길게 늘어서 있을 뿐만 아니라 '세븐 일레븐' 하나 없는 작은 마을이었다. 마을 사람들이 산이라고 부르는 언덕이 여기저기 솟아 있었다. 하지만 사실 산은 아니었다.

토스가 찬바람을 맞으려는 듯 손잡이를 돌려 창문을 내렸다. 그러고는 하늘을 올려다보았다.

"그들은 위성 기구 같은 걸로 우릴 찾아낼 거야."

"무슨 소리하는 거야?"

"그들은 몇 킬로미터 떨어진 곳에서도 우릴 볼 수 있다고. 영화에서 봤어."

"이 주의 경찰이 그런 장비를 쓸 거라고 생각해? 멍청아?"

나는 왜 이자와 일하는지 모르겠다고 생각했다. 드러그스토어에서 그런 일이 있었던 만큼 다시는 이자와 함께 일하지 않을 작정이었다.

도로가 회전하는 곳을 토스가 가리켜서 나는 차를 돌렸다. 그는 그 마을이 '룩아웃' 기슭에 있다고 말했다. 오늘 오후에 리게트 폭포로 가는 도중 그것을 지나친 기억이 났다. 그것은 60미터 높이로 솟은 거대한 바위로 잘 보면 남자 머리의 옆모습 같아 보였다. 이 지역에 사는 인디언들은 그 바위를 대단한 것으로 여겼다. 바보같이, 바보같이 말이다. 토스가 뭐라고 설명을 했다. 하지만 나는 귀를 기울이지 않았다. 그 바위는 겁먹은 듯한, 두려움에 찬 듯한 모습이었다. 나는 한번 흘긋 쳐다보고는 계속 차를 몰았다. 그 바위인지 뭔지가 마음에 들지 않았다. 간혹 믿을 때도 있긴 하지만 나는 미신을 별로 믿지 않는다.

"윈체스터."

토스가 말했다. 마을 이름인 것 같았다. 오륙천 명 정도가 산다고 했다. 우리는 빈 집을 찾아 차를 차고에 넣고 수색이 멈추기를 기다려야 했다. 주말 여행객이 모두 보스턴과 뉴욕으로 돌아가는, 일요일인 내일 오후까지 기다리면 인파에 묻힐 수 있을 터였다.

룩아웃이 전방 위쪽으로 보이는 듯했다. 하지만 별도 없는 어둠 속이어서 그런지 제대로 보이지는 않았다. 그때 뒷자리 바닥에 웅크리고 있던 그자가 느닷없이 신음 소리를 내기 시작했다. 그 바람에 나는 심장 마비라도 일으킬 것처럼 소스라치게 놀랐다.

"거기 뒤쪽, 입 닥쳐."

내가 뒷자리를 탁 치자 그자가 입을 다물었다.

뭐 이런 재수 없는 밤이 다 있단 말인가.

우리는 문이 닫히기 십오 분 전에 그 드러그스토어에 도착했다. 누구라도 그렇게 했을 것이다. 손님들은 대부분 돌아갔고 점원들도 상당수 자리를 비웠으며 사람들은 지쳐 있어서 글록이나 스미티 같은 총을 낯짝에 들이대면 무슨 요구라도 따르게 마련이었다.

하지만 오늘은 예외였다.

우리는 복면을 쓰고 천천히 걸어 들어갔다. 토스가 작은 사무실에서 지배인을 끌어냈다. 뚱뚱한 그 사내는 훌쩍거리기 시작했다. 다 큰 녀석이 그러는 걸 보니 미칠 것 같았다. 토스는 고객과 점원들에게 계속 총을 겨눴고, 내가 출납원에게 돈 서랍을 열라고 지시했다. 그런데 재수 없게도 그놈이 이상한 짓을 하는 것이었다. 스티븐 시걸의 영화 같은 걸 죄다 본 모양이었다. 스미티를 뺨에 들이대고 있는 데도 그놈은 심경의 변화를 일으켰는지 몸을 움직이기 시작했다. 나를 곁눈질하면서 말이다. 우리가 돈을 대충 3000달러가량 챙겼다고 생각한 순간 이상한 소리가 들렸다. 고개를 돌려 보니, 토스가 과자 선반에 걸려 과자를 떨어뜨린 게 아닌가. 빌어먹을. 그놈은 과자까지 챙겨 들었다!

내가 막 토스에게서 시선을 뗀 순간 출납원이 이상한 짓을 하는 게 아닌가. 그는 병을 내던졌다. 나한테 던진 게 아니라 창문 밖으로 말이다. 쾅 하며 창문이 산산조각 났다. 경보음은 울리지 않았다. 하지만 사람들이 일순간 조용해졌고 나는 정말 화가 났다. 그를 죽여 버리고 싶었다. 바로 그 자리에서 말이다. 하지만 나는 그렇게 하지 않았다. 대신 토스가 그렇게 했다.

토스가 그 자식에게 총을 쐈다. 탕, 탕, 탕. 사람들은 뿔뿔이 흩어졌고 토스는 몸을 돌려 다른 점원과 손님에게까지 총을 쐈다. 그냥 아무 생각도, 아무 이유도 없이 말이다. 여자 점원은 다리에 총을 맞았고 손님은 죽고 말았다. 한눈에 알 수 있었다. 나는 "대체 뭐하는 짓이야, 뭐하는 거냐구?"라고 소리쳤고, 토스는 "닥쳐, 닥쳐, 닥쳐……"라고 반박했다. 우리는 서로 다짐이라도 한 듯 그곳을 빠져나가야 했다.

우리가 그곳에서 밖으로 나가다 보니, 경찰이 있었다. 그것이 그자가 병을 던진 이유였다. 경찰이 차 밖으로 나왔다. 그래서 우리는 문가에 있던 손님 하나를 붙잡아 그 사람을 방패막이 삼아 밖으로 나왔다. 총을 들고 있던 경찰이 인질을 붙잡고 있는 우리에게 말을 했다.

"괜찮아요. 괜찮으니까 진정하세요."

그때 믿을 수 없게도 토스가 경찰에게 총을 쐈다. 경찰이 죽었는지는 알 수 없지만 피가 흘러내리는 걸로 봐서 방탄조끼를 입지 않은 것 같았다. 나는 그 자리에서 토스를 쏴 버리고 싶었다. 대체 왜 저런단 말인가? 그럴 필요까지는 없는데 말이다.

우리는 인질로 붙잡은 그 손님을 차 뒷자리에 태우고는 그의 몸을 테이프로 묶었다. 나는 차의 미등을 발로 깨뜨린 후에 고무 타는 냄새가 나도록 그곳을 빠져나왔다. 우리는 가까스로 리게트 폭포를 벗어났다.

모두 불과 삼십 분 전의 일이지만 몇 주가 지난 느낌이었다.

그리고 지금 우리는 수없이 늘어선 소나무 사이의 고속도로를 따라 달리고 있었다. 룩아웃을 향해서 말이다.

윈체스터는 캄캄했다.

주말 여행객들이 왜 이런 곳을 찾는지 알 수 없었다. 오래전에 우리 집 노인네가 나를 사냥에 데려간 적이 있다. 두어 번 따라갔는데 재미있었다. 하지만 이런 데는 와 봤자 나뭇잎이나 구경하고 낡아빠진 골동품 가구나 사는 게 고작일 텐데……. 정말 알 수 없었다.

중심가에서 한 블록 정도 떨어진 곳에 신문 뭉치가 앞마당에 쌓여 있는 집 한 채가 눈에 들어왔다. 우리는 그 집으로 차를 몰았고 만약을 대비해서 뷰익은 집 뒤에 세워 두었다. 경찰차 두 대가 바람처럼 지나갔다. 그들은 우리 뒤로 800미터도 안 되는 거리에 있었고 사이렌도 울리지 않았다. 우리 차의 미등이 깨졌기 때문에 우리를 보지 못한 것 같았다. 그들은 순식간에 우리를 지나쳐 시내 쪽으로 향했다.

토스가 집 안으로 들어갔다. 그 자식은 뒤 창문을 깨뜨리는 등 조심성이라곤 조금도 없었다. 그 집은 휴가철에만 사용하는 집이었다. 집 안은 텅 비어 있었고 냉장고 전원은 꺼져 있었으며 전화도 끊어진 상태였다. 좋은 징후였다. 당분간은 아무도 들어오지 않을 테니 말이다. 곰팡이 냄새까지 풍기고 여름에 읽었을 오래된 책과 잡지가 잔뜩 쌓여 있었다.

우리는 사내를 집 안으로 데리고 들어갔다. 토스가 사내 머리에 씌웠던 두건을 벗기기 시작했다.

"대체 무슨 짓을 하는 거야?"

내가 소리쳤다.

"이 사람이 아무 말도 못하잖아. 숨이 막힐지도 몰라."

방금 세 명이나 해치운 녀석이 이제 와서 인질이 숨을 쉬지 못할까 봐 걱정한단 말인가? 미친놈. 나는 피식 웃음이 나왔다. 역겨웠다.

"저 사람이 우리 얼굴을 보면 안 되잖아? 그 생각은 한 거야?"

내가 물었다. 우린 더 이상 스키 마스크를 하고 있지 않았다.

누군가에게 그런 사실을 상기시켜야 하는 것은 두려운 일이었다. 나는 토스가 그 정도는 알 거라고 생각했다. 하지만 그는 어디로 튈지 알 수 없는 인간이었다.

창가로 가 보니 다른 경찰차가 지나가고 있었다. 그들은 이제 천천히 달렸다. 그랬다. 처음엔 놀라서 이리저리 날뛰다가 정신을 차리고 뭔가 우스운 것, 그러니까 다른 것이 있는지 살피며 천천히 돌아다니기 시작한 것이다. 내가 앞마당에 쌓인 신문을 치우지 않은 것은 그 때문이다. 그날 아침 이 집 풍경과 다른 점이 있어서는 안 되었다. 경찰은 정말이지 그런 것을 귀신같이 알아낸다. 적어도 나는 책을 한 권 쓸 수 있을 만큼 경찰에 대해 잘 알고 있다.

"왜 그러셨죠?"

우리가 데려온 사내가 말했다.

"왜죠?"

사내, 아니 그 손님이 속삭이듯 다시 물었다.

나지막한 그의 음성은 꽤 침착하게 들렸다. 그러니까 무언가 곰곰이 따져 보고 있는 듯했다. 나는 처음 총소리를 들은 뒤로 완전히 제정신이 아니었다. 게다가 난 총을 갖고 있었다.

내가 사내를 넘겨다보았다. 사내는 격자무늬 셔츠에 청바지 차림이었다. 하지만 이 지역 사람은 아니었다. 구두를 보면 알 수 있었다. 그건 부자들이나 신는 신발이었다. 코네티컷을 배경으로 한 텔레비전 드라마에서 여피들이나 신고 나옴직한 신발이었다. 두건 때문에 그의 얼굴이 잘 보이지 않았지만 어느 정도는 기억이 났다. 젊은이는 아니고 사십대 정도의 중년 남자로 주름진 얼굴에 마른 체격이었다. 나보다 말랐는데, 나는 내키는 대로 먹어도 살이 찌지 않는 편에 속했다. 이유는 모른다. 그냥 그렇다는 사실만 알 뿐이다.

"조용히 해."

내가 말했다. 차 한 대가 또 지나갔다.

그는 미소를 지었다. 부드러운 미소였다. 무슨 말을 하는 것 같기도 했다. 무슨 말일까? 밖에 있는 차들은 집 안에서 나는 소리를 듣지 못하는 걸까?

날 비웃는 것 같기도 했다. 내가 그런 걸 좋아할 리 없다. 밖에선 아무 소리도 들리지 않는 게 분명했다. 하지만 나는 그자가 하는 허튼소리는 듣고 싶지 않았기 때문에 그자에게 말했다.

"입 닥치고 있어. 네 목소리 듣고 싶지 않아."

그는 입을 다물고 토스가 준 등받이 의자에 몸을 기댔다. 그러나 잠시 후에 또다시 물었다.

"왜 그 사람들에게 총을 쐈죠? 그럴 필요는 없었는데."

"조용히 해!"

"이유를 좀 알고 싶어요."

나는 칼집에서 칼을 꺼내 던졌다. 칼은 푹 하는 소리를 내며 탁자 위에 꽂혔다.

"들었지? 이건 20센티미터짜리 버크야. 탄소로 단련한 거라고. 접었다 폈다 하는 칼날로 쇠못도 깨끗이 자를 수 있어. 그러니까 조용히 해. 안 그러면 네놈에게 이걸 쓸 수도 있을 테니."

그러자 그자는 또 예의 그 웃음을 지었다. 아니, 그렇게 보였다. 그냥 콧김을 내뿜은 것인지도 모르지만 내 생각에는 웃는 것 같았다. 어떤 의미인지 궁금했다. 하지만 묻지 않았다.

"돈 가진 것 있어?"

토스가 사내의 뒷주머니에서 지갑을 꺼내며 물었다.

"이걸 봐."

토스가 오륙백 달러는 됨직한 돈을 꺼내 보이며 말했다. 미친놈.

또 다른 순찰차가 천천히 지나갔다. 경찰이 자동차의 스포트라이트로 우리가 숨어 있는 집 입구를 비췄지만 별다른 일 없이 그냥 지나갔다. 마을에 사이렌 소리가 울려 퍼졌다. 그러더니 경찰차 한 대가 또 지나갔다. 밖에 있는 저자들이 우리를 찾고 있다는 걸 아는 것은 묘한 느낌이었다.

나는 토스에게서 지갑을 빼앗아 안을 살펴보았다.

랜달 웰러 주니어. 보스턴에 사는 주말 여행객이었다. 내 예상 대로였다. 그는 명함을 한 뭉치 갖고 있었는데, 어떤 대규모 컴퓨터 회사의 부사장이었다. 그곳은 IBM 같은 회사를 따라잡으려 애쓰는 신흥 기업이었다. 갑자기 좋은 생각이 떠올랐다. 그것은 이 사람을 잡고 있다가 몸값을 챙겨야겠다는 생각이었다. 왜 안 된단 말인가? 50만 달러는 챙길 수 있을 터였다. 더 받을 수 있을지도 몰랐다.

"아내와 아이들이 걱정하느라 병이 났을 겁니다."

웰러가 말했다. 나는 그 말을 듣고 놀랐다. 첫째는 누구든 머리에 두건을 뒤집어쓴 사람이 말을 할 것이라는 생각지 않기 때문이었다. 하지만 그보다는 내가 그의 지갑에 든 사진을 보고 있었기 때문이었다. 그의 아내와 아이들 사진이었다.

"널 보낼 생각은 없어. 이제 입 좀 닥쳐. 네가 필요할지도 몰라."

"인질 같은 거 말입니까? 영화에서나 보던 일인데. 당신이 걸어 나가면 경찰이 당신을 쏠 겁니다. 필요하다면 나도 쏘겠죠. 경찰은 그런 식으로 일을 처리하니까요. 그러니까 포기하세요. 최소한 당신 목숨은 건져야 하지 않겠습니까."

"닥쳐!"

내가 소리쳤다.

"날 놔주면 나가서 당신이 내게 잘해 줬다고 말하겠습니다. 그리고 총기 사고는 실수였다는 말도 할 겁니다. 그건 당신 잘못이 아니었으니까요."

나는 몸을 굽혀 그의 목에 칼을 들이댔다. 칼날이 무척 날카로웠기 때문에 무딘 날 쪽을 대며 조용히 하라고 말했다.

차가 또 지나갔다. 이번에는 전조등을 켜지 않은 데다 속력도 더 느렸다. 순간 저 자들이 가택 수색을 벌이면 어떡하지 하는 생각이 들었다.

"저 사람은 왜 그렇게 한 겁니까? 왜 사람들을 죽인 겁니까?"

그러자 우습게도, 그가 저 사람이라고 말한 데서 나는 약간 마음이 놓였다. 이 사람은 날 탓하는 게 아니었다. 그러니까 그건 토스의 잘못이지, 내 잘못이 아니라는 거였다.

웰러는 말을 계속했다.

"정말 모르겠어요. 계산대 옆에 서 있던 남자 말입니다. 그 키 큰 남자요. 그 남자는 잠자코 서 있었습니다. 아무 짓도 하지 않았다고요. 그런데도 저 사람이 총을 쐈습니다."

우리는 둘 다 아무 말도 하지 않았다. 토스도 자신이 왜 그 사람을 쐈는지 알지 못할 터였다. 그리고 나로 말하자면 사내에게 대답할 하등의 이유가 없었다. 그는 내 손 안에 있었다. 전적으로 말이다. 그리고 그런 사실을 그도 알아야 했다. 그런데 내가 왜 그자의 질문에 대답해야 한단 말인가?

웰러라는 사내도 더 이상은 말을 하지 않았다. 나는 묘한 기분이 들었다. 압박감이 쌓이는 듯한 느낌 말이다. 그자의 어리석은 질문에 아무 대답을 하지 않았기 때문인 듯했다. 나는 무슨 말이든 해야 할 것 같은 충동을 느꼈다. 아무 말이든 말이다. 하지만 그래서는 안 되었다. 그래서 나는 밖으로 나가며 말했다.

"차를 차고 안으로 옮겨야겠어."

토스가 총을 쏜 뒤로 나는 약간 놀란 상태였다. 그래서 나는 차고 안을 샅샅이 살폈다. 안전을 기하기 위해서 말이다. 하지만 차고 안에는 여러 가지 연장과 낡은 잔디 깎는 기계뿐, 아무것도 없었다. 나는 뷰익을 차고 안으로 집어넣은 뒤 문을 닫았다. 그러고는 다시 집 안으로 들어왔다.

그때 믿을 수 없는 일이 벌어졌다. 빌어먹을…….

거실로 걸어 들어갈 때 토스의 말소리가 들렸다.

"말도 안 돼. 잭 프레스콧을 속일 순 없어."

나는 그 자리에 멈춰 섰다. 토스의 표정이 볼 만했다. 그는 자신이 엄청난 실수를 저질렀다는 사실을 깨달았다.

이제 웰러라는 자가 내 이름을 알게 된 것이었다.

나는 아무 말도 하지 않았다. 그럴 필요가 없었다. 토스는 아주 빠르고도 신경질적인 어투로 변명하기 시작했다.

"이자가 자기를 보내 주면 나한테 엄청난 돈을 주겠다지 뭐야."

그는 상황을 웰러의 잘못으로 돌리려고 안간힘을 썼다.

"난 그럴 수 없다고 했어. 그런 생각은 해본 적도 없어. 그래서 이자한테 그만두라고 했다고."

"알았어. 그런데? 그게 내 이름을 말한 이유란 말이야?"

"몰랐어. 이자가 내 머리를 어지럽게 만들었다고. 그래서 깜빡했어."

당연했다. 그는 밤새도록 머리를 굴려도 그런 생각을 할 위인이 못 된다.

나는 심사가 뒤틀렸음을 알리기 위해 긴 한숨을 내쉬었다. 하지만 토스의 어깨를 토닥이며 말했다.

"좋아. 길디긴 밤이야. 그러니까 이런 일도 일어나는 거라고."

"정말 미안해."

"그래. 차고나 다른 데로 가서 밤을 보내는 게 어때. 2층으로 가든지. 당분간 네 낯짝은 보고 싶지 않거든."

"그럴 거야."

그런데 재미있는 일은 웰러가 숨죽여 웃고 있는 것이었다. 그는 앞으로 무슨 일이 벌어질지 알고 있는 듯했다. 어떻게 알까? 나는 궁금해졌다.

토스는 잡지 두어 권과 총, 총알이 든 배낭을 집어 들었다.

칼로 사람을 죽이려면 대체로 힘이 많이 든다. 그런 경험이 한 번밖에 없긴 하지만 너저분하고 힘들었다는 사실만은 기억한다. 하지만 오늘 밤은 잘 모르겠다. 나는 그 드러그스토어에서부터 일어난 감정에…… 완전히 사로잡혀 있었다. 나는 정말로 제정신이 아니었다. 조금 심하게 미쳐 있었다. 토스가 등을 돌리자마자 나는 작업에 들어갔고 삼 분도 채 되지 않아 일을 끝냈다. 나는 토스의 시체를 소파 뒤로 끌어다 놓고, (이유는 알 수 없지만) 웰러의 두건을 벗겼다. 이자는 이미 내 이름을 알고 있다. 그러니 얼굴을 봐도 그만이었다.

그는 죽은 목숨이나 다름없었다. 우리는 둘 다 그것을 알고 있었다.

"내 몸값을 받을 생각이었죠, 맞습니까?"

나는 창가에 서서 밖을 내다보았다. 경찰차가 또 지나갔다. 더 많은 섬광이 번뜩이며 낮게 뜬 구름과 우리 머리 바로 위에 있는 룩아웃의 얼굴을 비춰 댔다.

웰러는 야윈 얼굴에 깔끔하게 자른 짧은 머리였다. 그는 내가 아는 아첨꾼 사업가들과 똑같은 인상을 풍겼다. 그의 검은 눈망울은 침착했다. 바닥과 깔개가 피투성이가 된 것을 보고도 놀라지 않는 걸 보니 나는 더욱더 화가 치밀어 올랐다.

"아니."

내가 대답했다. 그는 내가 자신의 지갑에서 꺼내 놓은 물건들을 바라보며 내 대답을 듣지 못한 것처럼 말을 이었다.

"그래 봤자 소용없을 겁니다. 납치 말입니다. 난 돈이 별로 없거든요. 그리고 내 명함을 보고 내가 그 회사의 중역임을 알았다 해도 그 회사에는 부사장이 500명이나 됩니다. 그들은 내 목숨의 대가로 단 한 푼도 쓰지 않을 겁니다. 그리고 사진 속 아이들도 보셨죠? 그건 십이 년 전에 찍은 사진입니다. 아이들은 둘 다 대학에 다닙니다."

"어디, 하버드?"

내가 코웃음 치며 물었다.

"한 놈은 하버드에 다니고 또 한 놈은 노스웨스턴에 다닙니다. 그래서 집을 저당 잡혔죠. 게다가 혼자서 누군가를 납치한다고요? 천만에요, 그건 불가능한 일입니다."

그자가 나를 비웃듯 말했다. 내 생각을 훤히 읽는 듯했다.

"개인적으로 당신을 지목한 건 아닙니다. 누구든 혼자를 말하는 겁니다. 동료가 필요합니다."

그의 말이 옳았다. 누군가를 납치해서 몸값을 요구하는 건 쉬운 일이 아니었다.

다시 침묵이 흘렀다. 아무도 입을 열지 않았고 방 안에는 찬바람이 이는 듯한 느낌이 들었다. 나는 창가로 걸어갔고, 그때 발밑에서 삐걱거리는 소리가 났다. 분위기가 심상치 않았다. 언젠가 아버지가 그런 말을 한 적이 있었다. 집에는 나름의 표정이 있다고. 어떤 집은 웃지만 어떤 집은 찌푸린다고 말이다. 그렇다면 이집은 잔뜩 찌푸린 집인 셈이었다. 그렇다. 현대적이고 깨끗하며 『내셔널지오그래픽』 전권이 순서대로 꽂혀 있지만 여전히 찌푸린 얼굴이었다.

엄청난 긴장으로 소리라도 지르려던 순간 웰러가 입을 열었다.

"날 죽이지 않았으면 좋겠어요."

"널 죽인다고 누가 그래?"

그는 예의 그 익살맞은 미소를 지어 보였다.

"난 이십오 년 동안 세일즈맨으로 일했어요. 그동안 애완동물도 팔고 캐딜락도 팔고 조판기도 팔았죠. 얼마 전부터는 컴퓨터 본체를 팔고 있지만요. 난 상대가 물건을 사지 않을 거라는 걸 느낌으로 알아요. 당신은 날 죽일 거예요. 저 사람이 당신 이름을 말한 순간 그런 생각을 했을 거예요."

그가 머리로 토스 쪽을 가리켜 보였다.

나는 그냥 웃었다.

"저런, 여러모로 편리한 물건이군. 걸어 다니는 거짓말 탐지기도 되고 말이야."

내가 빈정거리는 투로 말했다.

그러나 그는 오히려 내 말에 동의했다.

"여러모로 편리한 물건이죠."

"널 죽이고 싶진 않아."

"아, 그러고 싶어 하지 않는다는 건 압니다. 당신은 친구가 그 드러그스토어에서 뒤에 서 있던 사람을 죽이는 것도 원치 않으니까요. 그걸 느낄 수 있었습니다. 하지만 사람들이 죽자 신경이 날카로워진 것 아닙니까? 맞죠?"

그의 두 눈이 내 속을 빤히 들여다보고 있었다. 그래서 나는 아무 말도 할 수 없었다.

"하지만 내가 당신 생각을 한번 바꿔 보죠."

그는 정말 확신에 찬 목소리였고 그런 목소리를 들으니 기분이 좀 나아졌다. 애처로운 한 인간이 아니라 건방진 개자식을 죽일 수 있게 되었기 때문이었다. 그래서 나는 웃었다.

"그럴 필요 없다고?"

"한번 설명해 보죠."

"그래? 어떻게 그럴 수 있지?"

웰러는 몇 번의 헛기침으로 목을 가다듬었다.

"첫째, 모든 문제를 일목요연하게 정리해 봅시다. 난 당신 얼굴을 봤고 당신 이름도 알고 있습니다. 잭 프레스콧 맞죠? 당신은 스물아홉 살 정도로 체중은 68킬로그램 정도이고 머리칼은 검은색입니다. 이래서 당신은 내가 당신을 알아볼 거라고 생각할 겁니다. 난 게임 따위를 할 생각은 없습니다. 그래서 당신을 분명히 보지 못했고 당신 이름도 알지 못한다고 말할 겁니다. 다른 물음에도 그런 식으로 대답할 거고요. 그럼, 이 문제는 해결된 겁니다. 그렇죠, 잭?"

나는 이 모든 게 허튼소리라는 듯 눈알을 굴리며 고개를 끄덕였다. 하지만 그가 무슨 말을 하려는지에 대해 호기심이 생겼다는 것은 인정한다.

"당신을 경찰에 신고하지 않겠다고 약속합니다. 어떤 상황에서도 말입니다. 경찰은 내 입에서 절대 당신의 이름을 듣지 못할 겁니다. 당신의 인상착의도 마찬가지입니다. 당신에게 불리한 증언도 절대 하지 않을 겁니다."

목사처럼 정직한 목소리에 정말 능숙한 말솜씨였다. 이자는 세일즈맨이고 나는 그가 내민 물건을 사지 않을 작정이었다. 하지만 그는 내가 제 속을 빤히 들여다보고 있다는 사실을 알지 못했다.

나는 그가 마음껏 상술을 펼치도록 내버려 둘 생각이었다. 내 마음이 움직이고 있다고 착각하게 놔두기로 했다. 우리가 북쪽 숲 어딘가로 도망쳐서, 결국 그 순간이 오면 나는 그의 긴장을 풀어 줄 생각이었다. 자신이 풀려 난 줄 알게 말이다. 그러면 비명도, 다툼도 필요치 않을 것이다. 두 번만 재빠르게 칼로 찌르면 그것으로 끝이었다.

"내 말을 이해합니까?"

나는 진지한 표정을 지으려 애쓰며 대답했다.

"물론. 넌 말만 잘하면 내가 널 죽이지 않을 거라고 생각하는 거 아니야. 어쨌든 난 그럴 생각이 없어. 널 죽이는 거 말이야."

그러자 그는 또다시 그 흐릿하면서도 묘한 미소를 지었다.

"말로 날 설득할 수 있을 거라고 생각하는군. 그럴 만한 이유라도 있나?"

내가 물었다.

"아, 몇 가지 분명한 이유가 있습니다. 특히 첫 번째 이유에는 이의를 달지 못할 겁니다."

"그래? 뭔데?"

"1분이면 됩니다. 당신이 날 보내 줘야 하는 실질적인 이유를 말씀드리죠. 첫째, 당신은 내가 당신이 누군지 안다는 이유로 날 죽이려 합니다. 그렇죠? 하지만 당신에 대한 정보가 언제까지 비밀로 지켜질 거라고 생각합니까? 당신의 동료는 그곳에서 경찰을 한 명 쐈습니다. 난 영화에서 본 것 말고는 경찰에 대해 아는 바가 없습니다. 하지만 그들은 타이어 자국을 살펴보고 차의 번호판과 차종을 본 목격자를 확보하고 이리로 오면서 도중에 주유소에 들러 조사할 겁니다."

쓸데없는 수작이었다. 뷰익은 훔친 차였다. 난 바보가 아니다.

하지만 그는 짐짓 점잖은 듯한 얼굴로 날 쳐다보며 말을 계속했다.

"훔친 차라 할지라도 그들은 모든 실마리를 조사할 겁니다. 당신과 당신 친구가 있었던 곳에서 신발 자국을 살피고 차가 없어질 무렵 인근에 있던 사람들을 모두 심문할 겁니다."

나는 그가 한심한 수작을 늘어놓는 내내 미소를 잃지 않았다. 하지만 경찰을 쏜 건 사실이었다. 그런 짓을 하면 누구든 상당히 곤란한 상황에 처하게 된다. 그들은 그런 문제에 끝까지 따라붙는다. 그들은 범인을 잡을 때까지 수색을 멈추지 않을 것이다.

"그리고 그들이 당신 동료의 신원을 확보하면 당신과도 연결이 될 겁니다."

그는 자신의 머리로 토스의 시체가 있는 소파 쪽을 가리켜 보였다.

"난 저 인간과 별로 친하지 않아. 지난 몇 달 동안 어울려 다녔을 뿐이야."

웰러는 이 말을 붙잡고 늘어졌다.

"어디서요? 바에서? 식당에서? 당신들을 본 사람은 없나요?"

나는 화가 치밀어 소리쳤다.

"그래서? 무슨 개소리를 지껄이고 싶은 거야? 저들은 어쨌든 날 체포하러 올 거고 그때 널 데리고 나갈 거야. 그러면 어떻게 될까?"

그는 되도록 침착하게 말했다.

"난 단지 당신이 날 죽이려 하는 이유 중 하나가 말이 안 된다는 걸 설명하려는 겁니다. 한번 생각해 보세요. 드러그스토어에서 있었던 총격 말입니다. 그건 미리 계획한 게 아니었어요. 그러니까, 뭐라고 말할까? 격한 감정 때문에 벌어진 일입니다. 하지만 당신이 날 죽이면 그건 일급 살인이 됩니다. 당신이 체포되면 사형 선고를 받을 겁니다."

그들이 날 잡는다면 그의 말이 맞다. 나는 혼자 히죽 웃었다. 그가 한 말에도 일리는 있었다. 하지만 살인이라는 걸 앞뒤 따져서 하지는 않는다. 염병할, 그래서는 안 될 상황에서도 가끔 살인은 저지르게 마련이다. 하지만 이제 어느 정도 재미를 느꼈다. 나는 그의 논리를 반박하고 싶었다.

"그런데 난 토스를 죽였어. 그리고 그건 순간적인 격한 감정 때문만은 아니었어. 어쨌든 그 일로 신경이 날카로워지긴 했지만 말이야."

"하지만 그 사람 일은 아무도 신경 쓰지 않을 겁니다. 그 사람이 자살을 했든 우연히 차에 치었든 개의치 않을 겁니다. 토스는 어떻게 되든 상관없습니다. 하지만 날 죽인다면 다를 겁니다. 난 신문에 '무고한 방관자'로 소개될 겁니다. 게다가 '두 아이의 아버지'입니다. 당신이 날 죽인다면 당신도 죽을 것입니다."

내가 반박하려 했지만 그는 말을 계속했다.

"내가 당신에 대해 아무것도 말하지 않을 다른 이유는 바로 그것입니다. 당신은 내 이름과 내가 사는 곳을 압니다. 내게 가족이 있으며, 그들이 내게 얼마나 소중한 존재인지도 알고 있습니다. 내가 당신을 고발하면 당신은 날 추적할 겁니다. 난 내 가족을 그런 식으로 위험에 처하게 할 생각은 눈곱만큼도 없습니다. 이제 내가 한 가지 묻겠습니다. 당신에게 일어날 수 있는 최악의 일이 뭡니까?"

"네놈이 끝도 없이 뱉어 내는 이야기를 듣고 있는 것."

웰러는 이 말에 큰 소리로 웃음을 터뜨렸다. 내 유머 감각에 놀란 모양이었다. 잠시 후 그가 말했다.

"심각하게 생각해 봐요. 최악의 일이 무엇인지 말입니다."

"몰라. 생각해 본 적 없어."

"한쪽 다리를 잃는 것? 귀를 먹는 것? 돈을 몽땅 잃어버리는 것? 장님이 되는 것……. 아, 이게 그럴듯하네요. 장님이 되는 겁니까?"

"글쎄, 그럴 거야. 그게 내가 생각할 수 있는 최악의 일인 것 같군."

그건 정말 끔찍한 일이었고, 나는 전에도 그런 생각을 한 적이 있었다. 바로 그 일이 우리 집 노인에게 일어났기 때문이었다. 사실 앞을 못 보는 것 자체가 아니라 그 다음이 문제였다. 안 돼. 다른 사람에게 모든 일을 의지해야 하다니, 빌어먹을.

"좋아요. 그럼 이렇게 생각해 봅시다. 당신이 눈이 멀게 되면 느낄 감정을, 날 잃은 내 가족이 느낄 겁니다. 가족에겐 그만큼 끔찍한 일입니다. 그들에게 그런 고통을 주고 싶진 않을 겁니다. 그렇죠?"

그러고 싶진 않았다. 그의 말이 맞다. 하지만 어쩔 수 없다. 나는 더 이상 그 일에 대해 생각하고 싶지 않다. 그래서 물었다.

"그러면 마지막 이유는 대체 뭐야?"

"마지막 이유는……."

그가 속삭이는 듯한 목소리로 입을 열었다. 그러나 그의 말은 거기서 끊겼다. 그는 마음의 갈피를 잡지 못하겠다는 듯 방 안을 둘러봤다.

"뭐야? 말해 봐."

궁금해서 내가 재촉했다.

하지만 그는 대답은 하지 않고 나에게 물었다.

"이 집에 바가 있을까요?"

그래서 나는 술을 마셔도 될지 잠시 생각해 보았다. 나는 부엌으로 갔다. 물론 모든 문이 닫혀 있었고 전원 꺼진 냉장고 안에 맥주 같은 게 있을 리 만무했다. 하지만 스카치는 있었다. 그걸 마실 수밖에 없었다.

나는 술병과 잔 두 개를 챙겨서 거실로 나왔다. 그자가 좋은 생각을 해냈다고 생각하면서 말이다. 그도 나도 취하면 그 일을 할 때가 와도 한결 쉽게 처리할 수 있을 것 같았다. 나는 스미티를 그의 목에 대었다가 그의 손을 묶었던 테이프를 끊고 두 손을 앞으로 모아 다시 테이프를 붙였다. 나는 뒤로 물러앉았고, 그가 수상한 짓을 할 경우를 대비해 칼을 옆에 두었다. 하지만 그는 영웅심을 발휘할 사람처럼 보이지는 않았다. 그가 스카치 병 위에 붙은 상표를 읽었다. 좋은 게 아니라는 걸 알고 실망한 듯했다. 나도 동감이었다. 내가 오래전에 배운 교훈 한 가지는 물건을 훔치려거든 부잣집을 털라는 것이었다.

나는 그를 감시할 수 있는 곳으로 물러나 앉았다.

"마지막 이유 말입니까. 좋아요. 말하죠. 당신이 날 보내 줘야 할 필요성을 입증해 보이죠."

"네가?"

"다른 이유, 실질적인 이유와 인도주의적인 이유 모두······ 당신은 별로 개의치 않는다는 걸 알고 있습니다. 내 말에 공감하는 얼굴이 아니니까요. 맞습니까? 그럼 이제 당신이 날 보내 줘야 하는 이유를 말하겠습니다."

앞으로는 더 터무니없는 말을 지껄여 댈 게 분명했다. 하지만 그가 지금까지 한 말은 내가 전혀 예측하지 못한 것이어서 흥미로웠다.

"그건 순전히 당신을 위해서입니다."

"날 위해서? 무슨 말이지?"

"이봐요, 잭. 당신은 파멸의 길로 떨어지지 않을 겁니다."

"무슨 뜻이야, 파멸이라니?"

"당신의 영혼을 구제할 방법이 있단 말입니다."

나는 이 말에 웃음을 터뜨렸다. 큰 소리로 웃었다. 그냥 그러고 싶었다. 부사장 직에 오른 유능한 세일즈맨이라면 더 나은 말을 할 것이라 예상한 터였다.

"영혼이라고? 나한테 영혼이 있다고 생각하나?"

"음, 모든 사람에게는 영혼이 있습니다."

그가 대답했다. 하지만 내가 그렇게 생각하지 않는다는 것에 놀란 표정이었다. 나는 미칠 듯이 화가 났다. 지구가 평평하지 않다는 상대의 말에 생각 좀 해봐야겠다고 대답한 듯한 기분이었다.

"만일 나한테 영혼이 있다면 바로 지옥으로 떨어질걸."

비슷한 대사를 영화에서 들은 기억이 난다. 나는 웃자고 한 소리였지만 싱겁게 들렸다. 웰러는 뭔가 아주 심오한 말을 했다. 하지만 나는 농담 따먹기를 하는 듯한 기분이 들었다. 내가 싸구려 인간이 된 듯한 기분이었다. 나는 웃음을 멈추고 거실 모퉁이에 뻗어 있는 토스를 내려다보았다. 그는 두 눈을 빤히 뜨고 있었다. 그를 또 찌르고 싶을 만큼 기분이 더러웠다.

"나는 당신의 영혼 이야기를 하고 있습니다."

나는 낄낄거리며 웃고는 술을 한 모금 마셨다.

"아, 알았어. 넌 사방에 널려 있는 천사에 관한 책을 읽는 인간 인 게 틀림없어."

"난 교회에 다닙니다. 하지만 지금 그런 이야기를 하자는 게 아닙니다. 신비한 이야기를 하자는 게 아닙니다. 당신의 양심에 대해 말하는 겁니다. 잭 프레스콧이라는 인간에 대해서 말입니다."

나는 그에게 사회사업가와 청소년 상담가 그리고 인생이 어떻게 돌아가는지 눈곱만큼도 모르는 모든 인간에 대해서 들려주고 싶었다. 그들은 자신들이 인생에 대해 꽤 많은 것을 안다고 생각한다. 하지만 그건 말에 지나지 않는다. 그들은 아무것도 몰랐다. 상담가 같은 인간들은 나와 이야기를 나누고 나면 "아, 넌 부적응 아로구나. 넌 네 분노를 부인하고 있어."라고 말했다. 늘 이런 식이었다. 그런 말을 들으면 나는 그들이 영혼이나 정신에 대해 아무것도 모른다는 생각이 들었다.

"내세를 말하는 게 아닙니다. 도덕에 대한 설교도 아닙니다. 지금 중대한 의미를 지닌 지구 위에서의 삶에 대해 이야기하는 겁니다. 아, 회의적인 표정이시네요. 하지만 내 말을 들어봐요. 난 당신이 누군가와 관계를 맺고 상대를 신뢰하면, 그러니까 그 사람을 믿으면 당신에게 희망이 있다고 생각합니다."

"희망? 무슨 뜻이지? 무슨 희망 말이야?"

"당신이 참된 인간이 될 희망 말입니다. 참된 삶을 살아갈 희망이오."

참되다……. 나는 그가 무슨 말을 하는지 이해가 되지 않았다. 하지만 너무도 확고한 어조 때문에 그 말을 이해하지 못하는 내가 바보처럼 여겨졌다. 그래서 나는 아무 말도 하지 않았다.

"세상에는 도둑질을 할 이유도, 남을 죽일 이유도 있습니다. 하지만 내심 대부분의 경우 그러지 않는 게 낫다고 생각하지 않습니까? 생각해 보세요. 누군가를 죽여도 된다면 왜 죽인 사람을 감옥에 가두겠어요? 우리뿐만 아니라 사회 전체가 앞장서서 말입니다."

그가 말을 계속했다.

"그래서 어쨌다고? 내가 가는 이 악한 길을 포기하라고?"

나는 그를 비웃어 주었다.

그러나 그는 눈썹을 치켜세우며 반박했다.

"그런 셈이죠. 잭, 그때 기분이 어땠는지 말해 보세요. 당신 동료가, 이름이 뭐더라……."

"조 로이 토스."

"토스. 그가 계산대 옆에 있던 사람을 쐈을 때 말이에요. 기분이 어땠습니까?"

"몰라."

"그는 그냥 몸을 돌려 그 사람을 쐈어요. 아무 이유도 없이 말이에요. 당신은 그게 옳지 않다고 생각했어요, 그렇죠?"

내가 무언가 말하려 했지만 그는 말을 그치지 않았다.

"아니오, 대답하지 마요. 거짓말하고 싶을 테니까. 그건 당연해요. 당신이 하는 일로 미루어 볼 때 거짓말을 할 수밖에 없겠죠. 하지만 내게 거짓말했다 해도 정말 그렇게 생각하지는 않았으면 좋겠어요. 그저 당신 영혼의 깊은 곳을 들여다보세요. 그리고 토스가 한 짓이 정말로 옳다고 생각하면 내게 그렇다고 말해 주세요. 잭, 한번 생각해 봐요. 하지만 당신은 아마도 옳지 않다고 생각했을 거예요."

맞아, 그랬지. 누가 안 그러겠어? 토스는 모든 일을 망쳐 버렸어. 모든 게 꼬여 버렸다고. 그리고 이건 모두 그 자식 잘못이야.

"내가 당신 심리를 제대로 읽었죠. 그렇죠, 잭? 당신은 토스가 그렇게 하지 않기를 바랐어요."

나는 아무 말도 하지 않고 스카치를 좀 더 마신 후에 창밖을 내다봤다. 섬광이 왔다 갔다 하며 마을 전체를 비추고 있었다. 섬광은 멀리서 비쳤다 가까이서 비쳤다 하면서 끊임없이 움직였다.

"널 보내 주면 너도 그자들한테 일러바칠 거야."

다른 사람들은 모두 그랬다. 모두 날 배신했다. 아버지는 눈이 먼 후에도, 그 개자식은 나를 경찰에 신고했다. 나의 첫 재판을 맡은 판사들. 그리고 내가 칼로 찔러 죽인 상사 산드라······.

"아니요, 난 안 그래요. 우리 계약을 하나 맺기로 해요. 난 계약은 깨지 않아요. 맹세코 당신에 대한 이야기는 하지 않겠다고 약속할게요, 잭. 아내에게도 말이에요. 당신이 날 보내 주면 그건 당신에게 있어 온 세상이 완전히 달라짐을 의미해요. 그건 당신에게 희망이 있다는 것을 뜻하니까요. 내가 당신 인생이 달라진다는 사실을 보증할게요. 날 보내 주는 한 가지 행위로 당신은 영원히 달라지는 거예요. 아, 올해만이 아니에요. 오 년 동안도 아니고요. 당신은 새사람이 되고, 이 모든 것, 리게트 폭포에서 벌어졌던 모든 일은 사라질 거예요. 그 모든 범죄와 살인이 말이에요. 당신은 새사람이 될 거예요. 난 확신해요."

그는 몸을 앞으로 숙이고 두 손을 모아 술잔을 쥐었다.

"네가 아무에게도 말하지 않겠다는 걸 그냥 믿으란 말이야?"

"아, 이제 중대한 문제로 넘어갑시다."

웰러는 이렇게 말하고 묶인 두 손으로 스카치를 좀 더 마셨다. 다시 침묵이 찾아왔다. 결국 내가 입을 열었다.

"그게 뭔데?"

"믿음입니다."

그때 밖에서 사이렌 소리가 울렸다. 나는 그에게 입 닥치라고 한 후에 총을 그의 머리에 들이댔다. 그는 두 손을 떨었지만 어리석은 짓은 하지 않았다. 몇 분 후 내가 뒤로 물러앉자 그가 다시 이야기를 시작했다.

"믿음. 이제 그 이야기를 해 보겠습니다. 믿음을 가진 사람은 구원받을 수 있습니다."

"난 그런 빌어먹을 믿음은 눈곱만큼도 없어."

내가 말했다.

하지만 그는 말을 계속했다.

"다른 사람을 신뢰하면, 믿음을 갖게 됩니다."

"내가 구원받든 말든 네가 무슨 상관이야?"

"인생은 고달프고, 사람들은 잔인하기 때문입니다. 내가 교회에 다닌다고 말씀드렸죠. 성경의 대부분은 정신 나간 헛소리입니다. 하지만 일부는 믿을 만합니다. 그리고 내가 믿는 것 중 하나는 우리가 이따금씩 어려움에 처하는 이유는 바로 달라지기 위해서라는 것입니다. 오늘 밤에 일어난 일이 바로 그런 것 같습니다. 그래서 당신과 내가 그 드러그스토어에 함께 있게 된 이유겠죠. 그렇다고 생각지 않습니까? 어떤 예시처럼 말입니다. 어떤 일이 일어나서, 당신에게 이렇게 하고 저렇게는 하지 말라고 말하는 것처럼 말입니다."

묘한 느낌이 들었다. 리게트 폭포로 차를 몰고 가는 동안 이런 생각이 줄곧 머리를 떠나지 않았었다. '우스운 일이 일어날 것 같아. 무언지는 모르지만, 이번 일은 다를 것 같아.'

"만일 오늘 밤 일어난 모든 일이 어떤 목적이 있다면 어떻겠어요? 난 아내가 감기에 걸려 감기약을 사러 갔습니다. 한 푼이라도 아끼려고 세븐 일레븐 대신 드러그스토어에 간 거죠. 당신은 마침 그 시간에 상점을 털었습니다. 저 동료(그가 토스의 시체 있는 쪽을 고개로 가리켜 보였다.)와 함께 말입니다. 그 특별한 순간에 경찰차가 우연히 그곳을 지나갔습니다. 또 출납원이 우연히 경찰을 보았고요. 무수한 우연의 일치인 셈입니다. 그렇게 생각지 않으세요?"

그러고 나서 그는 이렇게 덧붙였다.

"우리는 여기 저 사람 얼굴처럼 생긴 커다란 바위의 그림자 속에 있습니다."

이 말을 듣자 내 등줄기를 타고 전율이 흘러내렸다.

그건 바로 내가 하고 있던 생각이었다. 정확히 똑같았다. 그러니까 그 룩아웃 말이다. 왠지 알 수 없지만 나는 우연히 창밖을 내다보며 정확히 그 순간에 그 생각을 하고 있었다. 나는 스카치 병을 들고 또 한 잔을 따랐다. 이런, 난 상당히 흥분해 있었다.

"저 얼굴이 우리를 쳐다보며 당신의 결정을 묵묵히 기다리고 있습니다. 아, 하지만 당신에게만 그런 건 아닙니다. 그 목적이라는 건 이승의 모든 사람에게 영향을 미칩니다. 토스가 쏜 출납원에게도 말입니다. 그 사람은 마침 죽을 때가 된 것일지도 모르죠. 하지만 암에 걸리거나 뇌졸중을 일으키기 전이니 빠른 셈입니다. 그 여자 점원은 다리의 총상으로 인생관을 바꿔 마약이나 술을 끊게 될지도 모르고."

"그렇다면 넌? 넌 어떻게 되는데?"

"그래요. 내 이야기를 하죠. 어쩌면 당신 때문에 한평생 기억에 남을 선행을 하게 될지도 모릅니다. 나는 오랫동안 돈 생각만 하며 살아왔습니다. 내 지갑을 한번 보세요. 거기. 뒤쪽에."

나는 지갑을 열었다. 증명서 같은 작은 카드 여섯 장이 들어 있었다. 랜달 웰러, 올해의 세일즈맨. 2년 연속 목표 초과 달성. 1992년 최고의 세일즈맨.

웰러는 계속해서 말을 했다.

"사무실에는 다른 상도 많습니다. 트로피도 많고요. 그런데 이런 성과를 올리느라 사람들에게는 소홀할 수밖에 없었습니다. 가족과 친구들 말입니다. 내가 그들에게 도움을 준 적도 있을 겁니다. 하지만 이렇게 사는 게 바람직하지는 않습니다. 당신이 날 납치한 것도 내 인생의 방향을 바꾸라는 신호일지 모릅니다."

우습긴 했지만 말이 되는 소리였다. 아, 도둑질을 하지 않는 인생을 상상하긴 어려웠다. 게다가 싸움이 벌어졌을 때 상대에게 총이나 칼을 휘두르지 않는 나 자신을 상상하기는 더 힘들었다. 다른 쪽 뺨도 대라는 건 겁쟁이들한테나 통하는 이야기였다. 하지만 언젠가 내 인생이 제자리를 찾는다면 여자, 어쩌면 아내라는 사람과 한집에서 살지도 몰랐다. 내 어머니와 아버지는 단 하루도 그렇게 산 적이 없다. 나는 어머니의 얼굴도 모른다

"내가 널 보내 주면 넌 경찰에게 무슨 말이든 해야 할 텐데."

그는 어깨를 으쓱해 보였다.

"당신이 나를 차 트렁크에 가뒀다가 이곳 어딘가에 던져 버렸다고 말하면 되죠. 난 집이나 다른 무언가를 찾아 주변을 헤매다 길을 잃었다고 말입니다. 꼬박 하루가 지나서야 누군가를 만날 수도 있으니까요. 그럴듯하지 않나요?"

"한 시간 만에 차를 세울 수도 있지."

"그럴 수도 있죠. 하지만 난 그렇게 말하지 않을 겁니다."

"계속 같은 말을 하는군. 하지만 내가 그걸 어떻게 확인하지?"

"그건 믿음에 관한 문제입니다. 당신은 알 수 없습니다. 보장이 없으니까요."

"내게 믿음이 없나 보지."

"그럼 난 죽은 목숨입니다. 당신 인생도 영원히 변하지 않을 거고요. 이걸로 이 이야기는 끝입니다."

그는 뒤로 물러앉았다. 나는 미칠 것 같았다. 하지만 그는 침착한 표정으로 희미한 미소를 짓고 있었다.

다시 침묵이 이어졌다. 그런데 주변에서 커다란 굉음이 들리는 것 같았다. 그런 느낌은 사이렌 소리가 다시 방 안을 가득 채울 때

까지 계속되었다.

"그러니까…… 어떻게 하라는 거지?"

그는 스카치를 조금 더 마셨다.

"한 가지 제안을 하죠. 내가 밖에 나갔다 올 수 있게 해 주십시오."

"아, 그러니까 잠깐 밖에 나가서 신선한 공기를 들이마시고 오시겠다?"

"날 내보내 주면 바로 다시 돌아올 것을 약속합니다."

"테스트 같은 건가?"

그는 내 말에 대해 잠시 생각하는 듯했다.

"그렇습니다. 일종의 테스트죠."

"그동안 말하던 믿음은 어디 간 거지? 네가 밖으로 나갔다 도망치면, 내가 네놈 등을 벌집으로 만들어 버릴 텐데."

"아니요. 당신은 그 총을 집 안 다른 곳에 둬야 합니다. 부엌 같은 곳 말입니다. 내가 달린다 해도 금방 잡을 수 없는 곳에요. 우리가 서로를 볼 수 있게 당신은 창가에 서 있어야 합니다. 솔직히 말하면, 나는 바람처럼 달립니다. 대학에서는 육상 선수였고, 아직도 일 년 내내 조깅을 합니다."

"네가 도망쳐서 경찰을 데려오면, 엄청난 피를 뿌리게 된다는 건 알고 있지. 나는 저 문을 통해 들어오는 경찰 다섯 놈을 쏴 죽일 거야. 그렇게 못할 이유는 없어. 그리고 그 피의 책임은 바로 너한테 있어."

"물론 잘 압니다. 하지만 그렇게 생각하지 않는다면, 이 시도는 성공할 겁니다. 그것은 일어날 수 있는 최악의 추측입니다. 내가 도망쳐서 경찰에게 모든 것을 폭로한다는 거 말입니다. 당신이 있는 곳과 인질은 없고 당신한테는 총 한두 자루뿐이라는 사실 말입니다. 그러면 경찰이 들어와서 당신을 끝장내 버릴 겁니다. 그러면 당신은 총 한 발 제대로 쏴 보지도 못할 겁니다. 당신은 죽게 될 거고, 그 더러운 몇백 달러 때문에 고통스럽게 죽게 되겠죠……. 하지만, 하지만, 하지만……."

그는 한 손을 들어 무언가 말하려는 나를 제지했다.

"믿음은 위험을 감수해야 한다는 것을 뜻합니다."

"바보 같은 짓이군."

"사실은 그 반대입니다. 당신이 한편생 한 행동 중 가장 현명한 행동이 될 테니까요."

"그걸 무엇으로 증명하지?"

내가 물었다. 하지만 이 말은 시간을 벌기 위한 것에 불과했다. 그는 그것을 알아챈 듯했다.

"난 약속을 지키는 사람입니다. 그 점은 믿어도 됩니다."

그가 인내심 깃든 음성으로 말했다.

"그럼 난 뭘 얻게 되지?"

그러자 그 개자식은 예의 그 묘한 미소를 흘렸다.

"당신은 놀라게 될 겁니다."

나는 스카치 병을 또 집어 들며 이 말에 대해 생각해 보았다.

"난 벌써 경험했습니다. 약간의 믿음을요. 분명히 있습니다. 많지는 않지만 약간 말입니다."

그리고 그 말은 옳았다. 약간 믿음이 있는 것 같기도 했다. 나는 토스에게 몹시 화가 났던 일과 그가 모든 일을 망쳐 버린 것에 대해 생각했다. 나는 오늘 밤 사람을 죽일 생각은 아니었다. 이제 신물이 났다. 내 인생이 풀려 가는 꼴이 지긋지긋했다. 가끔 혼자인 게 좋을 때도 있었다. 아무도 이래라 저래라 하지 않으니까 말이다. 하지만 어떤 때는 정말이지 끔찍했다. 그런데 이 사내, 웰러는 정말이지 뭔가 다른 것 같았다.

"그러니까 난 총을 내려놓기만 하면 된단 말이지?"

"총을 부엌에 갖다 놓으세요. 그리고 창문이나 현관에 서 있는 겁니다. 난 길까지 걸어 내려갔다가 다시 돌아오는 거구요."

그가 집 안을 둘러보며 말했다. 나는 창밖을 내다봤다. 도로까지는 15미터 정도 될 것 같았다. 그리고 길 양 옆으로는 관목이 줄지어 서 있었다. 그가 도망간다 해도 찾지 못할 것 같았다.

하늘에서 섬광이 번쩍였다.

"아니, 안 되겠어. 넌 미친놈이야."

나는 그가 애원하거나 화를 낼 거라고 생각했다. 나는 사람들이 내 말에 따르지 않으면, 그것도 신속히 따르지 않으면 그렇게 하곤 했다. 하지만 그는 고개만 끄덕였다.

"좋아요, 잭. 생각은 해봤겠죠. 좋은 일이긴 하지만 아직 준비가 안 된 거예요. 그렇다는 사실을 존중하겠어요."

그는 스카치를 좀 더 마시고는 술잔을 응시했다. 그것으로 끝이었다.

그때 갑자기 서치라이트 불빛이 번쩍였다. 그들은 어느 정도 거리를 두고 있었지만 나는 여전히 놀란 상태라 창문에서 얼른 물러섰다. 나는 총을 빼 들었다. 하지만 그때 그 불빛이 나와는 아무 상관이 없다는 사실을 깨달았다. 그것은 룩아웃을 비추는 커다란 스포트라이트 두 개에 불과했다. 매일 밤 이 시간에 불빛을 비추는 것 같았다.

나는 바위를 올려다보았다. 여기서 보니 전혀 사람 얼굴처럼 보이지 않았다. 그냥 바위일 뿐이었다. 회색과 갈색을 띤 바위였고 그 틈에는 소나무들이 자라고 있었다.

나는 잠시 바위를 쳐다봤다. 그리고 마을도 둘러봤다. 그러자 사내가 한 말이 생각났다. 그냥 말 자체가 아니라 그 말의 이면을 말이다. 그리고 이 마을 사람들에 대해서도 생각해 보았다. 정상적인 삶을 사는 사람들. 교회의 뾰족탑 하나와 작은 집의 지붕들이 보였다. 마을에는 노란 불빛이 무수히 밝혀져 있었고 뒤로는 언덕이 솟아 있었다. 갑자기 나는 내가 저 집들 중 한 곳에서 살았으면 좋겠다는 생각이 들었다. 집 안에서 아내와 내가 나란히 앉아 텔레비전을 보았으면 좋겠다. 산드라나 다른 누군가와 함께 말이다.

나는 창문에서 몸을 돌리며 말했다.

"그냥 길까지 내려갔다 돌아오겠단 말이지? 맞나?"

"맞습니다. 나는 달아나지 않고 당신은 총을 겨누지 않는 겁니다. 서로를 믿는 거죠. 아주 간단하지 않습니까?"

나는 바람 소리에 귀를 기울였다. 다른 때 같으면 춥고 을씨년스럽다고 느꼈겠지만, 거세지 않게 끊임없이 들려오는 바람 소리가 이상하게도 편안하게 느껴졌다. 누군가의 목소리 같았다. 어디서 들려오는지는 알 수 없지만 내면에서 무언가가 그렇게 하라고 나를 다그치는 것 같았다.

나는 무척 불안했다. 그래서 아무 말도 하지 않았다. 나는 그 자가 무슨 말이든 해서 내 결심을 흔들어 놓을까 봐 겁이 났다. 나는 스미스 & 웨슨을 들어 잠시 쳐다본 후에 부엌 식탁 위에 올려놓았다. 그러고는 칼을 갖고 돌아와서 그의 발을 묶은 테이프를 끊어 주었다. 그러다 보니 모험을 하려면 완벽하게 해야 한다는 생각이 들었다. 그래서 나는 그의 손도 풀어 주었다. 웰러는 놀란 것 같았다. 그러나 우리가 게임하려는 걸 안다는 듯이 빙긋 웃었다. 나는 그를 일으켜 세운 후에 그의 목에 칼을 갖다 대고는 현관문까지 끌고 갔다.

"잘하시는 겁니다."

그가 말했다.

순간 이런 생각이 들었다. 아, 이게 무슨 짓이야. 믿을 수 없어. 미쳤다고. 나는 문을 열고 신선한 가을 공기를 들이마셨다. 나무 타는 냄새와 소나무 냄새가 났고 머리 위로 바위와 나무 사이를 스치는 바람 소리가 들렸다.

"가."

내가 말했다.

웰러는 나를 살피느라 뒤를 돌아보지 않았……. 믿음일 거야라고 나는 생각했다. 그는 도로 쪽으로 정말 천천히 걷기 시작했다.

나는 우스운 생각이 들었다. 조금 뒤면 저자는 길목에 있는 캄캄한 그늘로 들어가 사라져 버릴 수도 있었다. 아, 이제 다 틀렸어. 내가 미쳤다는 생각이 들었다.

나는 공포에 질린 나머지 몇 번이나 스미티를 가지러 달려가려 했다. 하지만 그렇게 하지 않았다. 웰러가 인도 가까이 갔을 때는 정말이지 숨도 제대로 쉴 수 없었다. 나는 그가 갈 줄 알았다. 정말 그렇게 생각했다. 나는 그 순간을 기다렸다. 사람들이 온몸에 힘을 주거나 총을 들고 방아쇠를 당기는 그 순간 말이다. 그들이 그런 짓을 행동에 옮기기 전에 그들의 몸이 먼저 소리 높여 외치는 것 같았다. 오직 웰러만이 그런 시도를 하지 않았다. 그는 정말 가벼운 발걸음으로 인도까지 걸어갔다. 그런 다음 그는 몸을 돌려 룩아웃의 얼굴을 올려다보았다. 평범한 주말 여행객처럼 말이다.

그런 다음 그는 몸을 돌려 나를 보고 고개를 끄덕였다.

그때 경찰차가 지나갔다.

이 주의 경찰이었다. 주의 경찰차는 검은색으로 사이렌도 울리지 않았다. 따라서 이들은 우리가 눈치 채기도 전에 우리를 덮치곤 했다. 나는 웰러에게 너무 집중한 나머지 다른 것은 아무것도 눈에 들어오지 않았다.

그때 두 집 정도 떨어진 곳에 있던 그 차를, 웰러도 나와 같은 순간에 보았다.

끝났어. 아, 빌어먹을.

그러나 총을 가지러 가려던 순간, 나는 아래쪽 길가에서 순식간에 벌어진 일을 보았다. 나는 그 자리에 얼어붙고 말았다.

믿을 수 있겠는가? 웰러는 땅바닥에 엎드려 나무 밑으로 몸을 웅크렸다. 나는 재빨리 문을 닫고 창문을 내다봤다. 경찰차가 멈춰 서서 도로와 내가 있는 집 사이로 난 길에 불빛을 비췄다. 눈부시게 밝은 빛이 아래위로 움직이며 모든 관목과 집의 정면을 훑듯이 비춘 다음 찻길로 내려갔다. 웰러는 몸을 숨기느라 솔잎에 찔린 것 같았다. 그러니까 저자가 저 개자식들로부터 몸을 숨기고 있는 것이었다. 그는 불빛을 피하기 위해 최선을 다했다.

잠시 후에 차가 움직였고 그들은 불빛을 비춰 가며 다음 집을 검사했다. 그러고는 가 버렸다. 나는 줄곧 웰러에게서 시선을 떼지 않았다. 하지만 그는 어리석은 짓은 전혀 하지 않았다. 나는 그가 나무 밑에서 기어 나와 흙을 터는 것을 보았다. 그러더니 그는 집으로 돌아왔다. 친구를 만나러 술집에 가듯 경쾌한 발걸음이었다.

그는 집 안으로 들어와서 머리를 흔들었다. 안도한 듯 약한 한숨을 내쉰 다음 웃기까지 했다. 그러고는 두 손을 내밀었다. 내가 시키지도 않았는데 말이다.

나는 점성이 강한 테이프로 그의 두 손을 묶었다. 그는 의자에 앉아 술잔을 집어 들고 한 모금 마셨다.

그리고 빌어먹게도 나는 하고 싶은 말이 생각났다. 신의 진실에 대해서 말이다. 나는 기분이 좋았다. 아니, 환한 빛 같은 걸 본 느낌까지는 아니었다. 하지만 나는 그동안 내 인생에 등장했던 인간들을 모두 떠올려 보았다. 아버지와 산드라, 토스 그리고 다른 사람들. 나는 그들을 조금도 신뢰하지 않았다. 그들을 끝까지 믿은 적이 단 한 번도 없었다. 그런데 오늘 밤 나는 여기서 누군가를 믿게 되었다. 그것도 낯선 사람이자 내게 해를 가할 수 있는 사람을 말이다. 그것은 상당히 두려우면서도 기분 좋은 일이었다.

이건 사소한 일, 정말 하찮은 일이었다. 하지만 모든 일은 이렇게 시작되는 법이다. 나는 그때 내가 잘못 생각했다는 것을 깨달았다. 이 사람은 보내 줘도 되는 사람이었다. 하지만 여기 더 묶어 둬야 했다. 입을 막은 채로 두었다가 하루나 이틀 후에 그를 보낼 작정이었다. 하지만 그는 동의해 줄 터였다. 나는 그가 그러리라는 것을 알고 있었다. 그의 이름과 주소를 받아 두었다가 내가 그와 가족이 사는 곳을 알고 있다는 사실만 주지시키면 되었다. 하지만 그건 내가 이 사람을 보내야겠다고 생각한 이유의 일부일 뿐이었다. 나머지는 무엇 때문인지 잘 알 수 없었다. 하지만 조금 전에 일어난 알, 그와 나 사이에 있었던 일과 무관하지 않았다.

"기분이 어때요?"

그가 물었다.

본심을 너무 많이 드러낼 필요는 없었다. 그러면 안 되었다. 하지만 나는 나도 모르게 본심을 말하고 말았다.

"그때 다 끝난 줄 알았어. 하지만 당신은 도망가지 않더군."

"당신도 잘했어요, 잭. 또 한잔 합시다."

나는 두 개의 술잔을 가득 채웠다. 그리고 우리는 술잔을 가볍게 부딪쳤다.

"잭, 당신을 위하여. 또 믿음을 위하여."

"믿음을 위하여."

나도 내 잔을 입에 갖다 댔다. 그런데 고개를 숙이는 순간 이상한 기운이 코끝을 스치며 정신이 번쩍 들었다. 그가 날 친 것은 바로 그때였다. 내 얼굴의 정면을 말이다.

그자는 훌륭하게 해냈다. 그 개자식이 말이다. 잔을 낮게 부딪쳐 와서 나는 자동적으로 고개를 숙였다. 그 순간 술이 눈에 들어가고 말았다. 정신이 나갈 정도로 아팠다. 믿어지지 않았다. 나는 통증으로 신음하며 칼을 가지러 갔다. 하지만 너무 늦었다. 그는 모든 것, 내가 할 모든 행동을 정확히 계산해 둔 터였다. 내가 어떻게 움직일지를 말이다. 그는 무릎으로 내 턱을 올려붙여, 내 이

빨을 두어 개 정도 부러뜨렸다. 나는 칼을 빼 보지도 못하고 바닥으로 굴렀다. 그런 후에 그는 내 배 위로 올라탔다. 그의 발을 테이프로 묶지 않았다는 것이 생각났다. 그는 나를 세게 쳤고 나는 뻗고 말았다. 몸이 마비된 것처럼 숨 쉬기도 힘들었다. 게다가 너무 아팠다. 그러나 그가 날 믿지 않았다는 배신감보다 더 고통스럽지는 않았다.

"아니야, 아니야, 아니야. 난 말이야, 당신이 이해하지 못한 모양인데, 당신을 보내 주려고 했어."

내가 숨을 몰아쉬며 말했다.

나는 아무것도 보이지 않았고 아무 소리도 들리지 않았다. 귀에서 윙윙거리는 소리가 너무 크게 났다. 나는 숨을 헐떡였다.

"당신이 몰라서 그래. 몰라서 그런 거야."

제기랄, 통증이 너무 심했다. 너무 아팠다······.

가만히 생각해 보니, 웰러는 손을 묶은 테이프를 이로 떼어 낸 모양이었다. 날 넘어뜨린 걸 보니 말이다. 나는 그가 내 두 손을 테이프로 붙이고, 나를 끌고 의자로 가서 두 다리도 테이프로 붙이는 것을 느꼈다. 그는 물을 받아 내 눈에서 위스키가 씻겨 나가도록 내 얼굴에 뿌렸다.

그는 내가 앉아 있는 의자 앞에 앉았다. 그리고 내가 호흡을 가다듬는 동안 나를 응시했다. 그가 자신의 잔을 들고 스카치를 따랐다. 나는 그가 내 얼굴에 그것을 또 뿌리는 줄 알고 움찔했다. 그러나 그는 자리에 앉아 술을 마시며 나를 쳐다볼 뿐이었다.

"당신······ 난 당신을 보내 주려고 했어. 정말 그랬다고."

"알아."

그가 대답했다. 여전히 침착한 음성이었다.

"안다고?"

"네 얼굴을 보고 알았어. 나는 이십오 년 동안 세일즈맨을 한 사람이야, 기억 나? 계약이 성사되는 순간 난 그걸 알았어."

나는 힘이 꽤 센 편에 속한다. 특히 화가 날 때는 더욱 그렇다. 그래서 나는 테이프를 끊어 보려고 무진 애를 썼다. 하지만 소용 없었다.

"개 같은 자식! 날 배신하지 않겠다고 했잖아. 믿음에 대해 빌어먹을 소리를 지껄이더니……."

내가 소리쳤다.

"쉬이……."

웰러가 속삭였다. 그는 다리를 꼬고 의자 깊숙이 앉아 있었다. 너무 편해 보였다. 그가 나를 아래위로 훑어봤다.

"네 친구 놈이 그 드러그스토어에서 뒤쪽에 있던 사람을 쐈지. 계산대에 있던 손님 말이야."

나는 천천히 고개를 끄덕였다.

"그 사람은 내 친구야. 나와 아내는 그 친구 집에서 이번 주말을 보내고 있었어. 아이들과 함께 말이야."

나는 말없이 그를 쳐다봤다. 친구라니? 무슨 말을 하는 걸까?

"몰랐어……."

"조용히 해. 알고 지낸 지 꽤 된 친구지. 게리는 나와 제일 친한 친구였어."

그가 정말 낮은 음성으로 말했다.

"난 아무도 죽이고 싶지 않았어. 난……."

"하지만 누군가 죽었어. 그리고 그건 네 잘못이야."

"토스가……."

"네 잘못이야."

그가 속삭였다.

"좋아. 넌 날 속였어. 경찰을 불러. 이제 일을 마무리해야지, 이 개 같은 거짓말쟁이야."

"제대로 이해하지 못하는군. 안 그래?"

그가 고개를 저었다. 저자는 왜 저토록 침착한 걸까? 그는 손을 떨지도 않았다. 그리고 안절부절못하며 사방을 둘러보지도 않았다. 그 비슷한 행동도 하지 않았다.

"내가 널 신고하려면 몇 분 전에 그 경찰차를 세우기만 하면 됐어. 하지만 난 그런 짓은 하지 않겠다고 말했지. 그런 짓은 하지 않아. 그리고 경찰한테 네 이야기를 하지 않겠다는 말도 했어. 정말로 하지 않을 거야."

그가 말했다.

"그렇다면 원하는 게 뭐야? 말해 봐."

내가 테이프를 끊으려 안간힘을 쓰며 소리쳤다. 그러자 그가 탁소리를 내며 내 버크 칼을 폈고 그 순간 나는 그자에게 한 말이 생각났다.

오, 이봐, 안 돼……. 오, 안 된다고.

그래, 눈을 멀게 하려는 거야. 나는 생각했다. 그건 내가 생각할 수 있는 최악의 일이었다.

"뭘 하려는 거야?"

"뭘 할 거냐고, 잭?"

웰러가 말했다. 그는 버크 칼로 자신의 손목에 남은 테이프 조각을 잘라 낸 뒤에 나를 쳐다보았다.

"말해 주지. 난 네가 날 죽여서는 안 된다는 걸 입증하기 위해 이 좋은 밤 시간을 한참 보냈어. 이제……."

"뭐야, 대체, 뭐냐고?"

"이제 네가 날 죽여야 했다는 걸 증명하기 위해 이 좋은 밤 시간을 보내도록 하지."

웰러는 자신의 스카치를 정말로 느릿느릿 마신 후에 자리에서 일어났다. 그리고 그 묘하고도 흐릿한 미소를 흘리며 나를 향해 다가왔다.

그 여자는 죽었어
The wench is Dead

프레드릭 브라운 _ Fredric Brown

　　고 프레드릭 브라운(1906~1972)의 작품에는 고독한 인물이 많이 등장한다.
오늘날 그는 의외의 결말을 맺는, 신랄하고 비틀린 단편의 대가로 유명하다. 하지만 그의
최고 명작인 「전설적인 술집(*The Fabulous Clipjoint*)」, 「미미의 비명(*The Screaming
Mimi*)」, 「먼 울음소리(*The Far Cry*)」, 「노크, 하나-둘-셋(*Knock One-two-three*)」 등은 모두
일종의 상실과 그것 때문에 망가지는 주인공(또는 주인공의 상대역)을 묘사하고 있다. 브라
운은 영웅적인 자질이 결여된 주인공답지 않은 주인공을 주저 없이 그리고 있다. 여기에서
소개하는 단편은 나중에 같은 제목의 다른 소설로 확대 개작되었는데, 언론에서는 이 두 번
째 출간에 더 열광적인 반응을 보였다. 찰스 윌포드의 초기 작이나 조지 오웰의 「파리와 런
던의 떠돌이들(*Down and Out in Paris and London*)」을 생각해 보면 사회에 대한 브라운의
묘사를 충분히 이해할 수 있다. 많은 비트족이 실제로 이렇게 살 것이라고 생각하는 사람도
있다.

1

포도주에 취했다 깨어나 보니, 눈앞이 흐릿하고 정신이 멍해 사방이 뿌옇게 보였다. 이런, 백포도주 1.5리터를 마신 기억은 나는데 좀 더 마셨는지 더 많이 마셨는지 잘 모르겠다. 그쯤에서 기억이 끊겨 더 이상은 생각이 나질 않았다. 나는 간이 침대 위를 굴렀다. 그래야 더러운 유리창 너머로 길 건너 전당포에 걸려 있는 시계를 볼 수 있다.

시계는 10시를 가리키고 있었다.

일어나, 하워드 페리. 나는 이렇게 중얼거렸다. 일어나, 이 비렁뱅이 학사 놈아, 일어나서 하루를 시작하라고. 직장에서 쫓겨 나고 싶지 않으면 자리를 박차고 일어나서 몸을 놀려. 계속 술을 마시고 밥을 먹고 나의 사랑스러운 빌리가 손님을 받지 않을 때 그녀와 잠을 잘 수 있게 해주는 그 중요한 직장 말이야. 그게 바로 네 인생이야, 이 비렁뱅이 학사 놈아. 한동안 그렇게 살아야 한다고. 그런 거야, 이게 진짜 삶이야. 포도주 중독자는 이렇게 늦은 하루를 맞는 거야. 넌 아직 배우고 있다고, 이 자식아.

한쪽 양말을 신고 다른 쪽 양말도 신고 바지와 셔츠를 입고 구두를 신고 그 지옥 같은 버크 씨네 식당으로 가서 설거지를 한다. 한 시간에 75센트의 임금으로 수천 개의 그릇을 닦고 내키는 대로 하루 한두 끼의 식사를 한다.

이런, 내가 정말 그런 삶을 살았단 말인가? 아니, 석 달 동안은 아니었어. 평생 술을 마시긴 했지만 이 정도는 아니었어. 술 마시는 걸 좋아하긴 했지만 늘 적당한 선을 지켰고, 그래서 술기운을 조절할 수 있었지. 이건 잠시 동안만이야.

게다가 몇 주만 더 견디면 돼. 몇 주 후에는 시카고, 아버지 투자 회사의 내 자리로 돌아가서 다시 하얀색 와이셔츠를 입을 거야. 그리고 비렁뱅이 학사가 아니라 사회학 학사가 되는 거지. 그 학위란 게 지금은 우스운 짓거리가 되어 버렸지만 석 달 전에는 의미가 있었다고. 하지만 그건 시카고에서였고 여긴 로스앤젤레스야. 그리고 그건 이제 비렁뱅이를 뜻한다고. 떠돌기 시작한 뒤로 그런 뜻이 되어 버렸어.

인생이 이렇게 풀릴 수도 있다는 게 우스워. 훌륭한 가정에서 태어나 고등 교육을 받은 사람이 갑자기 뭐라 말할 수 없는 이유로 떠돌이 생활을 시작하다니. 가정과 직장에 흥미를 잃고 어느 날 태평양 연안 지역을 향해 떠나는 자신을 발견하게 되다니.

어느 날 넌 자리에 앉아서 도대체 어떻게 된 거냐고 자문하겠지. 하지만 대답할 수 없어. 사소한 핑계는 많이 댈 수 있지만 분명 결정적인 대답은 아니야. 다음에 마실 달콤한 포도주는 어디서 구해야 할지 걱정하는 게 더 쉽지.

그리고 바로 그때 넌 사회학 학사가 비렁뱅이 학사가 되어 버렸음을 깨닫는 거야.

나에게 로스앤젤레스는 인생의 종착역이나 다름없어. 나는 버크 씨네 식당 창문에 붙은 "설거지할 사람 구함"이라는 종이를 보고 불현듯 내가 할 일이 무엇인지 깨달았어. 접시 닦아 번 돈으로 시카고와 가족 그리고 고상한 생활로 돌아갈 버스비를 마련하려면 오랜 시간이 걸리겠지, 하지만 문제는 그게 아니야. 중요한 것은 그릇 수십만 개를 닦으면 시카고 행 버스표가 생긴다는 거야.

하지만 아무리 접시를 닦아도 버스표를 사긴 힘들어. 포도주는 싸지만 공짜로 주진 않으니까. 나는 그 일을 시작한 이래로 열심히 접시를 닦아 한 시간에 75센트의 임금으로 하루 일곱 시간씩 일했어. 그것으로 넉넉히 포도주를 마시고 이 더럽고 지저분하며 손바닥만 한 방의 방세를 냈지.

난 여기서 이렇게 살고 있어, 아직도 버스표를 생각하며, 로스앤젤레스 동쪽 5번가에서 몹시 가난하게 말이야. 예전에는 로스앤젤레스 중심지가 환락가였고 그래서 난 화물 열차에서 내려 그곳으로 갔지. 하지만 이제 제일 형편없는 구역, 진짜 빈민굴은 중심가에서 동쪽으로 몇 블록 떨어진 5번가에 있어. 가장 비참한 구역, 제일 싼 방. 내가 찾는 건 바로 그런 거였어.

물론 5번가의 기준에 의하면 나는 안정된 직장에 다니는 못난 놈에 속해. 하지만 남의 집 문간에서 자는 건 너무 괴로웠고 내가 구걸할 위인은 못 된다는 사실을 즉시 깨달았어. 요령이 너무 없었지.

나는 금 간 세면대에 물을 받아서 얼굴을 씻었다. 까칠까칠한 감촉으로 볼 때 면도를 하지 않고 하루 정도는 더 버틸 수 있을 것 같았다. 아니, 빌리와 자게 된다면 저녁에 깨끗이 면도를 할 수도 있었다.

찬물로 세수를 하니 정신이 좀 들었다. 하지만 컨디션은 여전히 엉망이었다. 방구석에는 빈 포도주 병이 잔뜩 쌓여 있었다. 그 병을 하나하나 확인했지만 포도주는 한 방울도 남아 있지 않았다. 내 주머니도 마찬가지였다. 감사하게도 담배 잎과 담배 마는 종이는 남아 있었다. 나는 담배를 직접 말아서 피웠다.

그러나 하루를 시작하려면 술이 필요했다.

빈털터리로 잠에서 깨어난 포도주 중독자가(한 푼이라도 지닌 채 깨어나는 날이 얼마나 될까?) 포도주를 마시려면 어떻게 해야 할까? 나는 몇 가지 방법을 찾아냈다. 지금 당장 할 수 있는 가장 쉬운 방법은 빌리를 찾아가서 포도주를 달라고 하는 거였다. 물론 빌리가 잠에서 깨어 혼자 있을 경우에 한해서 말이다.

나는 길을 건너 나의 사랑스러운 빌리가 방을 얻어 살고 있는 건물로 갔다. 아직은 어느 정도 새 건물로 상당히 좋은 방이었지만 빌리는 그 때문에 나보다 훨씬 많은 돈을 지불했다.

그녀의 방문을 내가 살짝 두드렸다. 그건 우리의 암호였다. 그녀가 자고 있다면 반응하지 못할 터였고, 혼자가 아니라면 응답을 하지 않을 터였다.

하지만 빌리는 큰 소리로 대답했다.

"안 잠겼어. 들어와. 안녕, 교수님."

빌리는 방 안으로 들어선 내게 이렇게 인사했다.

빌리는 가끔 농담조로 나를 '교수님'이라고 불렀다. 그것은 내 말투 때문일 것이다. 나도 처음에는 사는 곳에 걸맞게 빈민들의 말투와 틀린 문법을 구사하려 노력했다. 하지만 너무 힘들어서 집어치운 터였다. 게다가 나는 5번가에도 상당히 훌륭한 문법을 구사하는 사람이 많다는 사실을 알게 되었다. 한때 신문 기자였던 주민도 있고 시를 썼던 사람도 있다. 내가 아는 어떤 사람은 성직을 빼앗긴 성직자이다.

"안녕, 나의 사랑스러운 빌리."

내가 말했다.

"방금 일어났어, 하위. 몇 시야?"

"10시 조금 지났어. 술 좀 없어?"

"이런, 겨우 10시야? 그럼 일곱 시간 잔 거네. 마이크네 술집이 2시에 문을 닫고 나서 어떤 놈이 여기 왔었어. 하지만 오래 있진 않았지."

빌리는 침대에서 일어나 앉아 몸을 쭉 폈다. 그러자 이불이 떨어져 내리며 벌거벗은 그녀의 알몸이 드러났다. 자몽 절반만 한 크기와 모양에 탄탄하고 아름다운 유방이었다. 팔과 어깨선도 근사했으며 얼굴도 예뻤다. 그녀가 머리를 흔들자 어깨 길이인 매끄러운 흑발이 쏟아져 내렸다. 스물다섯이라고, 그녀는 언젠가 내게 말한 적이 있다. 난 그녀의 말을 믿지만 몇 살 더 줄여 말했어도 믿을 법했다. 화장을 하지 않은 데다 잠에서 막 깬 그녀의 눈은 약간 부어 있었다. 부업으로 매춘을 하고 술을 많이 마시며 술집의 여 종업원으로 3년을 보낸 여자 같지 않은 얼굴이었다. 그녀는 보석 세공인 밑에서 일하는 남자와 결혼한 적이 있다. 그러나 그는 어느 날 사장이 사다 놓은 보석을 잔뜩 챙겨 어딘가로 떠나 버렸다. 그래서 빌리는 엄청난 빚과 함께 곤경에 처했다.

빌헬미나 키더, 사랑스러운 빌리, 나의 빌리. 돈만 내보이면 모든 남자의 빌리가 되지만 그녀를 좋아하면서도 이상하게 그런 것이 거슬리지 않았다. 아마도 한 달 전 그녀를 처음 만났을 때부터 이미 그런 상태였기 때문인 것 같다. 그녀가 어떤 사람인지 아는 상태에서 사랑하게 되었는데 왜 그런 일로 괴로워하겠는가? 그녀가 날 어떻게 생각하는지는 알 수 없지만 개의치 않았다.

"마실 것 좀 없냐고."

내가 말했다.

빌리는 미소를 짓고는 이불을 차낸 다음 침대에서 내려와 벌거벗은 채로 나를 지나 벽장으로 가운을 가지러 갔다. 나는 그녀를 안고 싶었지만 그렇게 하지 않았다. 이제 나는 나의 사랑스러운 빌리가 이른 아침에는 절대로 사랑을 나누지 않으며 정오가 되기 전에 수작 거는 걸 싫어한다는 사실을 알게 되었다.

그녀는 누비 가운을 걸친 다음 좁다란 간이 부엌을 가린 휘장 뒤의 소형 냉장고를 향해 맨발로 걸어갔다. 그녀가 냉장고 문을 열더니 이렇게 말했다.

"이런, 빌어먹을."

"왜 그래? 술이 없어?"

내가 물었다.

빌리가 휘장을 치켜들자 바닥에 맨해튼이 1센티미터 정도 깔린 술병이 나왔다. 빌리가 유일하게 마시는 술이 바로 맨해튼이었다.

"거의 다 떨어졌네. 자기가 위층으로 올라가서 메이미한테 있는지 좀 알아볼래? 메이미네 집에는 늘 술이 있거든."

메이미는 마이크 캐러스가 운영하는 '베스트 찬스'라는 무허가 술집 바에서 일하는 체격이 큰 금발 머리 여자로 빌리도 같은 곳에서 여 종업원으로 일하고 있다. 메이미는 억센 여자였다.

"지금 자고 있다면 자기를 깨웠다고 날 죽이려 들걸. 가게로 가는 건 어때?"

"지금은 깨어 있을 거야. 어젯밤 일이 일찍 끝났거든. 가게에서 사면 술이 차갑지 않잖아. 잠깐, 내가 전화해 볼게. 그러면 자고 있다 해도 자기가 아니라 내가 깨운 게 되니까."

빌리가 전화를 걸더니 고개를 끄덕였다.

"됐어, 내 사랑. 가득 찬 술 한 병을 빌려 주겠대. 얼른 가 봐."

나는 2층 뒤편에서 3층 앞쪽까지 단숨에 달렸다. 메이미의 방문은 열려 있었다. 그녀는 복도에 나와 우유 배달원에게 돈을 주고 그가 영수증을 다 쓰기를 기다리고 있었다.

"들어가서 가져가."

메이미가 말했다. 나는 방 안으로 들어가서 속을 두툼하게 넣은 메이미한테 어울리게 생긴 의자에 앉았다. 나는 쿠션 가장자리를 따라 손가락을 훑어 내려갔다. 메이미의 남자 친구 중 누군가가 주머니에 잔돈을 잔뜩 넣고 그곳에 앉아 있었는지 몰랐다. 두툼한 의자나 소파에 한번 앉는 것만으로 얼마나 많은 잔돈을 건질 수 있는지 놀라울 정도였다. 이번에는 잔돈은 없고 싸구려 잡화점에서 팔 것 같은 만년필 하나가 나왔다. 메이미가 막 문을 닫고 들어오기에 내가 그것을 들어 보였다.

"의자에서 나왔어. 메이미, 네 거야?"

"아니야. 네가 가져, 하위. 난 펜 있어."

"네 친구 중에 누군가가 흘리고 간 모양이야."

내가 말했다. 너무 값싼 만년필이라 팔거나 전당포에 잡힐 수도 없었다. 따라서 정직하게 나가는 편이 나았다.

"아니야. 누구 건지 알아. 어젯밤에 그 사람 주머니에 있는 걸 봤거든. 예수라는 사람인데, 그 사람이 갖고 있었어."

"메이미, 신성 모독이야."

그녀가 웃었다.

"그러면 에이수라고 할까. 예수 곤잘레스, 멕시코인이야. 그 사람이 자기 이름을 밝힌 다음부터 그렇게 부른 거라고. 그런데 그 자는 뜨거운 난로 위로 올라간 고양이 같은 놈이었어!"

메이미는 내 곁을 지나 냉장고 쪽으로 가면서 말을 계속했다.

"그 남자는 들어와서 불을 켜지 말라고 하고는 발바닥이 뜨거운지 안절부절못하며 앞 창문 밖을 한참 내다봤어. 그러더니 소방 대피로가 있는 옆 창문도 내다보더라고. 커튼을 몽땅 내리고 나서야 불을 켜도 좋다고 하지 뭐야."

냉장고 문이 닫혔고 메이미가 술병을 들고 돌아왔다.

"웃기는 놈이야. 그 남자가 막 외투를 벗어서 그 의자 위로 던졌을 때 문을 두드리는 소리가 났어. 그러자 외투를 다시 움켜쥐고 옆 창문을 통해 소방 대피로로 줄행랑을 쳤다고. 공중제비라도 돌았을걸? 노크를 한 사람은 옆방에서 담배를 빌리러 온 딕시였는데 말이야. 혹시라도 예수를 다시 만나면 헛수고했다고, 신경과민도 병이라고 말해 줄 참이야. 그 남자 펜은 가져. 여기서 마실 테야?"

"너도 나랑 같이 한잔 한다면."

"난 안 마셔, 하위. 친구나 손님들 때문에 놔두는 것뿐이야. 빌리한테 이런 술 한 병 더 갚을 게 있다고 전해 줘. 내 친구 하나가 빌리처럼 맨해튼을 좋아하거든."

빌리의 방으로 돌아와 보니 그녀는 가운 대신 옷이라고 할 수도 없는 옷을 입고 있었다. 그녀는 몸에 딱 달라붙는 비키니 수영복

차림이었다. 나의 사랑스러운 빌리가 발끝으로 빙 돌아보였다.

"마음에 들어, 하위? 어제 산 거야."

"근사해. 하지만 난 벗은 게 더 좋아."

"자 한잔 하자고. 난 딱 한 잔만 얼른 마실래."

"딱 한 번만 얼른 하자는 거지."

빌리는 원피스를 꺼내 머리 위로 둘러서서 입기 시작했다.

"교수님이 그런 식으로 생각하시면 내 보배를 가리겠어요. 어, 이것 참 좋은 말이네. 이제 나도 자기처럼 수준 있는 말을 하게 됐어."

나는 두 사람의 술잔을 채운 다음 자리에 앉았다. 빌리는 샌들을 신고 옷을 다 입은 채였다.

"빌리, 넌 원래 고상한 말을 많이 써. 근데 내가 잘못됐나 봐. 옷 밑에는 수영복이 아니라 속옷을 입어야 하는 거 아니야? 아니면 내가 시대에 뒤진 건가?"

"오늘 해변에 갈 거야, 하위. 햇볕 좀 쬘려구. 물에는 안 들어갈 거니까, 옷 안에 수영복을 입고 가면 옷을 갈아입는 수고는 하지 않아도 되잖아? 일을 하루 쉬고 같이 가는 게 어때?"

"난 무일푼이야. 버크 사장님이 한 마디 하신 게 있는데 그건 바로 돈을 매일 주겠다는 거였어. 그렇지 않으면 술을 못 먹는 날이 꽤 있었을 거야."

"거기서 얼마나 벌어? 5달러? 내가 5달러 빌려 줄게."

"그런 말은 하지도 마. 너한테 술을 빌리고 술보다 더 중요한 것도 빌리지만 돈을 빌리는 건…… 난……."

나는 말을 멈추고 빌리에게서 돈을 빌리는 게 나에게 어떤 일일지, 내가 여태까지 어떻게 살아왔는지 생각해 보았다. 결국 시카고로 돌아가면 언제든 그녀의 돈을 갚을 수 있었다. 그렇다면 돈을 빌리지 못하는 이유가 뭐란 말인가? 굳이 말하자면 '영예'(명예로움과 영예(Honor)라는 이름을 가진 여자의 이중적인 의미를 지닌다.—옮긴이) 때문이겠지. 우습게 들릴지 모르지만 하고 내가 조그맣게 되뇌었다.

"내가 영예롭지 못하면, 그대도 사랑할 수 없도다."

"하위, 자긴 웃기는 남자야. 무슨 말인지 모르겠어."

나는 갑자기 말머리를 돌리고 싶어졌다.

"빌리, 그런데 메이미는 왜 술을 안 마시는 거지?"

"마약 중독자들이 술을 좋아하지 않는다는 걸 모른단 말이야?"

"물론 알고 있지. 하지만 메이미는 아닌 줄 알았어."

"헤로인 중독자야. 그런데 그렇게 안 보이지?"

"한눈에 알아볼 만큼 마약 중독자에 대해 잘 알진 못해. 확실히 아는 사람은 버크 씨네 식당에서 일하는 요리사 정도야."

"자긴 할 생각도 하지 마, 하위. 나쁜 거야. 나도 옛날에 어떤 건지 궁금해서 가끔 마약을 했는데 이제 절대 안 해. 너무 쉽게 빠져 들게 돼. 그러면 하위, 인생이 힘들어져."

"당신의 지혜로운 말을 귀담아 듣고 꼭 지키겠나이다. 그런데 말이지……."

나는 이렇게 말하며 술을 또 한 잔 따랐다.

2

나는 5번가에서 한 블록 떨어진 중심가에 있는 식당으로 갔다. 11시 15분이니 겨우 15분 늦은 셈이었다. 버크는 화로 앞에 서 있었다. 라몬이 나타나는 정오까지 그가 직접 음식을 만들었다. 그는 얼굴을 돌리고 나를 뚫어질 듯 쳐다보았지만 아무 말도 하지 않았다.

술을 마셔서 기분이 좋아진 나는 곧장 설거지를 하러 뛰어들었다.

하지만 라몬이 들어온 정오 무렵에는 술기운이 거의 떨어진 상태였다. 그는 이마에 새 붕대를 감고 있었다. 또 칼로 베인 모양이었다. 그는 이미 얼굴에 두 군데나 칼로 벤 상처가 있었다. 하나는 뺨에 또 하나는 턱에 말이다. 게다가 그는 기분까지 좋아 보이지 않았다. 그래서 나는 그의 눈앞에서 멀어지기로 했다. 라몬은 마약을 맞을 때가 되면 추잡하게 굴었고 지금 그런 상태인 게 분명했다. 그는 커다란 원숭이를 기를 것처럼 생겼고 실제로 원숭이를 기르고 있었다. 나는 그가 어떻게 원숭이 먹이를 대는지 궁금할 때가 많았다. 요리사는 식당의 다른 일에 비해 돈을 많이 받는다. 하지만 버크 씨네 식당 같은 데서 일하는 요리사가 헤로인을 하루에 대여섯 대 맞고 원숭이 먹이까지 댈 만큼 돈을 많이 버는 것은 아니었다. 라몬은 멕시코인치고는 키가 컸지만 마른 데다 얼굴도 수척해 보였다. 하얀 이를 드러내며 웃을 때 말고는 추한 얼굴이었다. 하지만 마약 주사를 한 대 맞지 않는 한 오늘 오후 내내 웃지 않을 터였다.

버크는 계산대를 맡으러 앞으로 나갔다. 그는 정오에 손님이 몰려들면 음식 나르는 일도 도왔다. 이제 라몬이 화로 앞에 섰다. 우리는 점심 손님들이 빠져나간 2시경까지 아무 말 없이 일했다.

그때 라몬이 다가왔다. 그는 코를 훌쩍거렸고 눈물을 줄줄 흘렸다.

"하위, 내 부탁 좀 들어줘. 지금 죽겠어, 하위. 빨리 한 대 맞고 올게. 잠깐 나갔다 올게. 십오 분이면 돼."

"그렇게 해. 여긴 내가 맡을게. 뭘 하면 되지?"

"저녁때 낼 햄버거 스테이크 두 개를 준비하고 있어. 한쪽은 익었으니까 다른 쪽을 오 분 더 익히면 돼. 그 위에 뭘 얹는지는 알지."

"그럼. 만일 버크가 들어오면 변소에 갔다고 말할게. 하지만 서둘러야 해."

라몬은 앞치마와 요리사 모자도 벗지 않고 밖으로 달려 나갔다. 나는 시계를 보며 오 분을 기다렸다가 스테이크를 불에서 내린 뒤 고명을 위에 얹어 선반 위에 올려놓았다. 라몬이 아닌 내가 화로 앞에 있다는 것을 버크가 눈치 채지 못하도록 나는 창문에 뒷모습이 보이도록 신경을 썼다. 몇 분 후 여 종업원이 속을 채운 고추요리 두 개를 주문했지만 그 음식은 이미 만들어져 있었으므로 내주기만 하면 됐다.

라몬은 일이 벌어지기 전에 돌아왔다. 그는 딴 사람이 되어 있었다. 마약 주사 기운이 남아 있는 동안은 그런 모습일 터였다. 그가 하얀 이를 드러내며 웃었다. 그러고는 납작한 반 리터짜리 백포도주 병을 내밀었다.

250

"너무너무 고마워, 하위. 이건 선물이야."

"라몬, 넌 신사이자 교양이 있어."

내가 말했다. 그는 화로로 돌아가서 프라이팬에 달라붙은 것을 긁어내기 시작했다. 나는 밖에서 보이지 않게 몸을 굽혀 병뚜껑을 열었다. 그러고는 길게 한 모금 마신 뒤 다른 사람 눈에 띄지 않게 병을 통 밑에 숨겨 두었다.

2시 30분, 삼십 분짜리 내 점심 시간이 돌아왔다. 하지만 배는 고프지 않았다. 나는 백포도주를 한 잔 더 마시고 다시 숨겨 두었다. 백포도주를 바닥낼 수도 있었지만 남은 오후 시간을 잘 보내려면 일이 끝날 때까지 조금씩 나눠 마시는 게 현명할 터였다.

나는 담배를 피워 물고 뒷골목 어귀를 왔다 갔다 했다. 화창하고 아름다운 날씨였다. 나의 사랑스러운 빌리와 해변에 같이 갔더라면 너무 좋았을 거라는 생각이 들었다.

그런데 나의 사랑스러운 빌리는 해변에 가지 않은 모양이었다. 그녀가 골목 어귀에 나타나더니 내게로 왔다. 그녀는 아직 수영복 위로 입은 그 원피스 차림이었지만 해변에 가지 않았다. 그녀가 놀란 듯한 그리고 걱정스러운 듯한 얼굴로 내게 다가왔다.

나는 앞으로 나가 그녀를 맞았다. 빌리가 내 팔을 세게 잡았다.

"하위, 하위, 자기가 메이미를 죽였어?"

"내가…… 뭘 어쨌다고?"

나를 바라보는 빌리의 눈이 커졌다.

"하위, 자기가 그랬다 해도 괜찮아. 내가 도와줄게, 자기에게 도망칠 돈을 줄게. 근데……."

"잠깐, 잠깐, 빌리. 난 메이미를 죽이지 않았어. 그 여자를 강간

하지도 않았고. 내가 나올 때 그 여잔 말짱했어. 무슨 일이야? 무슨 꿈이라도 꿨어?"

"그 애가 죽었어, 하위, 살해됐다고. 그것도 자기가 거기 있을 무렵에 말이야. 사람들이 정오 조금 지나서 그 애를 발견했는데, 두 시간 전쯤에 죽었다는 거야. 어디 가서 한잔 해, 내가 다 이야기해 줄게."

"좋아. 아직 점심 시간이 많이 남았어. 아직 돈은 받지 않았지만 말이야……."

"이리 와, 어서."

뒷골목을 빠져나갈 때 빌리는 지갑에서 지폐 한 장을 꺼내 내 주머니에 쑤셔 넣었다. 우리는 제일 가까운 술집으로 들어가서 다른 사람들에게 들리지 않도록 칸막이가 되어 있는 뒷자리에 앉았다. 빌리가 내 주머니에 넣은 돈은 10달러짜리였다. 여 종업원이 우리가 시킨 술과 잔돈을 가져왔고 나는 잔돈을 빌리 쪽으로 밀어 놓았다. 빌리가 고개를 저으며 잔돈을 내 쪽으로 밀었다.

"일단 쓰고 10달러 갚아, 하위. 이 돈이 필요할지 몰라, 만일의 경우에 말이야."

"알았어, 빌리. 하지만 이 돈은 꼭 갚을게."

내가 말했다. 나는 반드시 돈을 갚을 생각이었다. 하지만 시카고에서 우편으로 부치게 될 터였고 그러면 빌리는 돈을 받고 깜짝 놀랄 게 분명했다.

"이제 말해 봐. 하지만 그렇게 근심 어린 표정은 집어치워. 난 흰 눈만큼이나 결백하다고. 마약을 한 것도 아니고 말이야. 먼저 내 이야기부터 하고 나서 네 이야기를 들을게. 난 11시 20분에 일하러 나왔어. 자기 집에서 곧장 걸어왔지. 그러니까 내가 자기 집에서 나온 지 십 분 후였을 거야. 그리고 가만…… 처음부터 따져보면 난 아침 10시에 자리에서 일어났고 그 뒤로 십 분에서 십오 분도 지나지 않아 자기 방문을 두드렸어. 그리고 또 몇 분 만에 메이미 방으로 올라가서 고작 몇 분 있었을 뿐이야. 그러니까 내가 메이미를 마지막으로 본 건 10시 20분경이었을 거야, 그때까지 메이미에게는 아무 일이 없었어. 이상."

"뭐? 이상이 뭐야?"

"그러니까 내 말이 끝났다고. 자기 집에서 나온 건 11시 10분쯤이었을 거야."

"음, 난 방 정리와 두어 가지 일을 하고 방에서 나왔어. 그 몇 분 전에 정오를 알리는 소리가 들렸으니까, 12시 조금 지난 시간이었을 거야. 난 해변으로 갈 생각이었고 버스 정류장까지 걸어가서 '오션파크'로 가는 산타 모니카 버스를 타려고 했어. 우선 오른쪽 길모퉁이에 있는 잡화점에 들러 커피를 샀지. 그러고는 커피를 식히느라 십 분에서 십오 분 정도 있다가 커피를 마셨어. 거기 있을 때 가까운 곳에 경찰차가 서는 소리가 들렸지만 신경 쓰지 않았어. 경찰이 수시로 들러서 술주정뱅이들을 데려가곤 했으니까.

그런데 거기 서 있을 때 선글라스와 선탠오일을 잊어버리고 안 가져왔다는 생각이 들었어. 그래서 다시 가지러 갔지.

집 안으로 들어서는 순간, 기다리고 있던 경찰이 여기서 사느냐면서 나한테 묻기 시작했어. 내가 메이미를 아는지 그리고 메이미를 마지막으로 본 게 언젠지 하는 질문 말이야."

"메이미한테 전화 걸었던 이야기를 했어?"

"물론 안 했어, 하위. 난 멍청이가 아니니까. 그때쯤 메이미한 테 무슨 일이 일어났다는 직감이 들었고, 경찰한테 내가 전화를 걸었고, 무슨 일이 있었는지 말하면 자기까지 연관이 돼서 자기가 곤란해지겠다는 생각이 들었어. 그래서 자기가 메이미네 집으로 올라간 건 고사하고 내가 자기랑 같이 있었다는 말도 안 했어. 자기 이야기는 처음부터 끝까지 하지 않았다고.

경찰은 사람들을 전부 붙잡고 물어봤어, 하위. 그들이 날 체포하진 않았지만 날 방에 가두고 십오 분 전까지 나한테 이것저것 물어봤다고. 내가 메이미를 안다고 하니까 날 조사한 거야. 그들이 결국 우리가 같은 곳에서 일한다는 사실을 밝혀 낼 테니까 모른 척할 수도 없었어.

물론 경찰은 메이미가 마약 중독자라는 사실도 알고 있었어. 그 애의 팔과 온몸을 검사했으니까. 경찰은 다른 사람들의 팔도 죄다 검사했는데, 천만다행으로 내 팔은 괜찮았지. 나한테는 우리가 일하는 마이크네 술집에 대해 주로 물었어. 경찰은 마이크 캐러스가 밀매자라는 것과 메이미가 함께 일했다는 사실도 알아낸 것 같았어."

"마이크가 그랬어, 빌리?"

"자세히는 몰라. 밀매를 하긴 하는데, 마약은 아닐 거야."

"그렇다면 우리 두 사람은 걱정할 필요 없을 것 같은데. 우리는 잘못한 게…… 맙소사, 이제 생각났다."

"뭔데, 하위?"

"내가 메이미네 방으로 들어가는 걸 본 사람이 있어. 우유 배달원 말이야. 내가 올라갔을 때 메이미가 복도에서 그 사람에게 돈을 주고 있었어. 메이미가 나한테 들어가 있으라고 해서 그렇게 했지, 그 남자를 바로 지나쳐서 말이야."

"하느님 맙소사, 메이미가 들어가 있으라고 할 때 자기 이름을 불렀어, 하위? 경찰이 자기 이름을, 성은 말고 이름이라도 알아내면 어떻게 하지? 자기가 길 바로 건너편에 산다는 것도 말이야……."

나는 곰곰이 생각해 보았다.

"내 이름은 부르지 않은 게 확실할 거야. 빌리. 메이미가 나한테 들어가서 술을 갖고 가라는 말은 했지만 그 말에 하위를 덧붙이지는 않은 것 같아. 어쨌든 경찰은 우유 배달원이 거기 있었다는 사실도 알아내지 못할 거야. 경찰에 자진 출두해서 문제를 만들지도 않을 테고. 메이미는 어떻게 죽었어, 빌리?"

"누군가 칼 이야기를 하던데, 나도 확실한 건 몰라."

"누가 어떻게 해서 메이미를 발견한 거야?"

"나도 몰라. 경찰이 나한테 물어봤지, 내가 경찰한테 물어보진 못했으니까. 신문에 났을 거야."

"좋아. 그렇다면 오늘 저녁까지 기다려 보자고. 오늘 저녁은 어때, 빌리. 그래도 베스트 찬스에 갈 거야?"

"오늘 밤에는 가야지. 그 다음에 만나. 내가 나타나지 않으면 경찰은 내가 왜 안 오는지 어디 있는지 등등 모든 걸 다 궁금해할 거야. 그리고 잘 들어, 아침이든 밤이든 자기도 나타나면 안 돼. 그 건물 가까이 오지 말란 말이야, 하위. 경찰이 그 우유 배달원을 찾아내면 배달원이 자기를 봤다고 말할지도 몰라. 그러니까 그 건물을 지나쳐서 가지 마. 이 구역에 얼씬도 하지 말라고, 자기 방으로 갈 때도 뒷길로 다녀. 그리고 분위기가 가라앉고 자초지종이 밝혀질 때까지 우리도 만나지 않는 게 좋겠어."

나는 한숨을 내쉬었다.

나는 십 분 늦게 식당으로 돌아갔고, 버크가 또 나를 노려보긴 했지만 여전히 아무 말도 하지 않았다. 아직은 내가 비교적 믿을 만한 접시 닦이고 아직 배우는 과정이었다.

나는 남은 백포도주로 기운을 차리고 저녁 담당 접시 닦이인 볼디가 나타나자 마음을 놓았다. 버크가 나에게 그날 일당을 주었다. 그래서 난 다시 부자가 되었다.

3

누군가 나를 흔들어 깨웠다. 세차게 흔들었다. 겨우 눈을 뜨고 보니, 날 쳐다보고 있는 나의 사랑스러운 빌리가 흐릿하게 눈에 들어왔다. 그녀는 잔뜩 겁먹은 표정이었다. 어제 나에게 메이미를 죽였냐고 물어볼 때보다 더 겁에 질려 있었다.

"하위, 일어나."

나는 손바닥만 한 방에 있었고 빌리는 내 간이 침대 옆에 서서 내 위로 몸을 굽히고 있었다. 나는 이불을 덮지 않은 채 신발만 벗었을 뿐 옷을 다 입은 상태였다.

"하위, 잘 들어. 자긴 곤경에 처했어, 내 사랑. 여기서 빠져나가야 해, 내가 들어온 것처럼 뒷길로 말이야. 서둘러."

나는 일어나 앉으며 몇 시냐고 물었다.

"9시밖에 안 됐어, 하위. 하지만 서둘러야 해. 여기, 이게 도움이 될 거야."

빌리가 반 리터짜리 위스키 병의 마개를 돌려서 땄다.

"조금만 마셔. 그러면 잠이 깰 거야."

위스키를 한 모금 마시자 목구멍을 따라 타는 듯한 느낌이 들었다. 속이 아플까 봐 조금 걱정은 되었지만 위스키는 벌써 배 속으로 내려갔고 덕분에 머리가 맑아졌다. 많이는 아니고 조금이지만 말이다.

"무슨 일이야, 빌리?"

"신발 신어. 내가 말해 줄게. 하지만 여기서는 안 돼."

다행히 간편한 신발이어서 신발 신는 데는 시간이 오래 걸리지 않았다. 나는 세면대로 가서 얼굴을 씻었다. 내가 세수를 하고 물기를 닦고 머리를 빗는 동안 빌리는 옷장을 뒤졌다. 침대 위에 수건을 한 장 놓더니 내 모든 짐을 그 위에 쌓았다. 짐 꾸러미는 별로 크지 않았다.

빌리가 내게 짐 꾸러미를 건넸다. 그러고는 짐을 든 나를 복도 쪽으로 밀었다. 다시는 이곳으로 돌아오지 못할 것 같았다. 빌리도 같은 생각인 듯했다.

우리는 뒷골목을 빠져나와 6번가를 지나 남쪽 중심가로 갔다. 칸막이가 쳐진 식당에는 손님이 거의 없었다. 여 종업원이 다가왔다. 나는 블랙커피를, 빌리는 햄과 달걀, 토스트를 시켰다. 여 종업원이 가자 빌리가 탁자 위로 몸을 숙였다.

"저 여자 앞에서 자기랑 말다툼을 하고 싶지 않아서 그랬는데, 하위, 내가 시킨 음식은 자기 몫이야. 전부 먹어야 해. 정신 차려야 한다고."

나는 투덜거렸다. 하지만 지금처럼 완강하게 나오는 나의 사랑스러운 빌리와 말다툼을 하느니 차라리 시킨 음식을 전부 먹는 게 낫다는 생각이 들었다.

"무슨 일이야, 빌리? 도대체 왜 그래?"

"어젯밤 신문 읽었어?"

나는 고개를 저었다. 9시 무렵까지는 신문을 읽지 않았고 그 이후에는 무엇을 했는지 기억이 나질 않았다. 하지만 신문을 읽지 않은 것은 분명하다. 그때 문득 주머니 속에 돈이 남아 있는지, 남았다면 얼마나 있는지 봐야겠다는 생각이 들었다. 잔돈은 한 푼도 없었다. 하지만 다행히 꼬깃꼬깃한 지폐 몇 장이 있었다. 돈을 꺼내 탁자 밑에서 살펴보니 5달러짜리 한 장과 1달러짜리 두 장이었다. 빌리가 내게 준 10달러에서 우리가 마신 술값을 내고 9달러 조금 넘게, 그리고 버크한테서 받은 5달러 조금 안 되는 돈이 있어서 전부 14달러였는데, 7달러를 어디다 쓴 모양이었다. 5번가의 물가로 볼 때 내가 그렇게 많은 포도주와 위스키를 마실 수 없다는 것은 하늘이 알 터였다. 하지만 적어도 사기당한 것 같지는 않았다. 그랬다면 더 끔찍했을 게 분명했다.

"경찰이 우유 배달원을 찾아냈어, 하위. 그것도 즉시 말이야. 그 사람이 메이미에게 영수증을 줬고 메이미가 그걸 문 옆에 있는 작은 탁자 위에 놓았던 모양이야. 그래서 경찰이 우유 배달원이 왔었다는 사실을 알아내고 그 사람을 찾았고, 그 사람은 자기를 보면 알아볼 수 있을 거라고 말했대. 자기가 어떻게 생겼는지도 경찰에 다 말한 모양이야. 이제 정신이 들어, 하위?"

빌리가 다급한 음성으로 설명했다.

"그럼, 지금 말짱해. 경찰이 날 찾으면 어떡하지? 빌어먹을, 난 그 여자를 죽이지 않았다고. 그럴 이유가 뭐가 있어. 경찰도 날 조사해 보면 알 거야."

"하위, 경찰에 걸려서 고생해 본 적 없지? 걸렸다 해도 심각한 일은 아니었을 거야. 아니면 그런 말 못할 테니까. 그 우유 배달원이 자기가 바로 그 시간에 현장에 있었다고만 하면 자긴 그걸로 끝이야. 경찰은 다른 사람을 조사하지도 않을 거라고.

물론, 자기를 조사하긴 하겠지. 주먹질을 하고 고무호스로 물을 뿌리며 심문할 거야. 며칠간 자기를 끝도 없이 두들겨 팬 후에 의자에 앉히고 눈을 감을 때마다 눈에 500와트의 전기를 통하게 할 거야. 아마 자기가 메이미를 죽였다고 시인하고, 어서 일을 끝내고 잠 좀 자야겠다고 생각할 때까지 말이야. 하위, 경찰은 아주 거칠어. 살인 용의자를 지목할 때는 무서워진다고. 이건 살인 사건이야, 하위."

나도 모르게 웃음이 나왔다. 빌리가 하는 말이 우스워서가 아니라 경찰이 나를 죽도록 패서 사실을 알아내든 아니면 내가 죄를 면하기 위해 자초지종을 털어놓든 신문에 날 제목이 생각났기 때문이었다. "시카고 상류층의 자제가 마약 관련 살인범에 기소되다" 시카고 신문은 이 제목을 마음에 들어 할 터였다.

나는 빌리의 마음 아파하는 듯한 표정에 정신을 차렸다.

"미안. 다른 일 때문에 웃은 거야. 계속해 봐."

내가 말했다.

하지만 여 종업원이 다가오자 빌리는 그녀가 갈 때까지 아무 말도 하지 않았다. 빌리는 햄과 달걀 그리고 토스트를 내 앞으로 밀었다.

"먹어."

나는 그녀의 말대로 했다.

"그런데 그걸로 끝이 아니야, 하위. 경찰은 자기를 잡아넣으려고 다른 죄목을 뒤집어씌울 거야. 하위, 경찰이 다른 사람을 찾아내지 못하면 자기를 살인 용의자로 지목할 수도 있다고. 그렇게 하는 건 아주 간단해. 메이미의 방을 수색한 다음 거기서 물건을 몇 개 갖다가 자기가 그걸 갖고 있었거나 자기 방에 있었다고 주장하면 되거든. 그렇지 않다는 걸 자기가 어떻게 증명해 보이겠어? 자기가 경찰에 대항해 본들 무슨 소용이 있겠냐고? 경찰은 자기를 작은 방에 가두고 독가스를 뿜을 수도 있어, 하위. 거기다 다른 일도 생겨."

"그보다 더 끔찍한 일?"

"그게 아니야. 나한테 생기는 일이야, 하위. 틀림없어. 난 위증죄에 걸릴 거고, 그러면 감옥에 오래 있게 돼. 나는 경찰의 조사가 끝난 후에 진술서에 서명을 했어. 그러니까 자기가 메이미를 만나러 위층으로 올라갔던 일을 경찰에 말하면 난 위증죄에 걸리게 돼. 그렇다고 자기가 경찰에 달리 뭐라고 둘러대겠어?"

나는 나이프와 포크를 내려놓고 빌리를 쳐다보았다. 그녀가 지금까지 한 말에 대해서는 사실 별로 걱정이 되지 않았다. 나는 경찰이 결백한 사람에게 살인죄를 뒤집어씌울 수는 없다고 생각했다. 처음부터 자발적으로 솔직히 털어놓지 않으면 경찰에 걸려 고생할 순 있겠지만, 솔직히 털어놓으면 나를 오래 붙잡고 있지는 않을 터였다. 하지만 빌리가 진술서에 서명을 했다면, 그런데 사실은 그와 다르다고 경찰에 말한다면 어떻게 될까. 빌리는 이미 법을 어겼고 경찰은 위증죄로 그녀를 체포할 터였다. 어쩌면 몇 년이 걸릴지도 몰랐다.

"미안, 빌리. 내가 경찰에 사실대로 말하면 네가 관련된다는 걸 몰랐어."

내가 말했다.

"어서 먹어, 하위. 다 먹어야 해. 내 걱정은 하지 마. 어쩌다 보니 말이 나왔을 뿐이야. 나보다는 자기가 훨씬 위험해. 하지만 똑바로 이야기하는 걸 보니 다행이야. 지금은 정말로 정신이 든 것 같아. 자긴 이걸 계속 먹어. 난 자기가 어떤 처지에 있는지 알려 줄게.

먼저 우유 배달원의 진술이 문제야. 키와 몸무게 그리고 나이가 정확하진 않지만 상당히 비슷해. 그리고 그건 자기가 바꿀 수 없는 부분이야. 하지만 옷차림은 바꿀 수 있으니까 새 옷을 사야 해. 빌어먹을, 그놈이 자기 옷차림을 완벽하게 말해 버렸어. 팔꿈치 위를 자른 청색 데님 셔츠에 황갈색 작업복 바지, 갈색 간편화. 그러니까 여기서 나가자마자 우선 옷을 사, 알겠지?"

"알았어. 또 나에 대해서 뭐라고 말했는데?"

"자기 머리가 금발이고 약간 갈색이 난다고 말했어. 수염이 덥수룩했고, 그러니 면도도 바로 해야 한다고. 그리고 자기가 5번가를 맴도는 부랑자, 알코올 중독자 같다고 했어. 이게 다야, 자기를 다시 보면 알아볼 수 있을 것 같다는 말도 했어. 바로 이 대목이 문제야, 하위."

"그래."

"하위, 이곳을 떠나 있을래? 지금 당장은 나한테 돈이 별로 없고, 캐러스의 가게가 심한 감시를 받고 있기 때문에 당분간 돈을 더 구하지는 못할 거야. 하지만 자기가 이곳을 떠난다면 50달러는 빌려 줄 수 있어. 갈 테야?"

"아니, 빌리. 난 이곳을 떠나고 싶지 않아. 너와 함께 가지 않는다면 말이야."

내가 말했다.

하느님 맙소사, 왜 내가 그런 말을 한 걸까? 대체 내가 무슨 생각을 하고 있단 말인가? 내가 빌리를 이곳, 그녀에게 익숙하고 생활비를 벌 수 있는 이곳에서 멀리 데려간다면 어떤 일이 벌어질까? 살인 사건의 참고인 격인 그녀가 지금 사라져 버린다면 빌리는 더 큰 곤경에 처하지 않을까? 게다가 난 시카고로 돌아가고 싶을 때 돌아가서 아버지 회사에서 점잖은 모습으로 다시 일할 수 있었다. 몇 주만 있으면 말이다.

내가 무슨 의도로 그런 말을 했단 말인가? 내가 아무리 빌리를 좋아한다 해도(어쩌면 사랑하는지도 몰랐다.) 그녀를 데리고 갈 순 없었다. 존경받는 투자자의 아내이자 나의 사랑스러운 빌리? 그건 우리 둘 다에게 좋지 않았다. 하지만 그럴 생각이 아니었다면 대체 무슨 의도로 그런 말을 했단 말인가?

하지만 빌리는 고개를 저었다.

"하위, 그건 안 돼. 우리 둘 다에게 좋지 않아, 지금은 아니야. 술을 끊고 잘 생각해 봐. 하지만 난, 난 자기가 그럴 수 없다는 걸 알아. 그건 자기 잘못이 아니야. 아, 지금 이 이야기는 하지 말자

262

고. 어쨌든 자기가 나…… 나 때문에 도망치고 싶지 않다니 반가운걸. 하지만 잘 들어 ……."

"뭔데 그래, 빌리?"

"겉모습을 바꿔야 해. 조금만 말이야. 다른 색깔의 셔츠를 사, 알았지? 바지도 다른 걸로 사고, 신발도 간편화가 아닌 다른 걸로 사라고. 머리도 잘라. 어쨌든 머리를 잘라야 할 테니 짧게 자르는 거야. 그리고 5번가가 아닌 곳에 호텔 방을 잡아. 5번가에서 떨어진 중심가가 좋을 거야. 면도도 해. 우유 배달원이 봤을 때 자기 수염이 짧게 돋아나 있었대. 돈은 얼마나 있어?"

"7달러. 하지만 이거면 될 거야. 새 옷은 필요 없어. 전당포 주인하고 바꾸면 되니까."

"그것보다는 돈이 더 필요할 거야. 자."

20달러였다.

"고마워, 빌리. 30달러 빚졌어."

빌리에게 30달러 빚졌다고? 나는 나의 사랑스러운 빌리에게 돈 아닌 다른 것을 벌써 얼마나 많이 빚졌던가, 돈으로 살 수도 없는 것을 말이다.

"그럼 우린 어떻게 연락하지? 자기 방엔 오지 말라면서. 그럼 오늘 밤에 자기가 나 있는 곳으로 올 거야?"

"글쎄…… 하룻밤 빼먹는다고 경찰이 날 의심하진 않을 거야, 하위, 그러니까 메이미에게 그런 일이 일어난 첫날도 아니니까 말이야. 좋아, 하위. 법원 청사에서 건너편 위쪽 중심가에 있는 '슈박스'라는 곳 알지?"

"알아."

"오늘 밤 8시에 거기서 만나. 그리고 그때까지는 방을 하나 잡아서 그 방에 있어. 그리고 가능하면 술에 취해 있지 마, 하위."

4

나는 두려운 상황에서 술을 마시지 않는 건 그다지 어렵지 않을 거라고 생각했다. 그리고 나는 지금 두려움에 떨고 있었다.

나는 5번가에서 떨어진 중심가에 있었고, 빌리의 말대로 했다. 우선 옷가게에서 황갈색 작업복 셔츠를 사, 입고 있던 청색 셔츠와 바꿔 입었다. 그리고 이발을 가르치는 학원에 찾아가서 50센트 주고 머리카락을 잘랐으며 머리카락을 자르면서 25센트짜리 면도도 했다. 나는 빌리가 하지 못한 좋은 생각도 한 가지 해냈다. 그래서 중고 모자를 사는 데 1달러를 썼다. 나는 원래 모자를 쓰지 않지만 모자를 쓰면 사람이 달라 보이게 마련이었다. 헌 신발을 취급하는 신발 수선점에서는 1달러 50센트에 내가 신던 간편화를 다른 헌 신발과 바꿨다. 바지 걱정은 하지 않기로 했다. 흔한 색이니까 말이다.

나는 신문을 샀다. 빌리가 알려 준 살인 사건에 관한 모든 것을 직접 읽고 싶었다. 게다가 빌리가 말하지 않은 사실도 알 수 있을지 몰랐다. 조금씩 마실 반 리터짜리 포도주도 샀다. 술에 취할 생각은 아니었지만 8시에 있을 나의 사랑스러운 빌리와의 데이트를 기다리기엔 너무 지루할 터였다.

나는 중심가의 모퉁이 인근 마켓 가의 엘리베이터 없는 작은 호텔에 이인용 객실을 빌렸다. 그곳은 저녁 데이트가 있을 장소에서 한 블록도 떨어지지 않은 곳이었다. 물론 빌리의 방으로 갈 수는 없을 테니 빌리가 나와 함께 이곳으로 와야 했다. 하지만 그녀를 데리고 들어올 때 어떤 말썽도 생기지 말아야 했다. 이런 호텔은 문제가 생길 만한 곳은 아니지만 프런트 직원이 우리가 들어오는 걸 보고 예약을 일인용에서 이인용 객실로 바꾸는 것과 같은 사소한 잡음도 일으키고 싶지 않았다. 방값 차이가 50센트 나긴 했지만 말이다.

나는 천천히 포도주를 마시며 신문을 읽었다. 《미러》에 사진과 함께 자세한 내용이 실려 있었다. 메이미의 방에서 찾아낸 것으로 보이는 사진은 적어도 십 년 전의 모습 같았다. 메이미는 십대 후반이나 이십대 초반으로 보였다. 시체를 들어낸 방 내부와 그녀가 일했던 베스트 찬스의 외부 모습도 실려 있었다. 그러나 《미러》에 빌리가 말하지 않은 내용은 단 한 줄도 없었다. 메이미의 이름과 시체가 언제 그리고 어떻게 발견되었는지만 적혀 있었다. 시체가 발견된 시각은 12시 5분으로, 빌리가 그 아래층에 있는 자신의 방에서 나올 무렵이었다. 건물 주인이 그 전날 메이미(메이미 게이너 양, 스물아홉 살)가 불평한, 물이 떨어지는 수도꼭지를 고치러 도구를 들고 들른 것이었다. 그는 오랫동안 문을 두드리다 메이미가 집에 없다고 생각하고는 자신에게 있던 여벌의 열쇠로 직접 문을 열었다. 우유 배달원의 진술과 내 인상착의도 빌리의 말 그대로였다.

나는 초라하고 낡은 카펫이 깔린 작은 방 안을 왔다 갔다 했다. 그 우유 배달원을 만난 것은 순전히 우연이었는데, 인상착의가 실린 것만으로 위험하다고 할 수 있을까? 아니, 분명히 그렇지는 않을 터였다. 꽤 정확하긴 했지만 이 구역에서 그런 인상착의에 해당하는 사람은 상당히 많았다. 따라서 나를 그것과 연관지어 생각하기에는 너무 애매했다. 게다가 이제 옷을 갈아입고 면도를 하고 모자를 쓰고 보니 그 우유 배달원이 밖에서 나를 알아볼 수 있을지 의심스러웠다. 나는 그의 얼굴을 기억하지 못했다. 그런데 그가 어떻게 내 얼굴을 기억한단 말인가? 게다가 빌리를 거치지 않으면 나는 메이미와 아무 관계도 없었다. 내가 메이미를 만났다는 사실을 아는 사람도 빌리뿐이었다. 전에 메이미를 본 것도 두 번뿐이었고, 내가 빌리 방에 있을 때 메이미가 들렀기 때문이다. 한 번은 불과 몇 분 정도 함께 있었고 한 번은 한 시간가량이었다. 그리고 내가 메이미의 방에 올라갔을 때는 빌리가 피울 담배를 빌리러 간 것으로 그때는 상당히 늦은 시각이라 상점과 술집들이 모두 문을 닫은 뒤였다.

그 사실만으로 내가 그 블록에 있는 내 방에서 자취를 감춰야 한단 말인가? 아무것도 문제될 게 없을 터였다. 내일은 일주일치 방세를 내는 날이다. 집주인이 돈을 받으러 왔다가 나와 내 소지품들이 없어진 걸 알게 된다면 다시 방을 내놓을 터였다. 그는 아무 생각도 하지 못할 게 뻔했다. 그가 무슨 생각을 하겠는가?

이제 빌리가 말한 몇 가지 주의 사항을 실천한 만큼 그녀가 사는 건물에 얼씬거리지 않는 한 별다른 문제는 없을 터였다.

그런데 왜 내가 지금 여기에 숨어 있어야 한단 말인가?

포도주는 바닥났고, 난 더 마시고 싶었다. 하지만 아침 이 시간부터 계속 술을 마시면 8시에는 어떤 꼴이 될지 보나마나였다.

하지만 아무것도 하지 않고 계속 방구석에 처박혀 있다가는 미쳐 버릴 것 같았다. 나는 신문을 펴 들고 만화와 몇 가지 다른 기사를 읽었다. 이유는 알 수 없지만 어느 면의 중간쯤에 실린 짤막한 기사 제목이 눈길을 끌었다. "뒷골목에서 살해된 피살자의 신원이 밝혀지다."라는 기사였다.

기사의 제목 아래쪽에 쓰인 이름에 먼저 눈길이 갔기 때문인 것 같았다. 죽은 사람의 이름은 예수 곤잘레스였다. 메이미가 죽기 전날 밤 그녀를 찾아왔던 신경과민한 손님이 바로 예수 곤잘레스 아니었던가.

나는 그 기사를 읽었다. 어제 새벽녘에 한 남자의 시신이 산페드로 가 인근 윈스턴 가의 한 지하실 출입구에서 발견되었다. 그는 곤봉으로 추정되는 둔기로 살해되었다. 처음에 그는 소지품을 모두 도난당해 신원을 알 수 없었다. 이제 신원이 밝혀졌는데, 피살자는 예수 곤잘레스로 멕시코시티에서 온 마흔한 살의 남자이다. 그는 도쿄를 떠나 그 전날 로스앤젤레스에 도착했다. 그의 여권은 그가 묵었던 버렌지아 호텔 방에서 발견되었는데, 그곳에 있던 다른 서류를 통해 그가 누군가와 동업하는 멕시코시티의 예술품 수입업체 일로 동양으로 구매 여행을 떠났었음이 밝혀졌다. 그는 집으로 돌아가는 길에 잠깐 쉬려고 로스앤젤레스에 들른 상태였다.

메이미가 말한 그 예수 곤잘레스일까? 분명 그런 것 같았다. 그녀의 방에서 두 블록 정도 떨어진 곳에서 발견된 데다 그가 문을 두드리는 소리에 놀라 아무 말 없이 소방 대피로로 도망간 다음 날 새벽이니 시간도 일치했다.

하지만 왜 그 사람이 메이미와 놀아나려고 했단 말인가? 버렌지아는 일류 호텔로 주머니가 두둑한 사람만 묵을 수 있는 곳이었다. 반면 메이미는 대단한 여자가 아니었다. 버렌지아에서 호텔 종업원에게 부탁하면 더 나은 여자와 연결이 가능했다.

아니면 메이미가 마약 중독자라는 것과 관계가 있단 말인가? 그가 베스트 찬스에 들렀다가 메이미가 마약하는 걸 눈치 채고 그 때문에 그녀를 선택했을 수도 있지 않은가? 그 자신이 마약 중독자여서 주사를 한 대 맞아야 했는데 로스앤젤레스에는 아는 사람이 없었거나(그가 도쿄에서 막 귀국한 것으로 보아 그럴 것 같았다.) 아니면 마약을 밀수해 갖고 들어와서 팔 사람을 찾고 있었는지도 몰랐다. 마약 중독자를 통하는 것이 마약 판매상을 찾는 가장 간단하면서도 안전한 길이니까 말이다.

물론 이건 엉성한 추측이다. 하지만 말도 안 되게 엉성한 건 아니었다. 게다가 메이미 말로 그 빌어먹을 예수 곤잘레스가 의심스럽게 행동한 데다 무언가를 두려워했다고 하지 않았던가. 그는 누군가 자신을 쫓아오고 있다고, 베스트 찬스에서부터 누군가 자신과 메이미를 미행하고 있다고 생각한 것 같았다. 만일 그가 메이미가 사는 곳에서 겨우 두 블록 떨어진 데서 강도 살해를 당한 예수 곤잘레스와 동일인이라면, 그는 그토록 조심했는데도 죽은 셈이다. 그는 자신을 쫓아오던 사람이 메이미의 방문을 두드렸다고 오해하고 소방 대피로로 달아난 것이었다. 그의 상대가 그 건물 밖에 있다가, 어쩌면 길 건너편에서 지켜보고 있다가 그가 나오는 걸 보았을지 몰랐다. 그리고 윈스턴 가에서 그를 덮친 것이다.

멋진 추론인걸, 이 사회학 석사야 하고 내가 생각했다. 잘하고 있어. 빈민굴의 모든 접시 닦이가 백지 상태에서 범죄를 엮어 낼 수 있는 건 아니야. 천재군. 사회학 석사, 진짜 천재라고.

하지만 시간을 보내려면 뭔가 할 일이 있어야 했다. 벽을 쳐다보며 시카고를 떠나지 말걸 그랬다고 생각하는 것보다 나은 일, 멍하니 후회나 하고 있는 것보다 나은 일 말이다.

좋아, 이제까지 밝혀진 사실로 메이미의 죽음이 그 사건과 어떤 관련이 있는지 따져 보자. 방법은 알 수 없지만 나는 계속 어슬렁거리며 답을 알아내려고 애를 썼다.

나는 메이미가 곤잘레스에 대해 그녀가 아는 한 사실을 말했음을 확신했다. 그렇지 않다면 그런 이야기를 꺼낼 이유가 없었다. 곤잘레스가 메이미를 선택한 궁극적인 목적이 무엇이든 마약을 사는 것이었든 마약을 팔 만한 연줄을 찾는 것이었든, 그는 문을 두드리는 소리가 나기 전까지 메이미에게 아무 말도 하지 않았다. 그렇지 않았다면 그녀가 그렇게 아무렇지도 않게, 아니 우습다는 듯이 그런 말을 하지는 않았을 터였다.

하지만 살인자는 그런 사실을 몰랐을 수도 있었다. 그는 메이미가 공범자가 아니라는 사실을 알지 못했을 수도 있었다. 그자가 찾는 것이 자신이 죽인 사람에게서 나오지 않았다면 벌써 다른 사람에게 넘어갔다고 생각했을 수도 있었다. 그는 왜 같은 날 밤에 메이미의 방을 찾아가지 않았던 걸까? 알 수는 없지만 분명 이유가 있을 터였다. 그가 갔을 때, 메이미가 방문과 소방 대피로로 연결된 창을 잠그고 밖으로 나갔을 수도 있었다. 아니면 그때쯤 다른 남자와 함께 있었을 수도 있었다. 그자가 문을 두드렸다면 메이미는 체인을 건 채로 문을 열고 자신의 상황을 설명했을 터였다. 그러고 보니 메이미의 방문에 체인이 달려 있었던 게 기억났다. 그리고 그날 밤 신경과민한 손님이 떠난 후에 그녀가 무엇을 했는지 묻지 않았다는 생각도 났다.

하지만 곤잘레스가 막 비행기에서 내려 이곳에 처음 온 사람이 었다면 살인자는 어떻게 그가 헤로인(아니면 아편이든 코카인이든)을 갖고 있다는 사실을 안 걸까? 어떤 마약이든 밀수할 만한 가치는 충분했다. 그 살인자가 무언가 알고 있었을지도 몰랐다. 단순한 강도 살해범이었다면 곤잘레스가 돈을 얼마나 갖고 있었든 돌아와서 메이미의 방을 뒤지고 메이미를 죽이지는 않았을 터였다. 범인은 곤잘레스에 대해 무언가를 알고 있었고, 그에 따라 메이미를 공범으로 오해한 듯했다.

나는 그 문제에 대해 몇 분 더 생각해 본 결과 결론을 내렸다. 정답이 아닐지는 모르지만 적어도 말은 되었다. 내가 약간 취하긴 했지만 이 즉석 추론은 어느 정도 일리가 있어 보였다.

메이미는 곤잘레스가 접촉을 시도한 최초의 인물이 아닐 수도 있었다. 그가 다른 마약 중독자에게 접근해 같은 거래를 하려고 했으나 그 여자가 자신의 윗선을 밝히지 않았을 수도 있었다. 여자라고? 여자가 아닐 수도 있지만, 메이미가 여자인 것으로 미루어 그가 비슷한 사람에게 접근했을 것이라는 생각이 들었다. 그는 싸구려 술집 주변을 맴돌다 마약 중독자인 술집 여 종업원을 발견하고는 그 여자를 칸막이 한 좌석으로 데려가서 정보를 캐내려 했을 수도 있었다. 여자는 발뺌이나 거절을 했을 법했다. 그를 잡아둔 채 시간을 끌기 위해 마약 판매상을 알아봐 주는 척 전화를 한두 통 했겠지만, 사실은 남자 친구에게 귀띔했을 수도 있었다. 밖에서 기다리던 여자의 남자 친구가 살인에 필요한 모든 준비를 할 시간은 충분했다. 그리고 곤잘레스에게는 연락이 안 된다고 말하면 되었다.

이때 곤잘레스가 무언가 의심스럽다는 생각을 했다면 그는 메이미와의 두 번째 시도에서는 더욱 몸을 사렸을 터였다. 그는 분명한 핑계를 대고 그녀의 방까지 가서, 두 사람만 있고 아무도 따라오지 않았음을 확인한 후에 말을 꺼내려 한 것 같았다. 베스트 찬스와 메이미의 방 사이에서 그는 자신이 미행당하고 있음을 눈치 챘을지도 몰랐다.

분명해, 모든 게 딱 들어맞는다고. 하지만 그렇다고 한들 무슨 소용이 있지?

분명 논리적이었다. 나는 완벽하고 나무랄 데 없는 그림을 그렸지만 이건 모두 추측이었고, 따라서 경찰에 가서 설명할 만한 내용은 못 되었다. 결국 경찰이 내 말을 믿고 내 추측이 모두 사실로 밝혀진다 해도 당장 나와 나의 사랑스러운 빌리가 숱한 어려움을 겪을 터였다. 이 정도로도 이미 난처할 대로 난처한 상황인데다 빌리와 나의 관계가 언론에 밝혀지고 빌리의 직업까지 알려지면 시카고에 있는 아버지의 고객들이 나에게 재산을 맡기지 않을 게 뻔했다.

내가 그렇게 살았었나? 나는 술이 간절히 마시고 싶은 나머지 마음이 약해져 밑으로 내려가서 또 술을 사올 궁리를 했다. 그런데 왜 안 된단 말인가? 스스로 양을 제한해서 어쨌든 8시 전까지 취하지 않고 정신을 차리고 있으면 될 것 아닌가…….

몇 시나 됐지? 이 빌어먹을 방에 예닐곱 시간 있었던 것처럼 여겨졌지만 나는 11시경에 이 호텔에 들어왔고 열린 창문으로 보이는 지저분한 건물 사이 통로로 밝은 햇살이 쏟아져 내리고 있었다. 이제 겨우 정오밖에 안 됐단 말인가? 나는 프런트로 나가 그곳을 지나면서 벽 위에 걸린 부엌에나 걸려 있음직한 전자시계를 쳐다봤다. 12시 15분이었다.

나는 조금 걷다가 술을 사 가지고 방으로 돌아갈 생각이었다. 먼저 시간을 좀 죽여야 했다. 맙소사, 8시까지 시간을 보내야 하다니. 나는 법원 청사 주변을 맴돌다가 스프링가로 건너갔다. 그곳은 안전할 것 같았다.

제기랄, 어딜 가든 안전하지 않겠어 하고 나는 생각했다. 경찰이 우유 배달원을 그 건물 안이나 인근에 대기시키고 있을 경우를 대비해서 5번가의 그 블록에만 안 가면 되었다. 게다가 다른 옷을 입고 모자까지 썼으니, 우유 배달원도 날 알아보지 못할 터였다. 나는 겁에 질린 빌리 때문에 겁먹었을 뿐이었다. 걱정할 건 아무것도 없었다. 아, 그 블록에서 빠져나오고 입고 있던 옷을 갈아입은 건 잘한 일 같았다. 하지만 버크 씨네 식당 일까지 그만둘 필요는 없었다. 아직 그 일을 할 수 있다면 말이다. 버크 씨네 식당은 안전한 곳이었다. 버크 씨네 식당에서 내가 어디 사는지 아는 사람은 아무도 없었고 내가 방을 얻어 있던 건물에서도 내가 일하는 곳을 아는 사람이 한 명도 없었다.

버크 씨네 식당에 가 보는 게 어떨까 하는 생각이 들었다. 그가 창문에 구인 광고를 내붙였을지 몰랐다. 벌써 한 시간 반이나 늦었지만 아직 내 자리를 대신할 사람이 나타나지 않았다면, 늦은 이유를 설명하고 일을 시작하면 되었다. 나는 접시를 닦는 일에 노련해진 터였다. 나는 버크가 만난 사람들 중 최고의 접시 닦이일 것이고 평균적으로 다른 사람들보다 더 성실히 일해 왔다. 버크가 아직 사람을 구하지 않았다면 틀림없이 그 자리로 돌아갈 수 있을 터였다.

하지만 그렇지 않을 경우에는 어떻게 한담? 그러면 비슷한 류의 다른 일자리를 찾아보거나 아니면 여기 있는 동안 빌리에게서 돈을 타서 써야 할 판이었다. 그런데 빌리에게서 돈을 타서 쓰는 것은 위급한 상황이 아니면 안 될 말이었다. 시카고에 있는 '영예'라는 여인에 대한 기억은 이제 희미해졌다. 하지만 내게는 아직 자존심이 남아 있었다.

나는 중심가를 돌아 버크 씨네 식당으로 갔다. 뒷문으로 가면 내 자리를 다른 사람으로 교체했는지 알아볼 수 있을 터였다. 게다가 버크를 만나러 가기 전에 라몬에게 어떤 상황인지 물어보는 게 좋을 듯했다.

뒷골목으로 난 출입문으로 보니, 내 자리는 비어 있고 접시가 산더미처럼 쌓여 있었다. 라몬은 화로 앞에서 분주히 몸을 놀렸다. 내가 들어서니 라몬이 고개를 돌려 나를 쳐다보며 하얀 이를 드러내 활짝 웃었다.

"하위! 자네가 오다니 정말 다행이야. 접시 닦을 사람이 나타나질 않아서 모두 돌아 버릴 지경이었어."

그의 이마에 있던 반창고는 사라지고 없었다. 그 밑에는 세로로 긁힌 자국 네 개가 약 2센티미터 간격으로 길게 나 있었다.

긁힌 그 자국을 보니 라몬과 그의 원숭이 그리고 메이미와 그녀가 키우는 원숭이 생각이 났다. 그러다 갑자기 이상한 예감이 들었다. 라몬 같은 인간은 마약 주사를 한 대 맞기 위해서라면 무슨 짓이든 할 거라는 생각이었다. 나는 입술을 핥았다. 라몬네 원숭이는 온 힘을 다해 할퀴어도 그의 얼굴에 난 것 같은 상처를 내지 못할 터였다. 그럴 순 없었다. 그 말을 하지는 않았지만 더 이상한 생각이 들었고 순간 내 입이 먼저 이렇게 말하고 말았다.

"메이미 손톱이 아주 날카롭지?"

5

죽음은 갑작스럽게 찾아오기도 한다. 다음 순간에 내가 갑작스럽게 죽는 걸 막아 주는 것은 행운이나 우연일 뿐이다. 나는 라몬처럼 표정이 순식간에 바뀌는 사람은 한 번도 본 적이 없다. 내가 몸을 피하기도 전에 그의 한 손이 내 셔츠의 앞섶을 움켜잡았고, 다른 손은 뒤로 뻗어 고기 자르는 큰 칼을 치켜들었다. 칼 든 손이 내려오기 시작한 상황에서 뒤로 물러서 봤자 그의 칼에 맞기 더 좋은 위치가 될 뿐이었으므로 내가 할 수 있는 일은 한 가지뿐이었다. 나는 앞으로 나아가며 그를 뒤로 밀었다. 그러자 그는 비틀거리며 쓰러졌다. 나는 급히 머리를 피했지만 칼날이 어깨에 닿아 스쳤다고 하기에는 조금 깊이 베었다. 라몬의 머리가 커다란 화로의 날카로운 모서리에 부딪치며 쿵 하는 소리가 났다. 그렇다. 죽음은 갑작스럽게 찾아오기도 한다.

나는 숨을 한번 크게 쉰 뒤 본능적으로 그가 죽었는지 살았는지 살피기 위해 몸을 굽혀 그의 셔츠 안으로 손을 집어넣고 심장이 있는 곳에 갖다 댔다. 심장이 뛰지 않았다.

다른 쪽 창문에서 버크의 외침이 들렸다.

"햄버거 두 개."

나는 급히 그곳을 빠져나왔다. 내가 그곳에 있는 걸 본 사람은 아무도 없었고 앞으로도 누구든 봐서는 안 되었다. 나는 어느 누구의 눈에도 띄지 않고 뒷골목을 빠져나와 중심가로 돌아갔다. 나는 세 블록을 걸은 후에 어느 선술집으로 들어가서 술을 마셨다. 술 한 모금이 정말이지 절실했다. 포도주가 아니라 위스키를 마셔야 했다. 포도주는 진통제 역할은 하지만 이성을 둔하게 만든다. 하지만 위스키는 잠시 동안일망정 의식을 명료하게 해 준다. 나는 위스키를 더블 스트레이트로 주문했다.

나는 반잔을 단숨에 비웠다. 최악의 상황은 이미 지나갔다. 나머지 반잔은 생각하며 천천히 마셨다.

빌어먹을, 하위, 생각을 짜내야 한다고. 나는 이렇게 다짐했다.

나는 곰곰이 따져 보았고 해결책은 한 가지밖에 없었다. 이제 내가 어떻게 해볼 상황이 아니었다. 내가 사회학 학사든 아니든, 두 건 아니 어쩌면 세 건의 살인을 저지르지 않았다는 사실을 납득시키기는 어려울 터였다. 그들은 예수 곤잘레스를 죽인 범인으로도 날 지목할지 몰랐다.

물론, 나는 진실을 알고 있다. 하지만 그걸 입증해 보일 만한 증거가 있는가? 메이미는 죽었으니, 내게 들려준 예수라는 사람에 대한 사소한 에피소드를 다시 말할 리 없었다. 라몬도 죽었으니, 돌아와서 내가 자신을 방어하려다 우발적으로 그를 죽였다는, 달리 입증해 보일 방법이 없는 상황에서 말해 줄 리 만무했다.

엄청난 일이 있었지만 어쨌든 난 아직 멀쩡했다. 시카고로, 점 잖은 생활로 돌아가서 내 이름을 되찾는 수밖에 없었다. 비렁뱅이 학사, 포도주 중독자, 곧 정신병에 걸린 살인자로 의심받을 하워 드 페리가 아니라 사회학 학사 하워드 페리로 말이다. 시카고로 돌아가야 했다. 그것도 화물 열차로는 안 된다. 그렇게 부랑자처 럼 처신했다가는 쉽게 체포될 터였다. 그리고 그때쯤이면 내 인상 착의를 적은 전단이 나붙을지 몰랐다. 너무 위험했다.

게다가 이제 겨우 1시인데 8시까지 기다려야 할 상황이었다. 위 험을 무릅쓰고라도 나의 사랑스러운 빌리와 빨리 만나야 했다. 내 가 그녀의 방으로 갈 수는 없지만 전화는 괜찮을 터였다. 경찰이 그 건물에 사는 모든 사람의 전화를 도청하지는 않을 테니까 말이다.

나는 조심스럽게 그녀의 전화번호를 돌렸다.

"빌리, 나 교수님이야."

내가 말했다. 다른 사람은 알아들을 수 없는 별명이었다.

빌리가 숨을 짧게 몰아쉬는 소리가 들렸다. 그녀는 대단한 일이 벌어지지 않은 한 내가 감히 전화를 걸지 않을 거라는 사실을 알 고 있었다. 하지만 대답하는 그녀의 목소리는 침착했다.

"예, 교수님?"

"일이 좀 생겼어. 8시 약속을 지키기 힘들 것 같아. 대신 지금 만날 수 있을까, 그곳에서 말이야?"

"물론이에요. 바로 갈게요."

수화기를 내려놓는 소리가 들렸다. 빌리는 그곳으로 올 것이었 다. 사랑스러운 빌리, 나의 빌리. 그녀는 그곳에서 먼저 자신을 미

276

행하는 사람이 있는지 확인할 것이다. 그녀는 내가 결국 도망치기로 했음을 눈치 채고 돈을 가져올 것이다. 여자에게 돈을 빌리다니, 빌어먹을, 이번이 마지막이야. 그녀가 지금 빌려 줄 돈에 지난번에 빌린 30달러를 더하고, 내가 그동안 빌려서 피우고 마신 담배와 술까지 갚아야 했다. 하지만 그녀가 내게 베풀어 준 사랑과 믿음은 어떻게 해야 한단 말인가. 그것은 돈으로 갚을 수는 없었다. 한동안은 빌린 돈조차 갚을 수 없을 터였다. 지금 할 수 있는 최선은 그녀에게 솔직히 털어놓는 것, 모조리 털어놓는 것뿐이었다. 빌리도 그 정도는 알았어야 했다. 더 솔직히 말했어야 했는데, 그러지 못한 게 후회되었다.

슈박스는 말 그대로 구두 상자만 한 곳이었다. 이야기를 하기엔 좋지 않았다. 하지만 그곳에서 이야기를 하지는 않을 것이니 상관없었다.

내가 도착한 지 십오 분 만에 빌리가 나타났다. 나는 두 번째 잔을 마시고 있었다. 나는 빌리가 들어오는 것을 보고 맨해튼을 주문했다.

"안녕, 빌리."

내가 말했다.

안녕, 빌리. 잘 있어, 빌리. 오늘, 우리 두 사람은 이렇게 끝나는 거야. 마지막이라고. 내가 이야기를 하면, 모든 것을 털어놓으면, 그녀는 이해해 주리라.

"하위, 자기 돈……."

"돈 있냐고? 물론이지. 자기 건 한 잔만 시켰어."

내가 그녀의 말을 잘랐다. 나는 목소리를 낮췄다. 하지만 의심받을 만큼 낮추진 않았다.

"여기선 안 돼, 빌리. 어서 마시고 나가자고. 내가 길모퉁이 부근에 방을 잡아 놨어. 이인용으로 예약해 놨으니 거기서 이야기를 하는 게 안전할 거야."

바텐더가 맨해튼을 만들어 빌리의 잔에 따랐다. 나는 위스키 잔에 가득 채워 달라고 주문했다. 왜 마시면 안 된단 말인가? 한동안은 이게 마지막 잔이 될 터였다. 지금 여기서 차를 타고 시카고로 돌아간다 해도 적어도 몇 주간은, 술기운에서 벗어나 알코올 중독이 아니라 적당히 마실 수 있게 될 때까지는, 술을 입에 대지 못할 터였다.

우리는 잔을 비우고 밖으로 나왔다. 햇살이 따사로운 오후였다. 길모퉁이에 도착하기 직전에 빌리가 나를 멈춰 세웠다.

"잠깐, 하위."

내가 미처 붙잡기도 전에 그녀는 어느 가게, 술을 파는 가게로 들어갔다. 나는 밖에서 기다렸다. 빌리는 포장된 술병과 종이 상자를 들고 나왔다.

"섞어 놓은 술은 차지 않잖아, 하위. 하지만 이거면 마실 만할 거야. 얼음 조각을 좀 샀으니까. 방에 잔 두 개가 있을까?"

나는 고개를 끄덕였다. 우리는 안으로 들어갔다. 방 안에는 잔 두 개가 있었다. 아직 헤어질 시간은 아니었다. 그러니 마지막 술 한두 잔, 나의 사랑스러운 빌리와 이별의 술 한두 잔을 마시지 않을 수 없었다.

빌리는 커다란 물 잔 두 개에 술을 섞었다. 그리고 얼음 위로 술을 부은 다음 흔들어서 술이 차가워진 후에 얼음을 끄집어냈다.

나는 그동안 이야기를 했다. 나는 빌리에게 시카고와 시카고에서의 내 생활 그리고 가족과 투자 회사에 대해 이야기했다. 그녀가 내게 잔을 건넸다. 빌리가 나지막이 속삭였다.

"계속해, 하위."

나는 이야기를 계속했다. 나는 메이미가 죽기 전날 밤 손님으로 왔던 예수에 대해 한 이야기도 들려주었다. 그리고 《미러》에서 읽은 예수 곤잘레스의 죽음에 관한 기사도 이야기했다. 나는 두 가지를 종합해서 설명했다.

라몬에 대해 그동안 있었던 일과 방금 그를 죽인 이야기를 하는 동안 빌리가 술잔을 다시 채웠다.

"라몬이라면 칼자국이 있는 사람 맞지, 하위?"

나는 고개를 끄덕였다.

"칼자국이 있는 마약 중독자에 요리사 말이지. 그 남자 이름은 모르지만 그 남자가 사귀는 여자는 누군지 알아. 빨간 머리의 마약 중독자로 이름은 베스야. 마이크네 술집에서 한 블록 밑에 사는 베스가 맞는 것 같아. 자기가 추측한 대로 인 것 같아, 하위. 틀림없다고."

빌리가 술을 한 모금 마셨다.

"그래, 하위. 자긴 시카고로 돌아가는 게 좋겠어. 지금 당장 말이야. 가지 않으면 곤경에 처할 거야. 내가 돈을 가져왔어. 60달러야. 내가 쓸 것 조금 빼고 이게 전부야. 하지만 난 또 벌면 되니까. 여기 있어."

빌리가 작게 만 여러 장의 지폐를 내 셔츠 주머니에 찔러 넣었다.

"빌리, 난 네가……."

내가 입을 열었다.

"아무 말도 하지 마, 내 사랑. 자긴 그렇게 하지 못해. 날 데려가는 것 말이야. 난 자기가 거기서 알고 지내는 사람들과 어울리지 않아. 또 자기한테도 부족하고."

"내가 부족해, 빌리. 난 멍청이에다 의욕도 없는 놈이야. 그 판에 박힌 생활로 돌아가면 자유롭지도 않을 거야……."

나는 그 생활에 대해 생각하고 싶지 않았다.

"빌리, 빚진 돈은 갚을게. 앞으로 한두 주 동안은 자기가 그곳에 있을 거라고 생각해도 될까?"

빌리가 한숨을 내쉬었다.

"그럴 거야, 하위. 하지만 내가 영구적인 주소로 사용하는 여동생의 이름과 주소를 알려 줄게. 자기가 돈을 바로 보내지 못할 수도 있으니까 말이야."

"받아 적을게."

내가 말했다. 나는 술병을 쌌던 종이 한 귀퉁이를 찢어 낸 다음 뭔가 적을 것을 찾아 두리번거렸다. 그러다 보니 메이미네 집에서 바지 주머니에 넣은 만년필 생각이 났다. 만년필은 아직 거기 있었다.

나는 만년필 뚜껑을 돌려서 열었다. 뭔가 반짝이는 것이 수도 없이 카펫으로 떨어졌다. 다이아몬드처럼 작고 반짝이는 것이었다. 빌리는 깜짝 놀라 숨을 몰아쉬었다. 그녀가 바닥을 훑어 그것을 집어 들었다. 나는 만년필을 쳐다보았다. 내 손 안에는 펜촉도 없이 속이 빈 만년필이 놓여 있었다. 만년필은 이제 텅 비어 있었다. 그러나 뚜껑에는 아직 무언가가 있었다. 나는 쏟아지지 않게 그것을 잡았다. 나는 만년필 뚜껑을 손에 대고 쏟았다. 그것은 아름답게 커팅된 커다란 다이아몬드 여섯 개였다.

내 추측은 잘못된 것이었다. 곤잘레스가 밀수한 것은 마약이 아니라 다이아몬드였다. 그리고 그는 메이미를 따라 집까지 와서 그것을 안전하게 숨겨 둔 것이었다. 만년필은 그의 외투 주머니에서 떨어진 게 아니라 고의로 그곳에 둔 것이었다.

탁자 위에는 다이아몬드 두 더미가 쌓였고 그것을 하나씩 살펴보는 빌리의 손이 덜덜 떨렸다.

"완벽해."

빌리가 경건한 음성으로 말했다.

"남편한테서 보석에 대해 좀 배웠어, 하위. 이 커다란 다이아몬드 여섯 개는 모두 5캐럿이 넘어 보이고 깊은 커팅에 청백색이야. 게다가 모두 흠이 하나도 없어. 작은 것 열다섯 개도 똑같이 완벽한 데다 모두 3캐럿 가까이 돼. 캐러스가 값을 얼마나 쳐줄까, 하위?"

"캐러스?"

"적어도 1만 5000달러는 줄 거야, 하위. 더 줄지도 몰라. 이건 보통 다이아몬드가 아니라 특별한 거야. 그래, 캐러스 말이야. 내가 예전에 캐러스가 뭔가 밀매를 하는 것 같다고 했을 때는 별로 중요하지 않아서 밝히지 않았는데, 캐러스는 마약 밀매를 한 게 아니었어. 캐러스는 보석을, 보석만 취급해. 곤잘레스는 아마 캐러스에 대한 이야기를 듣고 메이미를 통해 그를 만나려 했던 것 같아."

나는 1만 5000달러와 시카고로 돌아가는 것에 대해 생각해 보았다.

"멕시코야, 하위. 멕시코에서는 왕처럼 살 수 있어, 왕과 왕비처럼 말이야. 이 정도면 오 년은 살 수 있을 거야."

이제 술은 그만 마시고 정신을 차려야 할까?

"하위, 이걸 지금 당장 캐러스한테 팔고 우리 바로 떠날까?"

빌리는 얼굴에 홍조를 띠고 숨을 몰아쉬며 애원하는 눈길로 나를 응시했다.

"좋아."

내가 대답했다.

그녀는 내게 힘껏 입을 맞춘 뒤 다이아몬드를 모아 쥐었다. 빌리는 출입문 손잡이에 한 손을 대고 이렇게 말했다.

"하위, 시카고에서 영예라는 여자를 사랑했단 말은 농담이지? 그러니까 진짜 그런 여자가 있는 거야, 아니면 그냥……."

"농담이었어, 나의 사랑스러운 빌리."

출입문이 닫혔다.

나무 복도 바닥에 부딪치는 빌리의 구둣발 소리가 들렸다. 나는 내 술잔에 술을 가득 따랐다. 얼음 조각으로 술을 차게 할 필요도 없었다. 그래, 한때 시카고에서 영예라는 여자와 알고 지낸 적이 있었지. 하지만…… 그건 다른 세상 이야기고 그 여자는 죽었어.

나는 잔을 비우고 기다렸다.

이십 분 후에 복도에서 빌리가 돌아오는 구둣발 소리가 들려왔다.

원칙의 문제
A Matter of Principal

맥스 앨런 콜린스 _ Max Allan Collins

　　　　하나의 하부 장르 전체를 자신의 것으로 만든 작가는 드물다. 하지만 맥스 앨런 콜린스는 네이트 헬러가 등장하는 역사적인 사립 탐정 소설로 그런 성과를 이루어 냈다. 벅시 시겔에서 어밀리아 에어하트, 알 카포네에서 린드버그에 이르기까지 콜린스는 전 세계 독자에게 기막힌 즐거움을 선사하며 이 시대 최고의 작가가 되었다. 《뉴욕 타임스》가 선정한 베스트셀러 작가인 그는 「딕 트레이시」라는 연재만화와 최소한 네 개의 다른 연재물로 만화계의 신화적인 인물이 되었다. 또한 미스터리 작가로서의 경력을 쌓는 한편 매우 분주한 록앤롤 밴드를 이끌기도 했다. 이것으로도 충분치 않은지 그는 할리우드에서 제작되는 세 영화의 시나리오를 직접 쓰고 제작을 맡기도 했다. 이 중에서 가장 유명한 것은 「엄마와 엄마 2(Mommy and Mommy 2)」, 「엄마의 날(Mommy's Day)」로 두 편 모두 존경받는 비평가 레너드 마틴의 높은 평가를 받았다. 이 두 영화는 가정용 비디오로도 제작되었다.

잠을 이루지 못한 지는 꽤 오래되었다. 아마도 베트남의 포화 소리 때문인 것 같다. 그렇다고 불면증에 걸린 건 아니다. 생계를 위해 남을 죽이는 자는 밤잠을 잘 이루지 못할 거라고 생각할지 모른다. 하지만 그런 일을 하는 인간은 그로 인한 괴로움도 별로 느끼지 못한다.

나도 예외는 아니다. 나는 양심의 가책 때문에 일을 그만둔 게 아니다. 내게 살인 청부 일을 맡긴 사람이 죽었기 때문에 일을 그만두었을 뿐이다. (사실 그 사람은 내가 죽였다. 하지만 이건 다른 이야기이다.) 그 건으로 일하지 않고도 편히 먹고살 만큼 돈을 벌었다. 그래서 일을 그만둔 것뿐이다.

파라다이스 호숫가에 있는 A모양의 작은 시골집은 사생활이 보장될 만큼 외진 곳에 있지만 인근 제네바 호수와 가까워서 때때로 여자 생각이 날 때, 물론 그런 일은 드물긴 해도, 욕구를 충족시킬 수 있었다. 나도 인간이니까 말이다.

이곳에는 식당도 있고 근처에 '윌마스 웰컴 인'이라는 모텔도 있다. 무질서하게 늘어선 이 2층짜리 건물에는 주유소와 수수한 모텔 그리고 편의점이 입주해 있었다. 나는 재미 삼아 그곳을 살까 하는 생각도 했지만 윌마가 죽은 뒤로 그 가능성은 사라져 버렸다. 그래서 요즘 들어 나는 좀 지루해지기 시작했다. 뭐든 할 일이 있어야 했다. 나는 사람들을 영원히 잠재우는 일을 하기 전에 자동차 수리 공장에서 정비공으로 일한 적이 있다. 그래서 모퉁이에 있는 주유소 쪽에 마음이 끌렸다.

어쨌거나 지루해서 좀이 쑤셨다. 결국 지난 며칠 밤은 잠까지 잘 이루지 못했다. 나는 밤새도록 앉아서 위성 텔레비전을 보거나 페이퍼백 서부 소설을 읽었다. 그러고 나면 다음 날은 몸이 너무 무거웠다. 그리고 어쩌다 오후에 잠이 들어 한동안 눈을 붙이기라도 하면 그날 밤은 다시 잠을 아루지 못하는 악순환이 반복되었다.

정말 짜증이 났다.

이런 망할 놈의 습관이 시작된 지 나흘째 되던 날 새벽 3시 30분, 나는 무언가 먹으면 잠을 쉽게 이룰 수 있을 거라는 생각이 들었다. 정크 푸드로 속을 채우면 피가 머리에서 아래쪽으로 쏠려 배가 따뜻해지면서 결국 그 빌어먹을 잠을 잘 수 있게 될지 몰랐다. 일을 그만둔 뒤로, 그리고 겨울이 시작된 뒤로 배가 조금 나온 터라 전에는 시도하지 않던 방법이었다.

여름에는 매일 호수에서 수영을 하거나 다른 운동을 해서 군살이 붙을 겨를이 없었다. 하지만 겨울이 되면서 수염을 기른 데다 배까지 나왔다. 겨울이 되자 살은 찌고 게을러진 데다 이제 그 빌어먹을 잠까지 자지 못하는 상황이었다.

찬장은 텅 비어 있었다. 그래서 나는 두꺼운 겉옷을 걸치고 윌마스 웰컴 인으로 향했다. 이 시간에 문을 연 곳은 편의점과 셀프 주유소밖에 없었다.

점원은 인근 지역인 트윈 호수에서 온 몸집이 크고 피부와 머리칼이 거무스름한 신디라는 여자였다. 신디는 스무 살 남짓 되어 보였지만 밤새도록 일했다. 아무도 그런 여자에게는 욕을 할 수 없었다.

"리안 씨."

내가 들어서자 출입문의 종이 울렸고 신디가 밋밋한 음성으로 인사를 건넸다.

"신디."

나도 인사를 하고 건물 정면과 평행으로 난 세 개의 좁은 통로를 어슬렁거리기 시작했다. 칩류와 크래커 그리고 각종 빵류를 비롯해서 방부제 처리가 된 먹을거리가 예쁘게 포장되어 잔뜩 쌓여 있었다. 하지만 과자류는 입에서 당기지 않았고 이런 한겨울에 아이스크림샌드위치나 아이스케이크 같은 냉동식품을 먹는 것도 웃기는 짓이었다.

나는 승용차라도 고르는 사람처럼 신중하게 보이야르디 주방장표 라자냐 상자를 뚫어지게 쳐다보았다. 그때 출입문의 종이 또 울렸다. 고개를 들어 보니, 얼굴이 얽은 데다 검은 테 안경을 쓴 체격이 큰 남자가(신디가 날씬해 보일 만큼 체격이 큰) 걸어 들어왔다. 안으로 들어서는 순간, 사내의 안경에 김이 뿌옇게 서렸다.

사내는 값비싼 외투 차림이었다. 황갈색 낙타 털로 된 그 외투는 1년간 옷값을 치르고도 아직 빚이 남아 있을 것 같아 보였고, 검은 구두에는 얼음과 눈의 흔적도 없이 반짝반짝 빛났다. 그자의 이름은 해리 뭐시기로, 시카고 출신이었다. 그는 내가 손을 씻기 전에 일을 하다 알게 된 자였다.

나는 등을 돌렸다. 그자가 나를 보게 되면 나는 그를 죽일 수밖에 없었다. 난 지루했지만 그 정도는 아니었다.

예상한 대로 해리는 감자 칩을 향해 돌진했고, 과자가 진열된

곳을 왔다 갔다 했다. 그가 들어온 지 이 분도 채 되지 않아 나는 위험을 무릅쓰고 그를 보았다. 그는 정크 푸드를 한 아름 들고 계산대를 향해 걸어가고 있었다.

"아가씨, 생리대는 어디 있지?"

해리가 과자 더미를 신디 앞에 내려놓으며 물었다. 콧소리가 섞인 고음이었다. 하마 같은 사내가 아기 같은 목소리를 내다니 정말 우스꽝스러웠다.

"코텍스 말씀이세요?"

"아무거나."

"위생용품은 저쪽에 있어요."

나는 갑자기 궁금한 게 생겼다. 나는 해리를 십 년 전쯤에 만났다. 그때 나는 '정장파' 밑에서 일했다. 폭력 조직의 일원이 아니라 엄밀히 말하면 프리랜서였다. 하지만 그들의 돈이라고 해서 뭐가 다를 게 있겠는가. 그 일은 그다지 중요하지 않았다. 하지만 그 지역에서 사는 해리와 그의 파트너 루이스가 다른 사람들에게 우리의 계획을 누설해 일을 망쳐 놓았다. 해리와 루이스는 내게 우호적이지 않았다. 두 사람은 사실 나를 협박했다. 두 사람은 자신들을 볼썽사납게 만들었다며 일이 끝난 후 호텔 방에서 나를 죽도록 팼다.

나는 이들에게 어떠한 복수도 하지 않았다. 나도 가끔 복수를 하긴 한다. 하지만 그럴 만한 가치가 있을 때에만 내 임의대로 한다. 사실 해리와 루이스는 나를 조금 괴롭혔을 뿐이다. 코피를 터뜨리고 자존심에 약간 흠집을 내는 정도였다. 그래서 나는 원한을 품지 않았다. 대단한 원한을 품을 만한 일이 아니었다. 빌어먹을.

해리가 한밤중에 이런 벽지에 있는 편의점에서 코텍스를 사는 이유가 궁금한 건 해리와 루이스가 동성연애자이기 때문이다. 이들은 범죄계의 대마왕이었다. 이들은 쌍을 이루어 폭력을 행사했고 쌍으로 놀아났다.

욕을 하려는 건 아니다. 모두에게는 나름대로 취향이 있는 법이니까. 해리처럼 밥맛 없고 뚱뚱하고 너저분한 인간의 구멍에 밀어넣느니 차라리 내 그것을 잘라 버리는 편이 나았다.

나는 원래 호기심이 많은 사람이다. 그렇다고 남의 일에 참견하거나 꼬치꼬치 캐묻는 부류는 아니다. 하지만 동성연애자가 생리대를 사니 그 이유가 무엇인지 알고 싶었다.

"죄송합니다."

해리가 나를 스쳐 지나가며 말했다.

그는 내 얼굴을 보지 못했다. 보았다 해도 알아보지는 못하겠지만 말이다. 십 년이라는 세월이 지난 데다 수염을 기르고 최근에는 체중이 9킬로그램 가까이 늘어서, 빌어먹을 만큼 변화가 없는 해리처럼 쉽게 알아볼 수도 없을 터였다.

쿠키와 칩류 그리고 생리대를 산더미처럼 쌓은 해리는 이제 우유와 포장된 마카로니와 치즈 그리고 일반 식료품을 샀다. 그는 이것저것 사서 높이 쌓아 올렸다.

이제 이자가 무슨 꿍꿍이인지 짐작이 갔다.

나는 신디에게 퉁명스럽게 눈인사를 했고 신디도 업신여기듯 눈을 깜빡이며 내 인사를 받았다. 나는 밖으로 나가 최근에 산 파란 스포츠형 마쓰다로 갔다. 사륜 구동이나 눈에 덜 띄는 차를 샀더라면 좋았을걸 하고 후회했다. 하지만 하는 수 없었다. 나는 차 안에 앉아 몸을 낮게 웅크렸다. 그러고는 엔진도 켜지 않은 채 추운 밤 차가운 차 안에 들어앉아서 마냥 기다렸다.

해리는 식료품 두 더미를 들고 밖으로 나왔다. 생리대도 저 안에 들어 있겠거니 하고 나는 생각했다. 그는 빌린 갈색 포드 앞자리에 짐을 실었다. 루이스는 없었고 해리 혼자였다.

내 의심은 한층 더 굳어졌다.

나는 그가 탄 차가 도로로 접어들기를, 그자가 길모퉁이를 돌기를 기다렸다가 마쓰다를 출발시켜 미끄러지듯 그를 따라갔다. 그는 좌회전을 해서 트윈 호와 제네바 호 쪽으로 차를 몰았다. 추측이 맞아떨어졌다. 이런 곳에 나타날 인간이 아니었다. 해리는 인적이 드문 곳에 숨어 사는 게 틀림없었다.

해리가 무슨 꿍꿍이인지 짐작이 갔다. 그는 스키를 타러 여기온 게 아니었다. 그 뚱보는 스키를 탈 수도 없었다. 그렇다고 얼음낚시를 즐기러 온 것도 아니었다. 해리 같은 도시 사내는 비수기에 이런 관광지에서 할 일이 하나도 없다. 해리는 잠복해 있거나은신중일 터였다.

그러기에 이곳만 한 곳도 없다.

해리가 생리대만 사지 않았다면 말이다.

그는 곁길로 접어들었다. 길 끝은 파라다이스 호수로 울창한 삼림 지대였다. 좋아. 아주 잘됐어.

나는 계속 차를 몰았다. 1.5킬로미터 정도 더 달리자 어느 농가의 자갈길이 나타났다. 나는 전조등을 끄고 뒤로 갔다. 나는 곁길입구에서부터 속도를 줄인 상태였다. 해리가 탄 차의 미등이 꺼지는 게 보였다.

길 끝에 있는 오두막은 내가 아는 집이었다. 주변에 그 집 한 채 뿐인데다 주인은 여름에만 그 집에서 지냈다. 해리는 그 집을 빌렸거나 아니면 숨어든 것 같았다.

나는 그곳을 지나 내가 사는 집으로 돌아왔다. 나는 마쓰다를 덱 옆에 세워 두고 계단을 올라가서 A 모양의 내 집으로 들어갔다. 내 9밀리 구경 권총은 침대용 스탠드를 놓아둔 서랍장 속에 있었다. 총을 쏘지 않은 지가 몇 달, 아니 제기랄 1년은 넘은 것 같다. 하지만 정기적으로 총을 청소하고 기름칠도 해 두었다. 그래서 작동에는 문제없었다.

나는 검은 터틀넥 스웨터에 검은 진바지 그리고 허리와 소맷부리가 꼭 끼는 검은 가죽 점퍼로 갈아입었다. 달빛조차 없는 칠흑 같은 밤이었다. 나는 38구경 연발 권총을 점퍼의 오른쪽 주머니에 넣고 사냥용 칼을 허리띠에 찼다. 칼은 끝이 뾰족하고 칼날이 날카로웠다. 일본 검객 잡지의 뒷부분에서 보고 산 칼이다. 그 잡지는 우편으로 무기를 살 수 있다는 것 말고는 아무짝에도 쓸모가 없다.

나는 호숫가를 따라 걸었다. 눈과 얼음 그리고 나뭇잎으로 덮인 살짝 언 땅을 밟자 운동화 밑에서 저벅저벅 하는 소리가 났다. 불빛이라곤 검은 벨벳 위로 다이아몬드 한 줌을 흩뿌린 듯한 희미한 별빛뿐이고, 얼어붙은 호수가 있을 거라고 짐작할 수만 있었지 눈앞은 캄캄했다. 주변 나무는 한층 더 시커멓게 보였다. 걸으면서 이따금씩 나타나는 오두막이든 별장이든 모두 비어 있었다. 나는 1년 내내 파라다이스 호 주변에 사는 몇 안 되는 거주자에 속했다.

하지만 한 오두막에는 불이 켜져 있었다. 환하게 불이 켜진 건 아니지만 어쨌든 불이 켜져 있었고 굴뚝에는 연기가 피어올랐다.

오두막은 작았다. 접시 모양의 위성 방송 안테나가 달려 있을 뿐 링컨이 살던 구식 통나무집 같았다. 침실 두 개에 거실 하나, 간이 부엌과 화장실이 한두 개 있어 보였다. 차는 한 대로 빌린 갈색 포드가 서 있었다.

나는 발소리를 죽였다. 발끝으로 걸으니 발소리가 작아졌다. 나는 권총을 쥔 채 조심스레 다가가서 오른쪽 전면으로 난 창문 안을 들여다보았다.

해리는 소파에 앉아 바비큐 맛 감자 칩을 먹고 있었고, 그 바람에 그의 코밑에 오렌지색 수염이 돋아 있었다. 그는 두 발을 탁자 위에 올려놓았고 그의 옆 소파에는 더 많은 먹을거리와 2연발 소총이 놓여 있었다. 그는 화려한 하와이언 셔츠 차림이었는데, 술주정뱅이가 토해 놓은 것 같은 무늬였다.

옆에서 초조하게 왔다 갔다 하는 건 루이스였다. 키가 작고 마른 데다 대머리 족제비처럼 생긴 이 사내는 청바지에 검은 셔츠를 입고 하얀 넥타이를 매고 있었다. 유행을 따르려 한 건지 폭력 조직의 일원처럼 차려입은 건지는 알 수 없었다. 솔직히 어느 쪽이든 아무 상관없다.

두 사내 모두 얽은 자국이 있는 점과 상대의 추한 몸을 탐한다는 공통점을 갖고 있었다.

게다가 두 인간 모두 생리대가 필요할 것 같지는 않았다. 해리는 물티슈 정도면 그만일 터였다. 빌어먹을.

창문 밑으로 몸을 잔뜩 웅크리고 있자니 내가 여기서 뭘 하는 건지 모르겠다는 생각이 들었다. 지루해서인지 아니면 호기심 때문인지 알 수 없었다. 다른 창문 한두 개를 더 살펴볼 차례였다.

이자들이 누군가를 잡아 두고 있는 게 분명했다. 아니면 이 외진 곳에 와 있을 이유가 없다. 그래서 이 외진 곳에서 한밤중에 편의점에 들러 필요한 물건을 잔뜩 사 둔 것일 터였다. 생리대를 산 것도 그 때문일 게 분명했다. 나는 조금 전 윌마스 웰컴 인에서 이런 사실을 본능적으로 직감했다.

뒤쪽 창문 너머에 한 여자가 있었다. 여자는 꾸미지 않은 방의 침대 위에 있었다. 그런데 하얀 팬티만 입었을 뿐 알몸이었다. 여자는 침대 모서리에 앉아 울고 있었다. 검은 머리에 새하얀 살결을 지닌 이십대 초반 아가씨였다.

해리와 루이스는 이 여자에 대해 성욕이 눈곱만큼도 없음이 분명했다. 그럼에도 여자의 옷을 벗긴 이유는 도망치지 못하게 하려는 것일 터였다. 침대에는 담요가 있었다. 여자는 담요를 뒤집어쓰고 있다가 일어나 앉아 울고 있는 게 분명했다. 게다가 매달 돌아오는 그 일을 치르고 있을 터였다.

나는 검은 옷을 입고 총을 쥔 채 어둠 속에 있다가 내가 사는 통나무집으로 돌아와 미소를 지었다. 한밤중에 이렇게 무장하고 나온 것부터가 구조할 생각은 없었다. 다른 건 몰라도 해리와 루이스는 위험한 인간이다. 잠 안 오는 밤 시간을 보내기 위해 이 자들의 뒤를 캐며 호기심을 만족시키고 지루함을 달랬다면 위험을 무릅쓴 것에 대한 대가도 챙겨야 했다.

게다가 그 여자는 내가 아는 여자였다. 해리처럼 나도 추운 겨울밤에 모래알같이 많은 시간을 텔레비전 화면 앞에서 보냈다. 그 여자를 본 것도 바로 텔레비전 화면에서였다.

그 여자는 여배우가 아니라 상속녀였다. 여자는 유명한 시카고 언론 재벌의 딸로, 아버지는 막대한 돈을 물려받은 데다 수완이 좋아서 내가 최근에 시간을 죽이느라 본 위성 방송국을 포함해서 다양한 사업을 벌였다. 또한 그는 보드를 타고 쏘다니며 여자나 꼬시는 인간, 「바람의 도시」의 테드 테너 같은 인물이었다.

다소 방종한 그의 딸은 록 스타들과 자주 어울려 다녔고, *(그녀는 새하얀 왼쪽 가슴에 다섯 개의 꼭짓점이 있는 별 하나를 문신했고, 그건 창문을 통해서도 보였다.)* 미용 전문 클리닉에서 퇴출당한 몰골이었다. 그래도 제 아비의 눈에는 사과처럼 예쁘게만 보일 터였다. 벌레 먹은 사과일지라도 말이다.

해리와 루이스는 여자를 납치해다 놓고 돈을 요구하는 게 틀림없다. 안 봐도 비디오이다. 문제는 둘이 꾸민 일인지 아니면 정장파가 지시한 일인지 알 수 없다는 것 정도였다.

나는 춥고 캄캄한 곳에 앉아 배후에 누가 있든 무엇이 있든 문제될 게 없다는 결론을 내렸다. 집 안으로 들어가 모든 것을 잊고 잠을 청하든지 아니면 저 더러운 계집애를 곤경에서 구하든지 둘 중 하나를 택해야 했다.

빌어먹게도 나는 다른 할 일이 없었다.

나는 앞문으로 가서 문을 두드렸다.

대답이 없었다.

제기랄, 집에 사람이 있는 걸 아는데 말이다. 나는 또 문을 두드렸다.

루이스가 문을 조금 열고 족제비 같은 얼굴을 내밀었다.

"무슨 일입니까?"

나는 그놈의 눈에 대고 방아쇠를 당겼다.

귀에 거슬리는 날카로운 비명 소리가 났다. 루이스가 아니었다. 루이스는 그럴 만한 시간이 없었다. 옆방에 있던 여자가 총소리에 놀라 비명을 지른 것 같았다.

여자에게 신경 쓸 필요가 없었기 때문에 나는 즉시 문을 밀어젖혔다. 방범용 걸쇠 같은 건 걸려 있지 않았다. 나는 쓰러진 루이스를 밟고 9밀리 구경 권총을 해리에게 겨누었다. 동그란 오렌지색 물이 든 그의 입이 놀라서 크게 벌어졌고 바비큐 맛 나는 감자 칩은 루이스처럼 바닥에 내동댕이쳐졌다.

"꼼짝 마, 해리."

내가 말했다. 나는 두꺼운 검은 안경 테 뒤로 해리의 단춧구멍만 한 눈을 통해 그가 소파 위에 있는 소총을 잡으려 한다는 걸 눈치 챘다.

"어떤 빌어먹을 놈이야······."

나는 꾸미지 않은 거실을 천천히 가로질러 소파 앞으로 가서 섰다. 뒤에는 가둬 둔 여자 아버지가 운영하는 위성 방송국에서 오래된 컬러 영화를 방영하고 있었다. 나는 왼손으로 소파 위에 있는 소총을 낚아채 겨드랑이 밑에 쑤셔 넣었다.

"이봐, 해리. 오랜만이야."

내가 말했다.

오렌지색 동그라미를 둘러친 그의 입이 서서히 움직이며 두 눈이 깜빡이기 시작했다.

"쿼리?"

그가 말했다.

그는 내 이름을 그렇게 알고 있었다.

"저년은 너희 둘이 납치한 거야, 아니면 아직 그놈들 밑에서 일하는 거야?"

"우, 우린 2년 전에 손 씻었어. 이런, 네가 루이스를 죽이다니. 루이스. 네가 루이스를 죽였어……."

"맞아. 저년 시체는 어디에 묻을 생각이었지?"

"뭐라고?"

"저년은 분명 널 봤을 거야. 그러니 일단 돈을 받고 나면 당연히 죽일 생각이겠지. 자, 어떻게 할 작정이었어?"

해리는 입에 문 오렌지색 동그라미를 문질러 닦았다.

"벽장 속에 비닐 장판이 있어. 그걸로 싸서 근처에 있는 자갈 구덩이에 처넣을 생각이었어."

"알겠어. 지금 당장 루이스를 그 비닐 장판으로 똑같이 만들어 주겠나? 어때? 좋지?"

억센 수염이 짤막하게 자란 데다 얽은 자국이 있는 해리의 뺨 위로 눈물이 흘러내렸다. 그가 루이스 때문에 우는 건지 아니면 자기 때문에 우는 건지, 그것도 아니면 두 사람 다 때문에 우는 건지 알 수 없었다. 하지만 물어볼 만큼 관심도 없었다.

"알았어."

해리가 탁한 음성으로 대답했다.

나는 그가 자신의 파트너를 비닐 장판으로 둘둘 말아 도관용 테이프로 붙이는 장면을 지켜보았다. 해리는 흐느끼면서 했지만 어쨌든 일을 마쳤다. 그의 하와이언 셔츠에도 피가 묻었다. 그러나 별로 눈에 띄지는 않았다.

"이제 이 난장판을 깨끗이 치워. 어서. 부엌에 가면 쓸 만한 게 있을 거야."

해리는 착하게도 발을 질질 끌며 부엌으로 가서 미지근한 물이 담긴 냄비와 걸레 몇 장을 들고 왔다. 그러고는 무릎을 꿇고 앉아 튀어나온 뇌와 피를 깨끗이 닦았다. 이제 그는 홀쩍거리지 않았다. 화려한 셔츠를 입은 그 뚱뚱한 멍청이는 느릿느릿 그러나 쉬지 않고 몸을 놀렸다.

"그 걸레는 비닐 장판 끝에 쑤셔 넣어, 알았어? 잘했어."

해리는 내 말대로 하고 나서 육중한 몸을 일으킨 후 두 손을 허공에 치켜들고는 물었다.

"이제 내 차례인가?"

"네놈은 그냥 보내 주겠어, 해리. 네놈한테는 맺힌 게 없으니까."

"그렇지 않아……. 내 기억으로는 그렇지 않아."

나는 웃음을 터뜨렸다.

"계집년 같은 네놈들이 날 협박한 적이 있지. 내가 그렇게 사소한 일로 사람을 죽인다고 생각하나? 날 어떻게 보는 거야, 해리?"

해리도 대답하지 않을 만큼 눈치는 있었다.

"따라와."

나는 9밀리 구경 권총을 해리의 관자놀이에 댄 채 말했다. 나는 그를 침실 문으로 데려갔다.

"열어."

내가 말했다.

해리가 문을 열었다.

그가 앞장섰고 우리는 방 안으로 들어갔다. 여자는 담요를 든

채 이불로 몸을 감고 말도 안 되는 부끄러움과 당연한 두려움이
뒤범벅된 표정을 하고 있었다.

나를 보는 여자의 얼굴에 혼란과 희망과 안도감이 뒤섞여 있
었다.

"저 말라깽이는 벌써 해치웠어. 이제 해리와 산책을 나갈 거야.
넌 여기 있어. 아버지에게 보내 줄 테니."

여자는 혼란스러운 표정이었지만 성탄절 아침에 선물 받은 어
린아이처럼 입을 크게 벌려 미소를 짓기 시작했다. 나에 대한 선
물은 여자가 담요와 이불을 허리까지 내리는 것이었다.

"명심해. 꼼짝 말고 여기 있으라고."

나는 침실 문을 닫고 해리와 함께 밖으로 나갔다.

"저년 옷은 어디 있지?"

해리가 벽장 쪽으로 고갯짓을 했다. 비닐 장판을 꺼낸 벽장이
었다.

"좋아. 이제 우린 산책을 나가자고. 자네와 나 그리고 루이스,
이렇게 셋이서 말이야."

"루…… 루이스도?"

"루이스를 도와줘야 할 거야, 해리."

해리는 여배우를 납치하는 이류 영화의 괴물처럼 비닐 장판에
싼 시체를 두 팔로 부여안았다. 비닐 장판은 여기저기 피로 얼룩져
있었지만 그건 안에서 배어난 피였다. 해리는 또 울상을 지었다.

나는 겨드랑이 밑에 그 짧은 소총을 끼고 있어서 현관문을 열기
가 어려웠다. 하지만 결국은 열었다.

"호숫가 쪽으로."

내가 말했다.

안경 뒤 해리의 눈에 경계의 빛이 서렸다. 그는 나를 쳐다보다 비닐 장판으로 싼 짐을 쳐다보고 다시 나를 쳐다보았다.

"루이스를 수장해 주자고."

내가 말했다.

"엉?"

"걷기나 해, 해리. 알겠어? 입 닥치고 걸으라고."

그는 발걸음을 옮겼고 나는 그의 뒤를 따랐다. 나는 한 손에 9밀리 구경 권총을, 그리고 다른 손에는 그 소총을 들고 있었다. 하와이언 셔츠 차림의 해리는 우스꽝스러워 보였지만 나는 웃을 겨를이 없었다. 두 사람 발밑으로 가볍게 얼음 깨지는 소리가 들렸다. 빠질 염려는 없었다. 호수는 단단하게 얼어붙어 있었다. 아이들은 이곳에서 스케이트를 탔다. 하지만 지금은 아니다.

우리는 한참을 걸었다. 둘 다 한마디도 하지 않았다. 나는 호수 중간쯤에서 해리를 세웠다. 우리의 목격자는 별이 총총한 검은 하늘뿐이었다.

"내려놔, 해리."

내가 말했다. 나는 9밀리 구경 권총을 허리춤에 꽂고 소총으로 해리를 겨누었다.

해리는 들고 있던 짐을 살며시 내려놨다. 비닐 장판으로 싼 짐을 내려다보는 그의 표정이 암울했다. 덫에 걸린 자기 발을 쳐다보는 곰 같았다.

나는 총을 두 발 쏘았다. 총알이 조용한 밤 공기를 가르며 단단하게 얼어붙은 호수를 뚫고 들어갔고 온 세상이 진동했다.

해리가 놀란 얼굴로 날 쳐다보았다.

"무슨 짓……."

"이제 비닐 장판을 벗기고 루이스를 그 속에 처넣어. 비닐 장판
은 뜰지도 모르니까."

내가 얼음 구덩이 옆에 서서 명령했다.

하마 같은 사내는 겁에 질려 내 말대로 했다. 루이스는 변소 속
으로 떨어지는 똥 덩어리처럼 얼음 구덩이 속으로 미끄러져 내려
갔다.

"잘했어."

내가 칭찬해 마지않는 음성으로 말했다.

"아, 하느님."

해리가 말했다.

"이제 네 차례야."

내가 말했다.

"뭐라고?"

나는 다시 9밀리 구경 권총을 꺼내 들었다.

"뛰어들어. 물속은 좋을 거야."

"이 개새끼!"

나는 재빨리 앞으로 나서며 그 덩치 큰 개자식을 구덩이 속으로
밀어 넣었다. 해리는 내게 찬물을 튀기며 두 팔을 버둥거렸다. 내
가 총알 여섯 발을 머리에 대고 쏘자 그의 머리가 썩은 수박처럼
산산조각이 났다.

이렇게 해서 그놈도 저 세상으로 갔다.

얼음 구덩이 하나뿐 아무 흔적도 남지 않았다. 구덩이 물속에

뻘건 거품이 일었으나 그나마 이내 가라앉았다.

나는 총을 수습하고 비닐 장판을 접은 후에 걸어서 오두막으로 돌아왔다.

이건 무모한 짓이었다. 내가 사는 이 호숫가에서 사람을 죽이는 것은 옳지 않았다. 하지만 겨울이므로 시체는 한동안 떠오르지 않을 터였다. 그리고 만일 시체가 떠오른다 해도 카포네가 아주 흉포해서 정장파가 이 지역에 시체들을 버리고 있었다. 따라서 나에게 혐의가 돌아올 가능성은 극히 적었다.

그럼에도 나는 한두 가지 위험을 무릅써야 했다. 나는 잠 안 오는 밤 시간을 보내는 것 말고 이 일에서 무언가를 얻어야 했다.

나는 여자의 옷을 갖고 방 안으로 들어가서 여자에게 옷을 내밀었다. 록 그룹 티셔츠와 디자이너가 만든 청바지 그리고 리복 신발이었다.

"그 사람들을 죽였나요?"

여자가 숨죽인 음성으로 물었다. 검은 눈이 반짝거렸다. 여자는 옷을 무릎 위에 놓았다.

"그런 건 알 것 없어. 옷이나 입어."

"멋있어요. 끝내주게 멋있다고요."

"알아. 다들 그렇게 말하지. 옷이나 입어."

내가 말했다.

여자는 옷을 입었다. 나는 여자를 지켜보았다. 여자는 티 한 점 없이 아름다운 육체를 지녔다. 나를 바라보는 여자의 눈빛에서 고마움을 읽을 수 있었다.

"어떻게 해 드리면 되죠?"

여자가 엉덩이에 두 손을 대고 물었다.

"아무것도. 생리중이잖아."

이 말에 여자가 웃었다.

"급하지 않나 보군요."

"나중에 보자고."

나는 이렇게 말한 후 미소를 지어 보였다. 내 눈에는 그 여자가 에이즈의 미끼처럼 보였다. 나도 무모한 구석이 있긴 하지만 그 정도는 아니었다.

나는 여자를 차에 태웠다. 빌린 갈색 포드를 버리는 것에 대해서는 아직 결정을 내리지 못했다. 버려야 할 것 같긴 했다. 하지만 그 문제는 나중에 생각해도 되었다. 지금 당장은 이 여자를 모텔로 데려가야 했다.

여자는 차 안에서 잠이 들었다. 나는 여자가 부러웠다. 나는 일리노이 주의 경계선 바로 안쪽에 있는 모텔에 차를 세운 뒤, 슬그머니 여자를 찔러 깨웠다.

투숙 절차는 이미 끝냈다. 나는 여자를 허름한 작은 방으로 데려갔다. 침대 두 개로 꽉 찬 방이었다. 여자는 침대 위에 앉아서 하품을 했다.

"이제 어떻게 해야 하죠? 보상을 바라나요?"

"사실은 그래. 네 아버지 전화번호가 뭐지?"

내가 여자 옆에 앉으며 말했다.

"이봐요. 그 일은 나중에 하고⋯⋯."

"할 일은 해야지."

내가 말했다. 여자는 전화기 옆 메모 뭉치에 전화번호를 적었다.

내가 여자에게 수화기를 내밀었다.

발신음이 울리더니 남자가 받았다.

"여보세요?"

"네 아비인지 확인하고 무사하다고 말해."

"아빠? 난 무사해요. 무사하다고요…… . 아빠가 보낸 사람이…… 뭐라고요?"

여자는 환한 미소를 짓더니 이내 인상을 찌푸렸다.

여자가 수화기 입구를 손으로 막았다. 혼란스러운 눈빛이었다.

"아빠가 아무도 보내지 않았다는데요."

내가 수화기를 가로챘다.

"안녕하십니까, 선생님. 제가 따님을 데리고 있습니다. 방금 들으신 대로 따님은 무사합니다. 아무 표시도 되어 있지 않고 숫자도 연속적이지 않은 10달러, 20달러, 50달러짜리 지폐로 10만 달러를 마련해 놓고 다음 전화를 기다리십시오."

나는 전화를 끊었다.

여자가 눈을 동그랗게 뜨고 입을 벌린 채 나를 쳐다보았다.

"널 죽이진 않을게. 난 돈만 챙기면 돼."

"이 나쁜 자식!"

나는 도관용 테이프로 여자의 입을 막았다. 그 다음에는 손을 등 뒤로 모아 테이프로 손목을 붙이고 발목도 붙였다. 그러고는 다른 침대로 건너가서 9밀리 구경 권총을 허리띠에 찬 채 몸을 웅크렸다.

그러고는 아기처럼 깊은 잠에 빠져 들었다.

힐러리 여사
Lady Hillary

얀윌렘 반 드 비터링 __ Janwillem van de Wetering

1975년 「암스테르담의 이방인(Outsider in Amsterdam)」이 발간된 뒤로 얀 윌렘 반 드 비터링의 암스테르담 미스터리는 세계 여러 나라 독자들을 매혹시켜 왔다. 반 드 비터링은 범죄 세계와 충돌하면서 변화와 성장을 거듭하는 암스테르담의 작은 경찰 집단을 소설에서 뛰어나게 묘사했다. 저자는 선불교에 대한 애정을 숨기지 않으며 선불교에 대한 생각을 그의 책과 소설의 서브텍스트로 자주 활용했다.

안녕하십니까, 미국 마담 여행사 여러분.

뉴기니의 타리앤드 군도에 오신 걸 환영합니다.

제가 사는 태평양의 이 작은 섬이 마음에 드십니까? 반갑습니다. 저는 이곳 추장입니다. 별 볼일 없는 추장인 셈이지요. 저의 증조할아버님인 와쿠 씨는 면밀한 계획을 세운 후에 이 섬에서의 전쟁을 멋지게 치르고 뉴기니 동부 해안 팡게아 만에 있는 이곳 타리앤드 군도 전체의 지배자가 된 훌륭한 추장이셨습니다. 우리는 파푸아뉴기니를 뉴기니라고 부릅니다. 파푸아뉴기니(PNG라고도 하는)는 지구상에서 가장 큰 섬인 광활한 그린란드 옆에 있습니다. 그런데도 여러분과 이 여행사처럼 경험 많은 분들 말고는 우리 나라를 아는 사람이 거의 없습니다.

전 미국을 잘 모릅니다. 하지만 유럽은 많이 여행했습니다. 1975년 독립한 후에 우리는 전 주인인 영국, 독일, 네덜란드 그리고 포르투갈 인들에게 우리를 제대로 알려야 한다고 생각했습니다. 저는 수상의 수행원으로 조끼까지 갖춘 양복을 차려입고 화식조(호주와 뉴기니 지역의 날지 못하는 몇 종의 대형 조류──옮긴이) 깃털로 만든 모자를 썼습니다. 우리는 가는 곳마다 아프리카 신생국가의 사절단으로 오해받았습니다. 우리는 계속 "호주 북쪽의 파푸아뉴기니입니다."라고 알려야 했고, 그러면 주무 부처의 비서는 "아……." 하는 반응을 보이고는 우리에게 점심 비슷한 걸 사 줬습니다. 햄버거와 프렌치프라이 말입니다. 본에서는 스시를 대접받았습니다. 아주 맛있더군요. 우리는 신선한 생선을 아주 좋아합니다.

우리는 제 2차 세계 대전 때 중요한 역할을 했고 미국 전사들까지도 뉴기니의 타리앤드 악어 씨족 출신인 저의 위투 할아버님이 이 섬의 위대한 추장임을 인정했습니다. 미 해군의 제임스 코스비 중위는 다시 와서 할아버지에게 훈공장을 수여했습니다. 우리는 그것을 공동 주택의 전용 선반에 진열해 두었습니다.

그 메달에는 예쁜 리본이 달려 있었고 저는 그것을 여기 제 허리띠의 앵무새 깃털 사이에 꽂았습니다. 이 걸쇠를 푼 것은 딱 한 번뿐이었습니다. 여기, 이 리본을 동료 관광객들과 돌려 가며 보십시오. 위투 추장님이 이렇게 영광스러운 훈장을 받은 것은 당신들 연합군에게 일본 해군의 동태를 계속 알렸기 때문이었습니다. 할아버지는 속임수를 써서 침입자인 일본 배를 암초에 부딪치게 하기까지 했습니다. 일본의 불빛 신호를 관찰하고 똑같이 따라함으로써 말입니다. 위투 추장님은 영리한 조언으로도 명성을 떨쳤습니다.

할아버지의 지혜로 당신 나라 해군의 체면을 살린 적도 있습니다. 무슨 일이 있었는지 들으시겠습니까, 아니면 단체 스킨다이빙을 하시겠습니까?

이 사소한 일에 시간을 좀 더 내주시겠습니까? 좋습니다. 우리 모두 저쪽 반얀 나무 그늘 아래 앉는 게 좋을 것 같습니다. 땅 위로 드러난 이 나무의 뿌리가 작은 오두막집 모양을 이룬 게 보이십니까? 그곳이 저의 옥좌로, 저는 그곳에서 사람들을 내려다보며 공식적인 춤을 출 것을 지시하기도 합니다. 하지만 지금은 굳이 형식을 갖출 필요가 없을 것 같습니다. 다음에는 여러분이 우리의 신성한 춤을 배우고 싶어 하실지 모르지만 지금은…… 제 이야기 좀 들어 보십시오……

해군의 체면을 살려 준 사건은 개인적으로 그리고 정치적으로 조금 미묘한 문제입니다. 우리가 '짐 브와나'라고 부른 제임스 코스비 중위는 내 아름다운 여동생 레이아를 강간한 후에 목을 찔러 죽인 혐의를 받았습니다. 물론 살인 용의자인 짐 브와나는 해군의 전사로서뿐 아니라 그 뭐더라, 아, 제가 잘 발음하지 못하는 그러니까 하바아드 학교를 졸업한 것으로도 유명한 인물이었습니다. 제가 제대로 발음했나요? 하바아드, 맞습니까? 미국에서 귀재들만 다니는 학교죠? 좋습니다. 그런 자질에도 불구하고 우리가 모두 좋아하고 숭앙했던 짐 브와나의 명예와 이름은 이곳에서 땅에 떨어졌습니다. 하지만 내 아버지의 아버지인 위투 추장님이 그의 목숨을 구해 주셨습니다.

전쟁은 재미있지 않습니까?

당시에 저는 어린 소년이었지만 하늘에서는 전투 훈련을 받은 새들이 일본군에 맞서 싸우고 늪에서는 우리의 거대한 악어들이 낙하산에서 떨어진 시체를 찾아다니며 작은 녹색 캔에 담겨 있던 건조란과 다른 이국적인 음식을 먹고 일본군의 제복에서 떼어 낸 금몰과 윤낸 탄피 조각을 머리 장식물로 쓰던 그 영광스러운 날을 결코 잊을 수 없습니다. 시간이 지나자 더욱 재미있어지더군요. 일본군이 착륙해서 2.5미터 높이로 솟은 뾰족뾰족한 알룬알룬 풀숲에서 전투가 벌어졌을 때는 우리도 우리 무기를 사용했습니다.

죄송합니다. 간단히 말씀드리겠습니다. 다른 일정도 있고 스킨

스쿠버도 하셔야 한다는 걸 제가 잠시 잊었습니다. 옷을 다 벗지는 마십시오. 미국에서는 나체가 예의에 어긋나는 것이라고 들었으며 우리도 예의를 중시합니다. 여러분은 무례한 분들이 아니시겠죠? 좋습니다. 반갑습니다.

아까 말했듯이 저도 예전이 그리울 때가 많습니다. 창을 던지거나 창을 곤봉처럼 흔들던 그때가 말입니다.

이제 우리도 골프를 칩니다. 우리의 골프 코스를 보셨습니까? 일본의 거물들은 본토의 모레스비 항까지 개인 전세기를 타고 날아와 쾌속선을 타고 팡게아 만을 건넙니다. 그분들이 이곳 해변에 도착하면 저는 비싼 입장료와 수수료를 물립니다. 여러분 중에 회원이 되고 싶으신 분 있으십니까? 짐 브와나를 생각해서 할인해 드리죠. 여기 제 카드가 있는데, 여러분께 빌려드릴 수도 있습니다. 우리 코스는 여자 손님은 받지 않습니다. 동료 분들과 함께 이곳을 다시 찾을 예정이시라면 제 사무실로 팩스를 보내 주십시오. 그러면 분명히 예약해 놓겠습니다. 겨울철에는 몹시 바쁩니다.

우리, 악어 씨족 남성들은 전사의 길을 걷습니다. 여러분 일행 중에 머리가 하얗게 센 분을 보면 40년대에 있었던 그 위대한 전쟁을 기억하실 거라는 생각이 들어 반갑습니다. 가끔씩은 모레스비 항의 범선에서 자료를 모으기 위해 당신네 나라에서 온 인류학과 학생들이 내리기도 합니다. 그러면 저는 여행사에서 돈을 받고 그들의 질문에 대답해 주곤 합니다. 저는 그들에게 전쟁 때 있었던 일을 이야기합니다. 그들로서는 모두 처음 듣는 이야기인 셈이죠. 이 똑똑한 젊은이들이 아무것도 알지 못하는 듯한 눈빛으로 저를 응시할 때도 있습니다.

이런, 어쩌나……

제 코에 돼지 엄니를 끼웠다고 해서 이중 부정어를 사용하는 게 용서되지는 않을 겁니다. 치시 자매가 이 말을 들었다면 아픈 나무 자로 제 손등의 손가락 관절 부위를 때렸을 겁니다. 치시 자매는 이곳 학교에서 아이들을 가르친 호주의 수녀였습니다. 물론 독립 전에 말입니다. 부두에서 여러분을 맞았던 그 젊은 파푸아 자매는 현재 포교 중입니다.

뭐라고요?

맞습니다. 우리 나라가 자체적인 결정을 내릴 만큼 충분히 성숙했다고 여겨지던 시절 이 섬사람들은 로마 가톨릭교를 믿었습니다. 종교의 속내용이야 바뀌지 않았지만 이곳에 와서 외형은 조금 달라졌습니다. 이곳은 열대 지역입니다. 뜨거운 열기가 느껴지실 겁니다. 그래서 우리 자매들은 웃옷을 입지 않으며 그것을 예의에 어긋나지 않는 걸로 여깁니다.

저는 치시 자매가 그런 변화는 용납했을 거라고 확신하지만 제가 이중 부정어를 사용하는 걸 알면 몹시 화낼 것입니다. 저는 그녀의 영혼에게 사과합니다. 여러분께서 아시다시피 우리는 지금 현대 영화를 보며 좋지 않은 표현을 배우지만 저는 여러분의 여왕이 쓰시는 영어를 익히기 위해 노력합니다.

미국에도 여왕이 있나요? 가끔씩 이 점을 혼동합니다. 아까 말씀드렸다시피 저는 유럽만 여행했습니다. 미국에 지금 여왕이 한 분 계시죠, 맞습니까? 힐러리 부인이신가요? 아니라고요? 어디선가 읽은 것 같은 생각이 듭니다. 《타임》에서였던가요? 아니라구요? 그분이 표지 모델로 실려 있었는데 사랑스럽더군요.

미국은 제게 꿈 같은 나라입니다. 영화처럼 말입니다.

뭐라고요? 텔레비전의 폭력성이 이곳 사람들에게 좋지 않은 영향을 줄 거라고 말씀하셨습니까?

그럴 수도 있겠습니다만 이곳 뉴기니에는 아직 텔레비전이 보급되지 않았습니다. 지금까지는 수상께서 광고를 그렇게까지 많이 할 필요가 없다고 생각하시거든요. 수상께서는 호주의 호텔 객실에서 텔레비전을 보셨는데 혐오감을 느꼈다고 하시더군요. 온통 죽은 아기와 패스트푸드 이야기뿐이더라고요. 하지만 우리도 영화는 봅니다. 저 너머에 있는, 경사진 지붕을 두른 아주 높은 건물인 공동 주택에는 한 일본 회사가 우리에게 준 VCR과 대형 화면이 있습니다. 그 까다로운 치시 자매도 그건 그냥 눈감아 주더군요. 범선의 선장 조카가 모레스비 항에서 복사한 비디오테이프를 여러 개 갖다 주었습니다. 엉덩이를 차 대는 영화들은 아주 재미있더군요. 좋지 않은 언어를 사용할지는 몰라도 영화에 나오는 동작은 너무나 재미있더군요. 우리는 특히 슈왈제네거 추장을 좋아합니다. 그분이 케네디 부족의 힐러리 여사와 결혼했다죠.

아, 알겠습니다. 우리의 무식함을 용서하십시오, 여러분. 여기는 신문이 많질 않습니다. 클린트? 클린트 이스트우드? 또 틀렸나요? 클린트 톤? 아, 클린턴. 그분이 대통령이시라고요? 알려 주셔서 감사합니다. 기억해 두겠습니다.

그 훌륭한 짐 브와나와 내 불쌍한 여동생 레이아의 일로 당신 나라 해군의 체면이 땅에 떨어졌던 사건을 말씀드릴까요?

산호 해(태평양 남서쪽에 있는 바다로, 호주와 뉴기니 동쪽, 뉴칼레도니아와 뉴헤브리디스의 서쪽, 솔로몬 제도 남쪽까지 펼쳐져 있음——옮긴이) 전투가 벌어졌을 때, 짐 브와나와 그의 부하들이 미국 해군의 모터 정찰선에서 내렸습니다. 여러분도 아시다시피 호주를 겨냥했던 일본의 공격 함대가 과달카날 섬과 이 군도 사이에서 격파되었습니다. 그때의 멋진 광경을 잊을 수가 없습니다. 최초의 멋진 사건은 편대를 이루어 나가던 일본 함대에서 벌어졌습니다. 저는 그런 광경을 한 번도 본 적이 없습니다. 선명한 회색 빛을 한 거대한 배에 매끄럽게 회전하는 총들과 환한 빛깔의 교신용 깃발이 달려 있었고 배 후미에는 수상 비행기들이 날아올라 정찰을 하기 위해 사방으로 흩어졌습니다. 아군이든 적군이든 군함이 지나갈 때마다 저는 뒤따르는 소년들과 함께 소리치고 손을 흔들며 해변을 뛰어다녔습니다. 우리는 무엇 때문에 이런 일이 벌어졌는지도 모른 채 너무 신이 나서 미친 듯이 쏘다녔습니다. 여기 있는 '말없는 자' 처럼 말입니다. 이 여자는 언제나 말이 없지만 말입니다……

그때 당신들의 머스탱(제이 차 세계 대전 때 미국 전투기——옮긴이) 기가 갑자기 하늘에서 급강하하더니 우리에게 폭탄을 퍼부었습니다. 당신들은 일본군이 우리의 마을과 땅을 점령한 줄 알았지만 들에는 밭을 가는 여인들과(지금은 우리에게 이 일을 맡으라고 주장하지만 그때까지만 해도 여자들이 밭을 갈았습니다.) 망루에 올라 곡식을 쪼아 먹는 새들을 쫓는 어린 소녀들뿐이었습니다. 머스탱 기의 조종사들은 불안했는지 계속 기총을 쏴 대며 폭탄을 터뜨렸습니다. 우리 섬의 남자들은 그때 중요한 의식을 거행하고 있었으며 저를 비롯한 다른 소년들은 성년식을 준비하고 있었습니다. 저는 크림 색 앵무새 깃털 치마에 선명한 붉은 진흙빛 유령마스크를 쓰고 마을 광장에서 발을 쿵쿵 구르며 춤을 추고 있었습니다. 그런데 갑자기 하늘의 악마들이 날아 내려와 마을을 불바다로 만들었습니다. 우리의 성년식을 협박하는 것이었을까요? 저는 처음엔 무언가 잘못됐다고 생각했습니다. 다행히 우리 공동체의 신전 두 곳은 안전했습니다. 공동 주택과 청년 주택은 성스러운 장소로 여겨지는 곳으로 안에 보물도 있습니다. 우리의 영혼을 고양시키는 데 필요한 보물 말입니다. 하지만 아버지와 남동생은 피하지 못했습니다. 두 사람 모두 폭탄에 맞았으니까요. 남동생 마세트는 그 자리에서 죽었고 아버지는 시간을 끌며 여러 가지 환상을 본 후에 거북 등에 실려 떠내려 가셨습니다.

그렇습니다, 여러분. 적지 않은 여자들와 어린아이들도 폭탄에 맞았습니다.

그때 일본군의 배 한 척이 해안에 정박했습니다. 당신들이 왜 우리에게 폭탄을 쐈는지 보러 온 것이었죠.

아닙니다, 여러분. 치시 자매는 이미 세상을 떠난 후였습니다. 치시 자매는 전쟁이 발발하기 전에 세상을 떠나셨고 다른 호주의 수녀님들은 브리즈번(호주 동부의 항구 도시—옮긴이)의 수녀원으로 몸을 피했습니다. 그분들은 우리에게 뜨개질하는 법과 예수님에 대해 그리고 저녁 식사 전에 손을 씻는 것과 대소변을 보는 법에 대해 가르쳐 주셨고 우리는 그분들에게 복종했습니다. 저는 뜨개질하는 방법은 잊었지만 아직도 예수님을 사랑합니다. 일본인들은 부처님을 믿습니다. 부처님은 경첩이 달린 문으로 여닫는 작은 마호가니 상자 안에서 삽니다. 그 사람들은 향을 피우고 두 손을 모은 다음 노래를 부르죠. 저는 부처님도 좋아합니다. 우리는 부처님을 공동 주택 안, 일본 선장에게서 받은 상자 안에 넣어 두었습니다. 수녀님들은 작은 예수님을 교회 안에 모셔 두지만 우리는 우리의 커다란 예수님을 공동 주택 안에 모셔 두었습니다. 제 남동생 마세트가 특별히 고른 부목 조각들을 모아 오래전에 예수 상을 조각했거든요. 우리는 그 거대한 상을 아직 모시고 있습니다. 예수님의 배 안에서 다람쥐가 살긴 하지만 말입니다. 긴 수염을 단 그 다람쥐는 우리의 의식에 참석해서 찍찍거리며 돌아다닙니다. 우리에게는 엘비스 프레슬리도 있습니다. 여기 있는 말없는 자가 그린 그림 말입니다. 처음에는 어떤 선장님에게서 포스터를 받았지만 그 종이는 낡고 말았습니다. 말없는 자는 엘비스를 사랑합니다.

뭐라구요? 치시 자매가 어떻게 죽었느냐구요? 별것도 아닌데 말씀드리기가 좀 그렇군요. 마을 뒤에는 우리가 몸을 깨끗이 한 후에 오르는 언덕이 있습니다. 그냥 앉아서 조용히 마을 풍경을 굽어보는 그런 곳이죠. 치시 자매는 그 언덕의 경사지에 토마토를 기르고 싶어 했습니다. 우리가 경고했지만 그녀는 강한 의지의 소유자였고, 그래서 잡초를 뽑고 흙을 일구기 시작했습니다. 그런데 언덕에 사는 악마 도마뱀이 그녀의 엉덩이를 물었습니다. 이 악마 도마뱀들은 상당히 빠릅니다. 게다가 꼬리까지 해서 길이가 3미터나 될 정도로 큽니다. 이 도마뱀들이 곧잘 우리의 염소를 먹어치웠죠. 하지만 조심하지 않으면 우리들까지도 먹어 치웁니다. 치시 자매는 심한 상처를 입었습니다. 나중에 치시 자매가 갈퀴로 치자 도마뱀은 물러나서 수풀 속으로 숨었습니다. 이 일은 오십 년 전에 일어났고 그때 여기에는 페니실린이 없었습니다.

말없는 자가 치시 자매의 뼈로 만든 악기로 장단을 맞추는 동안 그 사연을 노래로 들려드릴까요? 준비 되셨나요?

시작합니다!

"악마 도마뱀은 도망치는 것은 안중에 없었다네. 그놈은 생각을 할 줄 안다네. 그놈은 수풀 뒤에 숨어 치시 자매의 기운이 빠지길 기다렸다네. 내 할아버지 위투 추장도 생각할 줄 안다네. 악마 도마뱀은 치시 자매를 노리고 할아버지는 악마 도마뱀을 노려 그놈을 잡았다네. 우리는 그놈을 구워서 치시 자매를 위한 죽음의 연회를 벌였다네. 악마 도마뱀은 입으로 들어오고 치시 자매의 가르침은 귀로 들어온다네.(뼈 음악을 연주함, 뼈 음악을 연주함)"

이 신성한 말없는 자를 두려워하지 마십시오. 이 여자에게는 이 섬의 광기가 깃들어 있습니다. 그래서 우리는 이 여자를 감시합니다. 우리 섬에는 언제나 이런 사람이 한 명씩 있습니다. 아시다시피 광기는 아주 유용합니다.

아닙니다, 말없는 자가 늘 여자인 것은 아닙니다. 사실 저는 여기 뭔가 착오가 있다고 생각합니다. 하지만 어찌 된 일인지 이 시대의 말없는 자는 여자가 되었습니다. 온실 효과 때문일까요? 아니면 어딘가에서 핵을 부주의하게 다뤘기 때문일까요? 걱정이 됩니다. 그것도 상당히 말이죠.

좋습니다, 말없는 자에 대한 이야기는 이걸로 충분합니다. 앉으십시오. 여러분들은 멋진 다리를 갖고 계시더군요. 다리를 구부리십시오. 그 편이 더 편안합니다. 감사합니다. 편히 앉으십시오.

저는 어디 있었을까요? 치시 자매의 엉덩이는 어떻게 되었을까요? 우리는 치시 자매의 상처에 약초를 발라 주었어요. 하지만 도마뱀이 문 상처는 감염되고 말았습니다. 고열이 났고, 그 결과 죽게 되었죠. 우리는 자매님의 시신을 한동안 공동 주택 지척에 묻어 두었습니다. 그리고 치시 자매의 뼈로 악기를 만들 준비를 하느라 한참 동안 북을 치고 노래를 했습니다.

그렇습니다. 이곳은 저녁이면 약간 추워지며 그건 바닷바람 때문인 것 같습니다. 좀 추우시죠, 그렇지 않으세요? 저도 그렇습니다.

다른 질문은 없으십니까?

일본인들은 어땠느냐고요?

비린내가 조금 나는 게, 제가 타고 있던 카누가 폭풍우를 만나 암초에 부딪쳤을 때 먹은 갈매기 생각이 나더군요. 저는 아버지가 찾아오시기를 기다렸습니다. 우리는 우리가 먹은 것입니다. 그렇다면 갈매기는 날아다니는 물고기이고 일본인들은 걷는 물고기입니다. 우리가 만난 몇몇 호주 병사는 모자 한쪽 끝이 둥글게 말아올라가 있더군요. 어떻게 보면 호주인들은 일면 양고기이고 미국인들은 쇠고기입니다.

하하.

죄송합니다, 여러분. 농담이니, 실례가 되었다면 용서하십시오. 우리는 타리앤드 군도의 식인종이 아닙니다. 우리에게도 물론 전해 내려오는 관습이 있습니다. 그렇지 않은 부족이 어디 있겠습니까? 하지만 정말로 인육을 먹는 관습이라면 본토 쪽을 말씀드리지 않을 수 없습니다. 아시다시피 한동안은 인육 먹는 걸 금지한 외국의 법이 있었습니다. 우리는 100년도 넘는 세월 동안 식민지로 지내 왔습니다. 서쪽은 네덜란드인이, 북쪽은 독일인이, 남동부인 이곳 아래쪽은 영국인과 호주인이 지배했습니다. 과거에는 포르투갈인들도 여기저기서 눈에 뜨였습니다. 당신네 백인종들도 서로 조금씩 관습이 다르지만 사람들끼리 잡아먹어서는 안 된다는 데는 의견이 일치합니다. 당신들이 우리의 과거 풍습을 빗대 '사람 사냥', 즉 '헤드 헌팅'이라고 부르는 일은 시간을 너무 많이 잡아먹습니다. 대신 당신네들은 코코넛을 따서 마가린을 만들거나 낙원에서 사는 새를 죽여 그 깃털을 여자 친구의 모자에 꽂아 주지요. 우리는 일만 하고 재미는 못 보지만 당신들은 재미만 보고 일은 안 하는 것 같습니다. 우리 부족에게 지원금이 나올 때는 좋았었는데, 이제 지원금이 끊겨 우리 힘으로 살아 나가야 합니다.

우리는 예전부터 전해 내려오는 관습 때문에 늘 바쁩니다.

이곳 섬사람들은 어떨까요? 모든 게 너무 빨리 변해서 확신이 들지 않고, 게다가 확실히 알 방법도 없지만 우리의 몇몇 젊은이가 아직 작은 관습들을 지켜 나갑니다. 젊은이들이 자발적으로 말입니다. 우리는 어린 소년들에게 사생활을 어느 정도 허용합니다. 그래야 어른이 될 수 있으니까요. 성인들은 상대적으로 지루한 생활을 하며 이들도 나중에는 그런 생활을 질리도록 할 테니까요. 결국 이들도 골프를 치는 지금의 저처럼 될 것입니다. 오후에는 낚시를 하고 낮잠을 자기도 하죠. 맞습니다. 공동 주택에서 아널드 추장을 보기도 하지요. 일본인들이 준 VCR를 틀면 슈왈제네거 추장이 커다란 화면에 나타납니다. 우리의 젊은이들이 어떤 관습을 실천하느냐고요?

우리의 젊은이들, 저 너머의 청년 주택에서 사는 열네 살에서 열일곱 살까지의 소년들은 여러분이 생각하는 것만큼 편하게 지내지는 못합니다. 그 집의 베란다에는 해골들이 놓여 있습니다. 플라스틱 해골 말입니다. 저는 그것을 런던에서 샀습니다. 반듯한 판지 상자에 넣어 왔는데, 모두 조금씩 부서져서 풀로 붙여야 했습니다. 일주일 동안 손가락이 끈적거리더군요. 그 해골들은 진짜 같습니다, 그렇지 않습니까?

그렇습니다, 우리는 소년들을 조금씩 훈련시킵니다. 하지만 매주 실시하는 교육 시간을 제외하고는 우리의 후계자들이 무엇을 하든 관여하지 않습니다. 소년들은 교육을 받기 위해 공동 주택으로 옵니다. 의식을 벌이고 추장의 이야기를 듣기도 합니다. 이 의식은 우리의 웨이야 마법사가 맡아서 치릅니다. 우리가 나무로 된 북을 치고 도마뱀 가죽으로 만든 탬버린(아기 쥐의 해골이 쩔렁쩔렁 소리를 내는)을 흔들면 말없는 자가 치시 자매의 대퇴골 뼈로 덜컥덜컥 박자를 맞춥니다. 공동 주택은 어둡지만 그림자가 춤을 춥니다. 조상의 퀭한 눈이 서까래에서 우리를 내려다봅니다. 밖에 바람이 불지 않아도 공동 주택 안에는 늘 바람이 있습니다. 바람이 조상들의 풀치마와 레이아의 산호 목걸이를 흔들고 지나갑니다. 웨이야의 약초 견습생이 나뭇가지와 뿌리 그리고 나뭇잎을 태웁니다. 부처님이 상자 안에서 말없는 미소를 짓는 동안 허연 나무로 만든 예수 상은 두 팔을 들고 있습니다. 우리가 「당신은 하운드 도그(Hound Dog)」를 부르면 외국인 추장 엘비스도 미소를 짓습니다. 이 노래를 아십니까? 빅 바트의 해군 전투 검이 칼집 안에서 끽끽거리는군요. 여기는 빅 바트 중사의 뼈가 없지만 말없는 자가 그를 닮은 가면을 만들었습니다. 말이 나왔으니 말인데, 저는 최근에 그 가면을 본 일이 없습니다. 말없는 자가 그것을 내가

지 않았기를 바랍니다.

아, 신경 쓰실 것 없습니다.

이렇게 우리의 큰 소년들은 콧노래를 부르고 어린 소년들은 맑은 고음으로 「핫브레이크 호텔」을 부릅니다. 우리 고유의 찬가도 있습니다. 한 시간 정도 신나게 노래를 부르고 나면 분위기가 고조되기 시작했다는 걸 알리는 강렬한 냄새가 납니다.

하!

죄송합니다. 제가 너무 흥분했나 봅니다.

아닙니다, 여러분. 소녀들은 공동 주택에도 청년 주택에도 들어갈 수 없습니다.

공동 주택에서 교육을 받은 우리의 어린 청년들은 자신들이 사는 청년 주택으로 돌아갑니다.

그곳에서 그들이 무얼 하느냐고요? 카드도 치고 이곳 광고판에서 광고하는 담배인 벤슨 앤 헤지를 피우기도 하겠죠. 그 광고에는 의식에 참여할 때 입는 멋진 옷을 입은 잘생긴 전사와 내 죽은 여동생 레이아를 닮은 아름다운 소녀들이 등장합니다. 모두가 담배를 피웁니다. 소년들은 버드와이저를 마시기도 하고요. 범선이 와서 일주일에 한 번씩 맥주를 갖다 주고 대신 나무 조각상들을 가져갑니다. 우리는 이 섬에서 나는 야자나무에 조각하기를 좋아합니다. 우리의 장기라고 할 수 있죠. 이것은 우리가 만든 예술 작품입니다. 한번 보시겠습니까? 한쪽에 커다란 페니스가 있고 다른 쪽엔 총의 개머리가 새겨져 있지요. 엉덩이 부분은 둥그스름하구요. 100년 전에 침입자인 포루투갈 인들이 그런 권총을 차고 있었거든요. 포르투갈 인 '노예 상인' 들은 여기서 잘 지내지 못했습니다. 우리가 죽인 사람도 있지만 대부분은 자연적인 원인으로 죽었습니다. 아니, 그렇게 들었습니다.

그렇습니다. 맞습니다, 여러분. 저는 청년 주택에서 살았었고 제가 그곳에서 살 때를 생각해 보면…… 물론, 그런 오락거리가 지금 인기를 끌 거라는 생각은 하지 못했습니다. 제가 어린 소년이었을 때도 타리앤드 군도를 이루는 각각의 섬에는 관습이 있었습니다. 하지만 그것은 오래전 일입니다. 그러니까 '그녀 사냥하기' 말입니다.

그녀 사냥하기를 하려면 이웃 섬에 '그녀'를 찾을 정찰병을 보내야 합니다. 여기서 그녀란 그 섬의 여자 추장을 말하는 것입니다. 내 여동생 레이아는 이 섬의 여자 추장 후보였고, 따라서 우리는 관습상 다른 섬의 그녀를 찾아야 했습니다. 그것은 또한 우리가 다른 섬에 사는 소년들의 공격으로부터 레이아를 보호해야 함을 뜻하기도 했습니다.

이렇게, 제가 청년 주택에서 살던 소년 시절에……

마을 반대편에 있는 새 건물이 무엇이냐고요? 아, 여러분도 눈치 채셨군요, 그렇죠? 아, 우리가 아직 익숙해지지 못한 새로운 변화도 있게 마련입니다. 우리는 그 건물을 곧 헐어야 할지도 모릅니다. 하지만 제 말을 막지는 마십시오, 여러분. 들려드릴 이야기가 있습니다.

그래서 우리 정찰대는 다른 섬에 사는 그녀를 점 찍은 후에 그 여자의 습관과 일정 그리고 그 여자가 언제 어디서 혼자 있는지 등을 예의 주시했습니다. 그러고 나서…… 여러분 정말 이 이야기가 듣고 싶으신가요? 정말이시죠? 여러분처럼 점잖은 관광객들에게 너무 끔찍한 이야기가 아닐까요? 대부분 여자 분들이신 걸요. 좋습니다, 계속하죠.

병약한 소년들은 우리 섬의 청년 주택에 남아 불을 지피거나 돌보고 잔가지를 태우고 아까 말씀드렸던 강렬한 냄새가 나는 연기를 피우곤 했습니다. 다른 소년들은 악어 머리가 둘 달린 모양의 카누를 타고 전쟁 중인 섬을 살금살금 빠져나갔습니다. 우리 섬의 항구에 정박해 있는 카누를 보셨습니까? 지금은 관광용으로 전시해 놓았지만 한때는 모두 실제로 타고 다녔던 배입니다. 우리는 카누의 노를 날카롭게 갈아서 무기로 사용하기도 했습니다. 우리 소년들은 알몸에 기름을 문질러 바르고 우리 자신의 몸을 무기 삼아 온갖 전쟁 놀이를 하곤 했습니다. 우리는 달빛도 바람도 없는 날 밤을 기다렸습니다. 그런 날이 오면 우리는 점 찍어 둔 섬으로 가서(여기는 모두 여섯 개의 섬이 있습니다.) 마을 주변 숲 속에 숨어 동이 트기를 기다렸습니다. 그러다 그녀가 나타나면 그녀를 잡아 장대에 묶어 매단 뒤에 다시 카누로 도망 와서 어두워지기를 기다렸다가 노를 저어 집으로 돌아왔습니다.

그 다음엔 어떻게 했느냐고요?

음음…… 여러분 나라의 그 인류학자라는 분들이 이 관습을 제대로 알고 있는지 모르겠습니다. 아시다시피 인육을 먹는 것은 영양분을 얻기 위해서가 아닙니다. 그건 돼지고기를 먹으면 됩니다. 그녀 사냥하기는 우리의 마음을 하나로 모으기 위한 관습이지 배를 채우기 위한 게 아닙니다. 소년들은 마음을 하나로 일치시키기 위해 그녀 사냥하기에 참가합니다.

아, 그렇습니다. 유감스럽게도 오래전에는 그녀를 먹었습니다.

그것에 우선하는 다른 신성한 관습들도 있었고요.

뭐라고 하셨나요? '강간'이라고요?

어떻게 그런 짓을 하겠습니까? 가엾은 소녀에게 말입니다. 하지만 그럴 수도 있었을 겁니다. 그러나 명예라는 측면에서 생각해 볼 때 선택된 소녀는 여자들 중에 가장 고결하고 숭고한 존재를 상징했습니다. 어떻게 그녀가 모든 남자가 추구하는 최고의 존재일 수 있었을까요? 영원히 그럴 수 있었을까요?

이 관습이 미친 영향에 대해 생각해 봅시다. 참가하는 소년들에게 있어 이것은 상당히 위험한 모험이었습니다. 잡히면 죽임을 당하니까요. 그 섬에 사는 소년들이 자신들의 성스러운 존재가 없어졌음을 알게 되면 그들도 정찰대를 보내 반드시 복수를 했습니다. 그들이 우리를 찾아내면 우리를 죽여야 합니다. 물론 그들도 우리 섬으로 와서 우리 섬의 그녀를 찾습니다. 그래서 우리는 긴장을 풀 수가 없었습니다.

역겹다고 하셨나요?

아까 말씀드렸던 제임스 코스비 중위를 기억하십니까, 그러니까 짐 브와나를요?

그는 대체 무슨 짓을 했을까요? 어떻게 레이아가 강간당한 뒤 살해된 것일까요?

죄책감이라고요?

먼저 코코넛 주스를 드시겠습니까? 하이네켄도 준비되어 있습니다. 여자 분들께는 페리에(발포성 광천수로 상품명이다.—옮긴이)를 드릴까요?

이제 기운이 좀 나십니까?

좋습니다.

레이아와 저는 배다른 남매입니다. 레이아의 어머니도 그녀였지만 한 번도 잡힌 적은 없습니다. 레이아도 그녀였으므로 우리는 그 애를 지키기 위해 최선을 다했습니다.

오늘 아침 범선에서 내려 경사지를 오를 때 우리 섬의 소녀들을 보셨습니까? 관광객들이 지나갈 공간만 남기고 서로 마주 본 채 두 줄로 늘어서 있었죠? 풀로 된 미니스커트를 입고 다람쥐 분비물로 만든 향수를 바르고 있던가요? 말없는 자가 치시 자매의 뼈를 두드려 박자를 맞추는 동안 노래를 하고 춤을 추던가요? 그 소녀들이 파티 장에서 신사 분들께 가슴을 문질러 대던가요? 새로 온 수녀님들은 미소 지으며 박수를 치던가요?

레이아는 정말이지 매력적이었습니다.

미국의 해군 병사들이 레이아에게 눈독을 들였는데, 그 애는 오직 짐 브와나만 쳐다봤습니다. 브와나 중위와 부하들이 와서 무선 장비를 설치해 주며 우리에게 간첩 훈련을 시켰고 일본인들은 정찰병을 착륙시켰습니다. 그래서 해군들도 계속 주둔해야 했습니다. 해군들은 소리가 나지 않게 칼로 사람을 죽였습니다.

나중에 일본군이 철수해서 해군이 별로 할 일이 없어졌을 때 짐 브와나는 바다에 긴 방파제를 쌓았습니다. 그리고 그 방파제 끝에 이엉지붕을 얹은 작은 오두막을 지었죠. 짐 브와나는 그곳에 몇 시간씩 앉아 있길 좋아했습니다. 레이아를 생각하는 것 같았죠. 그는 레이아가 그녀임을 알고 있는 듯했습니다. 중위가 방파제에서 돌아와 미소 지으며 꽃과 과일을 딸 때면 레이아도 마당에서 일을 하며 계속 중위에게 모습을 드러냈습니다.

선한 사람도 가끔은 나쁜 짓을 하는 법입니다. 눈치 채셨나요? 짐 브와나 중위의 부대에는 이렇게 좋기도 하고 나쁘기도 한 사람이 있었습니다. 그 사람이 바로 빅 바트 중사로, 그는 레이아의 미소와 몸동작에 정신이 나갈 정도로 반했지만 레이아의 마음은 무심한 듯한 짐 브와나에게 향해 있었습니다. 제 2차 세계 대전 중이라 이웃 섬에서 습격이 없을 것이라고 생각한 우리 소년들은 별다른 주의를 기울이지 않았습니다. 어느 날 밤 빅 바트가 제 누이동생의 오두막으로 들어가서 그녀를 강간했습니다. 같은 날 밤 동생의 유혹적인 초대에 기운을 얻은 짐 브와나가 마침내 용기를 내 레이아의 집 문을 두드렸습니다. 마침 안에는 레이아가 살려 달라고 비명을 지르려던 참이었습니다. 중위의 목소리를 들은 빅 바트가 레이아의 목을 찔렀습니다. 그리고 그는 창문으로 달아났습니다. 레이아의 숨 넘어가는 소리에 놀란 중위가 오두막 안으로 들어갔습니다. 그는 레이아를 살리려고 그녀를 품에 안았습니다. 이 바람에 그의 군복은 온통 피로 물들었습니다. 빅 바트는 칼을 두고 갔고 중위는 아무런 무기도 갖고 있지 않았습니다. 레이아가 죽은 것을 본 중위는 당황했습니다. 그는 발자국을 남긴 채 그곳을 나왔습니다.

우리는 아침에 레이아의 시체를 발견했습니다. 피와 칼과 발자국으로 우리는 중위의 뒤를 밟았습니다. 그는 방파제 끝에 있는, 이엉지붕을 얹은 오두막 안에서 우리를 기다리고 있었습니다.

우리는 짐 브와나를 좋아했고 그가 처한 상황을 이해했습니다. 하지만 관습에 따르자면 침입자는 죽여야 했습니다.

우리는 무척 슬펐습니다. 하지만 우리의 형제인 늪에서 사는 거대한 악어들은 잔뜩 굶주려 있었습니다. 우리는 악어에게 먹이를 줘야 했습니다.

중위는 저의 할아버지인 위투 추장에게 자신은 결백하다고 말했습니다. 하지만 증거(그가 그녀를 먹지 않은 이유는 납득할 수 없었지만)가 너무도 명백했고 해군들조차 자신들의 상사를 믿으려 하지 않았습니다. 위투 추장은 침묵을 지켰습니다. 추장은 고개만 끄덕일 뿐이었고 중위는 공동 주택 뒤에 있는 대나무 감옥에 갇혔습니다. 제가 보초로 임명되었습니다. 그날 밤 나는 할아버지가 짐 브와나에게 하바아드(제가 제대로 발음했는지 모르겠군요.)에서 받은 교육으로 해결책을 찾아보는 게 어떻겠느냐고 묻는 소리를 들었습니다. 짐 브와나는 그럴 수 없다고 대답했습니다. 그는 진짜 범인이 누군지 알지 못했습니다. 그가 레이아의 집에 들어갔을 때는 피투성이가 된 상태였으니까요.

빅 바트 중사는 우리 섬 반대편에 있는 언덕으로 무선 장비를 점검하러 갔습니다.

이런 소란의 와중에 본토에서 세계 대전이 끝날 거라는 소식이 전해져 왔습니다. 우리의 친구인 해군들은 자신들을 데리러 올 군함을 기다렸습니다.

섬에는 승리를 거둔 백인 해군 스무 명과 우호적이고 무장되어 있으며 전투 훈련을 받은 5000명의 우리 혹인 '곱슬머리' 들이 있었습니다. 당시에 그들은 우리를 그렇게 불렀습니다. 그것은 우호감 어린 명칭이었습니다. 우리는 그들에게 큰 도움을 주었으니까요. 섬과 본토를 합치면 우리는 몇 백만에 이르렀습니다. 해군 중위가 추장의 딸인 레이아에게 한 짓을 생각해 볼 때 우리가 전시에 베푼 도움에 대해 우리에게 돈으로 보상하는 것은 무례한 짓이었습니다.

아까도 말했듯이 이 문제는 좀 미묘합니다.

당시의 말없는 자가 치시 자매의 대퇴골 뼈로 연주를 하고 저의 아버지가 강렬한 냄새를 피우는 동안 웨이야 마법사는 공동 주택에서 거북 등이 갈라진 모양으로 점을 쳐서 판결을 내릴 날짜와 시간을 정했습니다. 할아버지의 결정은 예측할 수 있는 것이었습니다. 모든 사실이 확실한가? 누이동생의 시체가 밀집 매트 위에 있었나? 해군의 전투 검은 바닥에 떨어져 있었나? 여자의 조개에서 남자의 씨앗이 발견되었나? 누이동생의 집에서 방파제 쪽으로 난 짐 브와나 중위의 피 묻은 발자국이 그가 울고 있던 방파제 끝의 이엉 지붕 오두막에서 끝났는가?

그렇다면 어떻게 해야 할까요?

아버지는 거북 등 점이 나온 대로 칼 던지기 대회를 먼저 열고 최종 결정은 그날 밤늦게 내리겠다고 선언했습니다. 해군 전원과 우리 전사 몇 명이 경합에 들어갔습니다. 도마뱀 가죽을 여성의 신체 모양으로 잘라 내 대나무 장대 사이에 맨 것이 우리의 목표물이었습니다. 첫 번째 선수가 칼을 던지려는 순간 장대비가 퍼부었습니다. 그즈음 우기에는 그런 일이 다반사로 일어났거든요. 아버지가 모든 칼을 탁자 위에 올려놓으라고 지시하셨고 우리는 그렇게 비가 멈추기를 기다렸습니다. 웨이야 마법사가 북을 치고 말없는 자가 춤을 추는 동안 내가 레이아를 죽인 해군의 칼을 다른 칼과 바꿔놓았습니다.

비가 멈추고 모두 탁자로 가서 자신의 칼을 집어 들었습니다.

한 해군이 자신의 칼이 없어졌다고 말했습니다. 내가 탁자에 남아 있는 날카로운 단도를 가리켜 보였습니다.

"내 것이 아닙니다."

"그럼 누구 건가요?"

아버지가 물으셨습니다.

미국인들은 칼에 대해 잘 압니다. 해군의 칼은 표준 규격 제품이어서 똑같아 보이지만 언제까지나 그런 것은 아닙니다. 시간이 흐르면 해군들은 모두 자신의 무기를 알아보며 친구들의 무기까지 알아봅니다. 칼에 난 상처나 없어지지 않는 녹 자국, 손잡이의 흠집 또는 칼이 주는 느낌 같은 것으로 말입니다.

몇몇 해군이 그 살인자의 칼이 빅 바트 중사의 것이라고 말했습니다. 그들은 자신들의 진술이 진실이라는 걸 맹세했고 짐 브와나는 즉시 풀려났습니다.

뭐라고요? 아, 빅 바트 중사가 어떻게 되었는지 알고 싶으시다고요? 그는 그곳에 없었습니다. 죄의식에 사로잡힌 빅 바트는 비행기를 기다리는 일본인 패잔병을 잡는다는 등의 구실로 우리 섬을 누비고 다녔습니다.

우리는 먼저 잔치를 벌였습니다. 물론 모든 준비가 다 되어 있었죠. 상으로 내릴 돼지를 잡고 커다란 그루퍼(농어과의 바닷물고기.—옮긴이)를 꼬챙이에 끼워 숯불에 굽고 여러 가지 채소를 넣은 스튜를 지글지글 끓이고 나무에 사는 곤충들을 바삭바삭하게 굽고 소녀들이 춤을 추기 위해 한 줄로 늘어섰습니다. 우리 소년들은 비 막대를 흔들어 댔습니다. 레이아의 영상이 산들바람을 타고 불어왔습니다. 우리는 일본 술을 마셨습니다. 잔치가 한창일 때 빅 바트가 돌아왔다가 무언가 잘못되었다고 생각하고 다시 나갔습니다.

아닙니다, 여러분, 도마뱀이 중사를 끝내 버렸습니다. 우리 소년들은 빅 바트를 치시 자매가 세상을 떠난 언덕의 경사지에서 발견했습니다. 그는 당시 상처로 인한 고열로 죽기 직전이었습니다. 빅 바트 중사는 우리가 옮기는 도중에 사망했습니다. 해군은 떠났고 우리는 빅 바트의 목에서 떼어 낸 군번줄을 범선에 실어 본토로 돌려보냈습니다.

시체는 어떻게 되었느냐고요?

시체는 악어 밥이 되었습니다, 여러분. 아까 말씀드렸듯이 우리는 악어 씨족이니까요.

이제 출발하시겠습니까?

감사합니다, 여러분. 선물은 감사하지만 이 섬에서는 그런 감정을 다른 방식으로 표현합니다. 오늘은 선물을 받지 않겠습니다. 이건 여러분 모두에게 드릴 카세트입니다. 웨이야 마법사가 작곡한 음악입니다. 여러분을 위해 지금 이 음악을 틀어드리겠습니다.

음악이 마음에 드시나요?

대퇴골 뼈 소리는 들으셨나요?

뭐라고요, 여러분?

말없는 자가 뼈를 두드리는 사이에 나는 울음소리 말씀이십니까? 아닙니다, 그건 빅 바트의 울음소리가 아니라 종려 야자수 꼭대기에서 코코넛을 찾아 날아다니는 얼굴이 밋밋한 커다란 박쥐 소리입니다. 이 음악을 녹음할 때 박쥐들을 쫓아내려 했지만 말없는 자가 별로 운이 좋지 않았습니다. 그렇습니다, 그 커다란 박쥐

들은 죄인 같은 소리를 냅니다. 남자 귀신의 작은 흐느낌 같죠? 그 많은 소녀들을 잡아서 유감이시라구요? 우리는 삼 년마다 소녀 한 명씩을 잡습니다. 그건 아주 의미가 깊은 관습입니다. 그러니까 종교적인 관습이라고 할 수 있죠.

이제…… 고향까지 안전하게 돌아가시고 힐러리 여사께 안부 전해 주십시오. 그분에게도 몸조심하시라고 전해 주십시오. 그녀 사냥하기에 대비해서 말입니다.

아, 우리 소녀들이 시끄럽지 않으신가요? 여인 주택에서 다시 의식이 열리는군요. 무언가를 준비하는 모양입니다. 맞습니다, 그런 것 같습니다. 저들이 왜 계속 "아부, 아부"라는 노래를 부르느냐구요? 잘 모릅니다. '아부'는 우리말로 '남자 추장'이라는 뜻입니다. 여인 주택 가까이 있는 후미진 골짜기에 왜 저 전쟁용 카누들이 숨겨져 있는 걸까요? 수녀님들이 소녀들에게 노 젓는 법을 가르치는 것입니다.

시대는 변한다고요?

저 잘생긴 남자 아이는 누구냐고요? 제 아들 코코아입니다. 비범한 아이처럼 보이지 않으십니까? 완벽한 사내 대장부입니다. 조금은 두려움을 자아내는 존재이기도 하고 말입니다.

뭘 걱정하고 있니, 코코아? 다른 섬에 사는 소녀들도 최신식 여인 주택에서 '아부'를 열창하고 있을까 봐 그러는 게냐?

옮긴이 | 홍현숙

1966년 서울에서 태어나 연세대학교 불어불문학과를 졸업했다. 1989년부터 1994년까지 방송위원회에서 일하였으며 1993년에서 1994년까지 《출판정보》에 '해외도서 정보 – 영국편'을 번역, 기고하기도 하였다. 현재 전문 번역가로 활동 중이며, 옮긴 책으로는 『자부심의 기적』, 『미켈란젤로의 딸』, 『엑소더스』, 『아메리칸 퀼트』, 『할머니가 있는 풍경』, 『에덴의 벌거숭이들』, 『매직 서랍』 등이 있다.

세계 서스펜스 걸작선 1

1판 1쇄 펴냄 2005년 7월 15일
1판 4쇄 펴냄 2018년 9월 19일

지은이 | 엘러리 퀸, 로렌스 블록 외
옮긴이 | 홍현숙
발행인 | 박근섭
편집인 | 김준혁
펴낸곳 | 황금가지

출판등록 | 2009. 10. 8 (제2009-000273호)
주소 | 06027 서울 강남구 도산대로 1길 62 강남출판문화센터 5층
전화 | 영업부 515-2000 **편집부** 3446-8774 **팩시밀리** 515-2007
홈페이지 | www.goldenbough.co.kr

도서 파본 등의 이유로 반송이 필요할 경우에는 구매처에서 교환하시고
출판사 교환이 필요할 경우에는 아래 주소로 반송 사유를 적어 도서와 함께 보내주세요.
06027 서울 강남구 도산대로 1길 62 강남출판문화센터 6층 민음인 마케팅부

한국어판 © ㈜민음인, 2018. Printed in Seoul, Korea
ISBN 978-89-8273-858-6
ISBN 978-89-8273-857-9 04840(set)

㈜민음인은 민음사 출판 그룹의 자회사입니다.
황금가지는 ㈜민음인의 픽션 전문 출간 브랜드입니다.